社畜ですが、
種族進化して
最強へと
2
至ります
力水
Author
RIKISUI
画
かる
JN031474

CONTENTS

第一章 Chapter 001 010 獄門会編

第二章 Chapter 002 165 暗躍と日常

第三章 Chapter 003 255 異革党事件

第四章 Chapter 004 309 悪夢の起こり

ALTHOUGH IT IS
A COMPANY SLAVE, I REACH
THE STRONGEST
BY RACE EVOLUTION.

ダッシュエックス文庫

社畜ですが、種族進化して最強へと至ります2

力水

第一章 Chapter 001 獄門会編

　食欲を刺激する、室内に広がる香ばしい肉の焼ける匂い。俺はフライパンを左手で操作しながら、右手で塩を振りかける。さらに、フライパンのスープをスプーンで一掬いして口に含むと、口の中に広がる濃厚な肉特有の甘味。んー、いい感じだ。迷宮でしこたま手に入ったニワ・トリの肉を調理してみたんだが、食材ランクが最低の下級なのにも拘わらず、今まで俺が食べたどんな鶏肉よりも美味かった。中級や上級の肉は一体どんな味がするんだろう。興味はあるな。

「腹が減った！　妾、腹がペコペコなのじゃ！」

「はいはい」

　肩を竦めながら、手に握ったナイフとフォークで馬鹿猫クロノが叩く空の皿に料理を盛りつけ始める。

「うーむ、今日はチキンか。良い匂いがするのぉ」

　クロノは涎を拭いもせず、かぶりつこうとするので、その皿を取り上げて、

「いただきます、を言ってからだ」

強い口調で注意する。

「いただきます！」

よほど腹が減っていたのか、クロノは早口で叫ぶように言うとローストチキンにかぶりつく。猫だけに鶏肉はこいつの好物らしく、いつもこんなふうに目の色を変えて食べている。まあ、以前不用意にそんな当然の指摘をしたら、一日中不機嫌になって手が付けられなくなっていたが。しかし、どんどん、この馬鹿猫、遠慮がなくなっていくよな。

俺もため息を吐くと、クロノの正面の席について食べ始める。

夕食が終了し腹が膨れて満足したクロノは現在風呂に入り、俺は食器を洗っている最中だ。

クロノとの共同生活が始まり、少々騒がしくはなったが、朱里の世話をずっとしてきたこともあり、この手の我儘娘の世話をすることには慣れている。馬鹿猫一匹増えたくらい大した手間にも感じない。

もっとも、問題がないわけじゃない。朱里が人型のクロノの姿を見たら厄介だ。なにせ、妹殿は家族以外がこの家に入ることを極端に嫌がるからな。朱里の滞在中は、クロノには終始、猫型になっていてもらうしかあるまい。

「いぎゃぁあッ——!!」

丁度、食器を洗い終わって居間に入ると耳を劈くような、怪鳥のような悲鳴が上がる。同時にバタバタと廊下を騒々しく駆けてくる音。そして、扉が大きく開かれて、クロノが転がり込んでくると、俺にしがみつき、右手の人差し指を浴室の方へ向けて、

「ゴ、ゴ、ゴ……」

口をパクパクさせると意味不明な言葉を口にする。

「はあ？　ゴ？」

眉を顰めて挙動不審の馬鹿猫に尋ねると、

「ゴキブリがいたのじゃ！　しかも二匹！」

涙目で機関銃のような剣幕で叫ぶ。ゴキブリねぇ。心底どうでもいいな。というか、あのクソダンジョン内にはもっと悪趣味で気持ち悪いアトラクションがゴロゴロある。今更もいいところだろうに。

「別にいいじゃねぇか、ゴキブリくらい。猫のくせにだらしねぇぞ」

「妾は猫ではない！　女神じゃ！」

「へいへい、それより――」

改めてクロノを眺めると、

「毎度毎度、眼福です」

両手を合わせて祈りの言葉を紡ぐ。

「眼福？」

クロノは顎を引いて己が今素っ裸であることを認識し、全身を急速に紅潮させていく。

「ひぎゃぁぁぁぁッ――――!!」

先ほど以上の金切り声を上げて、俺を突き飛ばすと二階に駆け上がっていく。相変わらず、まったく成長せん奴だな。

俺は深いため息を吐くと、居間のソファーに座り、テレビをつける。案の定、テレビはどの局もバラエティー番組そっちのけで、種族の話題や市中に出没する魔物についての特集ばかりだった。まあ、歌舞伎町と京都仁条城前に現れたダンジョンの話題が少ないのは、一般人は立ち入り禁止であり、まだあまり実感が湧かないからじゃないかと思われる。

特に日本中が熱狂したのは最近施行された緊急特例処置法だ。なんでも、スライムやゴブリンのような魔物の討伐は推奨され、木刀やナイフのようなものの携帯は登録をすることを条件に許される。さらに、魔物の討伐で得た魔石は法外な値で政府が買い取ってくれるらしい。これが発表されるやいなや、現代のゴールドラッシュのごとく全国で魔物狩りが一斉に始まることになった。なにせ、よくいる雑魚魔物なら大人がチームを組めば一般人でも比較的容易に倒せる。絶好の小遣い稼ぎなわけだ。今や、大手の宝石店が次々に魔石の買い取りに参入し、CM等でこぞってその売却を促す状況となっている。

俺はというと獲得した魔石は相当な数になるが、現在大して金に困ってはいない。何より、

下手に売却して目立てば、あのファンタジアランドでの件でとっつかまる危険性がある。故に、売却しようとは夢にも思わなかった。そう、ある来訪者が現れるまでは。

そろそろ、部屋に戻ってゲームでもやるか。最近、連日連夜迷宮探索に精を出しているから、今日は家でゆっくりすることにしたのだ。【社畜の鑑】の称号の効果でほとんど眠らなくても済むようになったが、疲れは蓄積する。偶にはリフレッシュも必要だろうさ。

ソファーから腰を上げようとすると、呼び鈴が鳴る。既に夜の10時を回っている。となると、うちの会社関連か、それとも遂にファンタジアランドでの一件がバレたか。いずれにせよ碌なものではないだろうがね。

「は？」

俺は眼前の金髪サングラスの男に聞き返す。

「聞こえなかったかぁ！　ほら見ろよ！　これが5000万円の借用書だっ!!」

確かにその名前も判子も俺の大好きな爺ちゃん――藤村泰元のものだった。

「テメエの爺が借金してお前がこの土地を含めて相続した。それはわかってんだ。きっちり払ってもらうぜ」

マズいな。ヤバいくらい筋が通っている。だが、あの爺ちゃんが不用心に他人から金など借りるか？　あの妖怪が騙されるなど絶対にありえないと断言できる。そうはいっても、はっきり否定もできないのも事実。うーむ、どうするかな。

「おい、聞いてんのか、テメエ──」

金髪サングラスが俺の胸倉を摑んでくるが、

「止めろぉ」

長身で長く伸ばした黒髪に剃り込みが入った男に一喝されて、金髪サングラスはすぐに脇にずれると縮こまって頭を下げる。

「また来る。それまでに返済のプランを作っておけ」

冷たい瞳で俺を見下しながらも背を向けると外に停めてあった高級そうな黒塗りの車に乗り込み、そして、窓を開けると俺に刺すような視線を向けてくる。

「そうそう、行政に逃げ込んで助かるとは思わんことだ。俺はどこまでも追いかけ取り立てる。金がないなら言え。良い医者を紹介してやる」

あらまぁ、臓器を売ってでも金にしろってことね。随分と過激な提案ですこと。

「ええ、考えておきますよ」

剃り込みの男はピクッと眉を動かし、

「いい度胸だぁ」

口の片端を上げると運転席を蹴り上げ、車は走り出す。

『相変わらず変な奴じゃな。あの程度、蹴散らせばよいではないか？』

どうやら機嫌が直ったネコ型クロノが俺の右肩に乗ると、そう問いかけてくる。

「阿呆(あほ)、それを人の世では借金の踏み倒しっていうんだ」

『なら払うのか？　妾は飯(めし)が少なくなるのは嫌じゃぞ』

「さてな、ともかく、俺から事を荒立てるつもりはねぇさ」

親族が借りた金だから必ず返さねばならぬと綺麗(きれい)ごとを言うつもりはない。俺は元々、その手の倫理観(りんりかん)が著(いちじる)しく欠如(けつじょ)してる。それに、銀行等のまっとうな金融機関等なら努力はしようが、初対面で臓器の売却をちらつかせるような暴力団に尽くす義理など俺にはこれっぽっちもない。

こちらも義理は尽くすが、一定の線を超えたらあとは成り行きに任せるさ。暴力団が素人(しろうと)の俺に借金を踏み倒されましたとなったら物笑いの種(たね)だろうしな。

さて、では一応、金の工面(くめん)の努力をするとしてどうすっかな。この敷地の売却は論外だ。爺ちゃんとの思い出の詰まった場所。本当かどうかすら疑わしい借金のために失う気はさらさらない。

5000万円か。そんな金、俺のどこはたいても出てきやしねぇぞ。

親父(おやじ)たちなら楽勝で払えそうだが、一円たりとも俺に援助することはあるまい。何より、俺自身、たとえ頼まれても奴らの助けを受けるなど御免被(ごめんこうむ)る。

もっと現実的な方法でやるとすれば、やっぱり魔石の売却だろう。売却価格もかなりの高額だと聞くし、あのダンジョン出現から魔物の出現頻度が著しく増して、今や世間では小遣い稼ぎの魔物狩りがブームとなっている。数を制限すれば売却してもさほど奇異ではないかもしれん。

明日にでも会社が終わったら寄ってみよう。

「くそっ！　どうして、こうなった？」

中性的な姿の白髪の鬼、夜叉童子は永遠に続くとも思える長い渡り廊下を歩きながら、もう何度目かとなる疑問を口にした。

《カオス・ヴェルト》という狂ったゲームが開始され、この鬼界も六道王の一柱、餓鬼王による人界の侵略の命が下される。人界には他の四界へのゲートが存在する。つまり、最弱の世界たる人界を支配した者は、他の四界侵略に大手をかけられるのだ。

夜叉童子も人界へのゲートの解放のため、人界で手駒を確保していた。そんなとき、不運にも正体不明の狐仮面の男に邪魔をされ傀儡の一つを潰されてしまう。他にも傀儡はいるし、最近、人界で動ける依代も手に入れたばかりだ。それだけなら、大した支障はなかった。問題はその正体不明の人間が、よりにもよって夜叉童子にバトルクエストを仕掛けてきたことだ。

《カオス・ヴェルト》の運営側の説明では、バトルクエストとは一定の条件を満たしたときに実施可能となる双方の有する至宝(しほう)を賭けた略奪型のゲーム。通常は互いの至宝を賭ける必要があるが、夜叉童子の傀儡であった原玄緒靴(はらくろおくつ)が敗北したことで特殊なルールに変更され、他の四界制圧のために餓鬼王から預かっていた【復元の黍団子(きびだんご)】を人間側に奪われてしまう。特にあの黍団子は一定時間の経過で復元されるという性質があり、これからの戦争ではなくてはならぬもの。それをよりにもよって下等生物たる人間などに奪われたのだ。これは餓鬼王の顔に泥(どろ)を塗るのと同義。それはつまり——。

(着いてしまったか)

遂(つい)に渡り廊下の終着点に着く。意を決して丁度(ちょうど)開かれた障子(しょうじ)から部屋の中にゆっくり足を踏み入れると、夜叉童子に向けられる突き刺さるような鋭い視線。その広間の中段の間(ま)、下段の間の両脇には角(つの)のある袴(はかま)姿の鬼たちが怒りとも侮蔑(ぶべつ)ともいえぬ視線を向けてきていた。

そして上段の間には、長い赤髪を頭頂部で縛(しば)っている長身の青年が頬杖(ほおづえ)をついて寝転がっていた。あいつこそが、六道王にしてこの鬼界の神——餓鬼王だ。

押しつぶされそうな圧迫感の中、進み出ると畳(たたみ)に這(は)いつくばる。

「たかが人間(ゴミ)に敗北した挙句(あげく)、至宝たる【復元の黍団子】まで奪われたそうだな?」

その声は抑揚(よくよう)がなくそう大きいものではなかったが、まるで不可視(ふかし)な巨大な手で押さえつけられているがごとく、広間に存在する全員が畳に例外なく這いつくばる。そして、それは直接

言葉を向けられている夜叉童子ならなおさらだ。額を床に押しつけながら、

「はい……」

肯定の言葉を紡ぐ。

「ッ!!」

刹那、夜叉童子の左腕が根元から粉々になって吹き飛び、鮮血がまるでシャワーのように畳に撒かれる。夜叉童子の失態からすれば、こんなのは序の口だ。だから、歯を食いしばり、畳に額を押しつけた。

「申し訳ございません！　現在、全力で狐仮面の所在を追っていますれば――」

言葉の途中で左の眼球に生じた焼けるような痛み。そして、後頭部を踏みつけられる。

「俺は無能が嫌いだ！　弱者が嫌いだ！　平穏が嫌いだ！　愛情など反吐が出る！」

その餓鬼王の言葉とともに、次第に強さを増していく後頭部を踏みつける力。

「俺は血を好む！　命の奪い合いを好む！　憎悪は大好きだ！　目の前でそいつの大切なものをぐちゃぐっちゃに引き裂くのは、とっても気持ちがいい！」

そう言い終わった途端、後頭部を踏みつける力が解かれる。同時に指がパチンと鳴らされ、向かい側の障子が開く音がする。

「見ろ」

主の弾んだ声色の指示に恐る恐る顔を上げると、障子の向こうに猿轡に目隠しをされた二人

の男女の姿が目に飛び込んでくる。

「父様！　母様ッ！」

咄嗟に叫んでいた。さもありなん。この御方の悪趣味さは十分に承知している。このタイミングでの夜叉童子の両親をこの場に連れてくる理由など一つだけ。そう。それはつまり――。

「お、お許しをッ！　私ならどんな処罰でもお受けいたしますッ！　どうか――どうか、それだけはお許しくださいぃ!!」

必死だった。こんなことで二人を失うなど、今までなんのためにこんな胸糞の悪い行為に手を染めてきたのかわからない。だから、必死で懇願の言葉を紡ぐ。餓鬼王は口の端を大きく吊り上げる。餓鬼王のその狂喜に染まった表情を視界に入れ、夜叉童子の抱いていた淡い期待は到底叶わないことをこのときはっきりと理解していた。

「少しずつ、刻め。ゆっくり、ゆっくりとだ」

弾むような指示の言葉により、悪夢は開始される。

「速やかにゲートを解放しろ。羅刹、以後お前が陣頭指揮をとれ」

「御意」

その言葉を最後に、餓鬼王の姿は広間から消失する。

他の鬼たちも僅かな憐憫と侮蔑の入り混じった表情を向けながら、次々に姿を消していく。

そして、遂には夜叉童子が一柱(ひとり)、残される。

「ごめん、父上、母上……」

夜叉童子はもはや原型すらもとどめていない両親に駆け寄り、右腕で抱き締めると声を殺して泣き出した。


ひとしきり泣いて、夜叉童子にもようやく真面(まとも)な思考状態が戻ってくる。

きっと、これは餓鬼王からの最後通告。いわば見せしめだ。このままゲートを解放し得なければ、夜叉童子の大切なものを全て(すべ)殺す。暗にそれを示すために、奴は父と母を殺したのだから。人界侵略趣味の絶望王の過去の行動からも、ゲート解放の条件は既に掴んでいる。

さらに、人界で仮初(かりそめ)の依代となる人の器(うつわ)と、洗脳した人間どもで構成された手足となる組織も手に入れている。むろん、人と変わらぬ力しかないが、夜叉童子が直(じか)に動けるのは大きい。

「やってやる！」

これ以上、あんな外道(げどう)に奪われてなるものか！　あの子だけは、絶対に守ってみせる！　たとえ、この世の何を犠牲(ぎせい)にしようとも！

「やってやる！　やってやるぞぉぉぉっ!!」

その激烈な決意とともに夜叉童子は天へと咆哮(ほうこう)したのだった。

２０２０年10月15日（木曜日）。

最近は魔物の出没により残業がめっきり減った。社員のことを考えてというよりは、社会全体の風潮が夕方の外出を渋るようになったことが大きいんだと思う。真夜中の帰宅途中に、魔物に襲われでもしたら、それこそ労働基準法違反ではすまない。マスメディアの絶好の生贄の的となり、徹底的に社会的な批難の対象となる。それを恐れているんだと思う。

一ノ瀬には少々尋ねたいことがあったのだが、あの種族の選定の日以降、一ノ瀬を始めとする数人は会社を休んでいる。何でも種族の変更に結構な負担がかかり、世界中で動けなくなるものが続出しているんだとか。会社も珍しく空気を読み、今回は特別に自己申告で有給休暇として認めているようだ。一ノ瀬からも今週は体調不良のため会社を休むと連絡があったようだし、来週には顔を合わせられるだろう。それはそうとあの後ろ姿は雨宮だな。

「おーい、雨宮！」

「やあ、先輩も今お帰りかい？」

振り返ると笑顔でこちらにパタパタと走り寄ってきて俺を見上げてくる。

雨宮は少しだけ背が伸びた。種族の選択前はガチで小学生にしか見えなかったが、一応今は中学生に見えるかもよ、くらいには変化している。この微妙な変化は相当嬉しかったようで、この数日テンションがやたらと高い。

「ああ、最近ずっとだからな。少し調子が狂っちまうよ」

「今晩、お好み焼きでも食べに行かないかい？」

　そういえばこの頃、結構頻繁に雨宮と夕食に行っているような気がするぞ。馬鹿猫が狂喜するし、俺も一人で食うよりはよほど気がまぎれる。最近、気が滅入るようなことが多すぎたからな。天真爛漫な雨宮の姿を眺めながら飯を食うのは、いい気晴らしになるのだ。だが――。

「悪い、今日は用事があるんだ」

　本日は魔石を売りに行かねばならない。

「そうか。じゃあ、また明日」

　少し寂しそうにしていたが、すぐに笑顔で右手を上げるとパタパタと駆けていく。

　俺も会社を出るとネットで調べた場所へと車を走らせた。


　場所は吉城寺の駅前にある宝石店。

　駐車場に車を止めて、目的のアクセサリー専門市場へと向かう。

　鑑定士の能力不足で魔石を安く買い叩かれたのではたまらない。一定レベル以上の鑑定士のいる宝石店であることは必須。一方、超大手は国と密接な関わりがありそうであり、目立ちたくない俺としてはこれもできる限り避けたいところだ。故に俺は中堅の評判がやたら悪い店を選択した。評判が悪くて中堅なのだ。目利きだけは相当の実力だろうし、評判が悪ければ政府のお抱えなんてこともない。しかも、ごねて相手が実力行使にでたら、逆にこっちのものだ。

それにしてもこのアクセサリー市場でかいな。地下2階、地上4階建ての大型デパートのような場所に、様々な宝石専門の店舗が入り乱れている。カップルや金持ちばかりでどうにも場違い感が半端じゃないが、一応これでも比較的大衆向けの中規模宝石店が出店しているらしい。

目的の宝石店は、建物の北東の角にある「宝石の売却なら日本一――七宝」との看板が立つ店だ。店舗に入ると――。

「いらっしゃいませ」

内部は俺が思っていたよりもずっと綺麗で、店員も全員、礼儀正しかった。三十代後半くらいのメタボ気味の職員が両手を摩りながら、俺を席に案内してくれる。

「今日査定してほしいのはこれです」

できる限りオドオドしながらも、リュックから前もって入れておいた5個の魔石をテーブルの上に置くと、たちまちメタボ店員の目の色が変わる。一つ一つ手に取り拡大鏡を使い鑑定していく。そして最後のひと際大きな一個を掴んだとき、カッと目を見開く。どうやらこいつは当たり。多分俺の千里眼と同種類のスキル持ちだ。

「お客さん、これらをどこで？」

「昨晩、この5つを会社の前の道端で拾ったんです。たしか、テレビでは魔石の所有権は拾っしょう?」

たものにあると言っていましたから」

強張っていた顔を緩めてメタボ職員は何度か頷き、

「そうですか。他は大した魔石ではありませんが、最後の一つは別格です。100万でどうで
しょう?」

あり得ない数字を提示してくる。マジかよ。このおっさんの雰囲気からして、客のために上乗せするような殊勝な性格はしていまい。逆に二束三文で買い叩いてきているはずだ。つまり、この数倍の価値がこの魔石にはあると見てよい。

「でも私用で今日中に多額の金が必要なんです。100万円では流石に……」

「で、では500万円では?」

おいおい、いきなり5倍? あんな豚王子の石っころに500万円とか、ホント金銭感覚がガバガバになるよな。

「申し訳ありません。私はこれで」

石を持って立ち上がろうとすると――。

「お、お待ちを! わかりました。わかりましたよ。お客さんには負けますなぁ。ではその倍の1000万円でどうでしょう?」

すげえ! すげえぞ、豚王子君、いや、豚王子様っ! 貴方の贅肉たっぷりの肉からとれた石っころに1000万もの値がつきました! 毎晩、貴方の雄々しいお姿を崇め奉りますぜ。

魔石の傍にこのビッチ猫を置いておきますので、どうぞ健やかに愛を育んでくださいませ。

『アキト、そなた、今、とんでもなく不届きなことを考えておるな？』

（いやいや、とんでもないよクロノ君。ぼかぁ今嬉しいんだ）

目尻を押さえながらも、クロノの頭を撫でるが、

『けっ！』

クロノは、ペッと唾を飛ばして悪態をつく。さて、この魔石の価値がわかった。あとは撒き餌だ。もし罠にかかれば食い散らかし、かからなければ他の店に売りに行く。わざわざ、こんな買い叩かれそうな場所で売る必要もないしな。その場合、数軒回ってから決めるべきだろうさ。

「ありがたいお話ですが、今日もう数軒回るつもりなので、そのあとで決定させてください」

そう言うと、魔石を全てバッグの中に詰めて立ち上がる。

「そう……ですか。またのお越しをお待ち申しております」

メタボ職員も立ち上がり、俺に頭を下げたのだった。

『アキト、気づいておるか？』

クロノが感情の消失した声を俺の耳元で囁く。

（もちろんだともクロノ君）

まさかこうも俺の思惑通りに嵌まってくれるとは思わなかった。

『アキト、そなた、これを狙っておったな?』

闇夜の中、俺を取り囲む四人の黒服にサングラスをした屈強な男たちを眺めつつ、

「ああ、あいつは俺にとって最高の結果を提供してくれた」

両腕を広げて深い喜びを表現してみた。

『そなた、ホント、そのうち天罰が下るぞ?』

俺はそのクロノの言葉を契機に、地面を蹴り黒服たちの背後に移動する。そしてその後頭部を片手で一人ずつ鷲掴みにして持ち上げた。

「ぎぎっ!?」

「ぐがぎぎがっ!」

少し力を加えて握っただけで、あっさり泡を吹いて崩れ落ちる二人。その気絶した黒服たちを残り二人の前に放り上げる。完璧に気絶している二人をぼんやり見下ろしている黒服二人。

俺はさらにアスファルトを蹴って、そいつらの背後をとり、その首に腕を回す。

「はーい、グラサン諸君、楽しい楽しい尋問の時間だ。もし、嘘をつけばわかるよなぁ?」

首を優しく絞め上げると苦悶の声を上げてガタガタと震えながら、何度も顎を引く。

「お前らさっきの宝石店のメタボ店員に命じられて俺を襲ったな?」

「は、はひっ!」

「そうか。なら案内してもらおう。今の俺は滅茶苦茶機嫌がいい。素直に従えば怪我もせず美

味い飯にありつけるかもしれんぞ？」

再度、必死に頷く二人。気絶した黒服どもの襟首を摑んで引きずりながら店に戻り、その職員用の裏口から中に入る。

俺たちを視認したメタボ職員は、暫く、大きく目を見開くと俺に一礼して奥の部屋へと駆け込んでしまう。

その後、引き攣った笑顔のメタボ職員に、奥の職員用の応接室へ案内され、茶を振る舞われる。

一時間ほどして、四十代後半のやけに痩せ細った丸いサングラスをしたおっさんが部屋へと入ってくる。サングラスの男は、俺を一瞥すると帽子を脱いで胸に当て、深く頭を下げて、

「あっしは、鬼沼といいます。どうぞよろしく」

自己紹介をしてくる。う～む、眼光といい、佇まいといい、やたらと貫禄がある。さっきのメタボ職員や黒服たちとは役者が違いそうだ。

「藤村だ。まあ、よろしく頼む」

鬼沼は俺の対面の牛革製のソファーに座ると、

「経緯は部下から聞きやした。旦那、部下が襲うの狙っていやしたね？」

顔に貼りつけたような笑みを浮かべながらそう尋ねてくる。

「うんにゃ、そうなったらいいな。そう思っていただけだぜ。不服か？」

「それこそ、まさかでやんす。その魔石取得の経緯も推し量れず、旦那のような化物を襲うな

ど逆にあとで教育が必要なレベルでやんすしね」

　鬼沼が部屋の隅で直立不動の状態でガタガタと震えているメタボ職員に視線を向けると、メタボ職員はビクンと身体を硬直させた。

「悪いことは言わねぇ。今後は、こんな荒っぽい商売の仕方はしない方がいい。何せ強さの基準が決定的に数週間前とは異なっているからな。今の世は幼児でも獅子を殺すかもしれない。そう認識し行動するのが、この残酷極まりない世界で生きていくコツだ」

「へい、肝に銘じておきますよ」

　鬼沼は肩を竦めると、大きく頷く。

「では、取引だ」

「取引？　あっしらを警察に突き出さないんで？」

「そんな心優しい人物に俺が見えるかよ？」

　鬼沼は大きく首を左右に振ると、

「取引の内容、具体的に伺いましょう？」

　神妙な顔で尋ねてくる。

「相場の2倍でこの魔石を買ってもらう。仮にもお前らは俺を襲ったんだし、身の安全の対価としては安いもんだろう？」

『まるで盗賊の所業じゃな』

呆れ果てたようなクロノの声を平然と無視し、

「そうそう、さっきのそいつとのやり取りで魔石の相場は理解した。俺も鑑定系のスキルをもっているから、嘘をつけばすぐにわかるぞ？　つまりだ。示した値段によりお前の価値が決まる。十分に考えてから答えを出しな」

俺は無情な言葉を言い放つ。

「あっしの見立てではその魔石の相場は４０００万円。その2倍の８０００万円でいかがでしょう？」

「いいだろう。俺はそれで構わんぜ」

よし！　はい、目標額楽々超えましたっ！

「おい！　持ってこい」

鬼沼が顎をしゃくって命じると、メタボ職員は慌てて部屋を出ていく。数分後、ジュラルミン製のトランクを抱えて戻ってくるとテーブルの上に置く。鬼沼がトランクに暗証番号を入力し、その蓋を開けると、びっしり詰まった札束。ゴクリと周囲の黒服たちが喉を鳴らす。

「旦那はこれを取引とおっしゃった。ならばあっしの方からも提案があります」

「提案？」

「取引に少し色を付けていただきたいんです」

「色ねぇ……」

「ええ、最近この店舗に盗みの予告状が届きやしてね。とりあえず、これを見てください」

鬼沼はポケットからユニパックに入った一枚のカードを取り出し、俺に渡してくる。洒落たカードの表には『怪盗ラビリー』の名。裏には『悪徳宝石商――七宝。貴殿は善良な客を騙し暴利を貪りました。許しがたい罪です。直ちに店を閉めて警察に出頭し己の罪を自白しなさい。もしそれが確認できない場合、2020年10月17日（土曜日）に『蒼麗玉』を頂きに参上いたします』と記載されている。人の多い休日をわざわざ指定か。

「怪盗ラビリーねぇ。で？　この『蒼麗玉』とは？」

怪盗ラビリー。【フォーゼ】の主要キャラの一つだな。俺のホッピーの模倣犯か。あまりいい気分はしない。

「ある資産家から購入したものです。時価5億の価値のある希少な宝石ですよ」

大方、騙して安く買い叩いたんだろうさ。だが、その色とやらも読めたな。

「俺にその怪盗とやらを捕まえてほしいと？」

「はい。今回の旦那の件で思い知りました。あっしらではラビリーを止められない可能性がある。身柄を渡してもらえば、落とし前はこちらでつけます。決して旦那に手間をとらせません」

「いいだろう。引き受けよう。取引はラビリーの捕縛後でいいな？」

わざわざ予告状を送りつけるところとか、その怪盗ラビリーとやらにも興味があるしな。

「はい。あっしらもそれで願ったりかなったりです」

もうこいつらと話すことはない。席を立ち、その日はその場を後にした。

２０２０年10月16日（金曜日）、午後2時39分。

第一営業部に姿を見せる数人のごろつき。その内の一人は件(くだん)の金髪サングラス。

「何の御用でしょうか？」

斎藤(さいとう)さんの緊張しきった問いにも答えず、金髪サングラスの男はずかずかと俺の前まで来ると、

「やあ、藤村君、プランの確認に来ましたよぉ」

俺の襟首を摑むと部屋の外に引っ張っていく。

「ふ、藤村君？」

不安げな斎藤さんに、

「俺は大丈夫です。少し席を外します」

いつもの口調でそう伝えると大人しく奴らに従う。奴らは俺を地下の駐車場まで引っ張っていくと取り囲んでプランとやらを尋ねてくる。

「はぁ⁉ ５０００万だぞ！ そんな大金、お前のような貧乏人(びんぼうにん)がこの短期間でかき集められ

るわけねぇだろがっ!!」

　金髪サングラスの男の部下の一人が、俺の胸倉を掴むと額に太い青筋を浮かべながら威圧してくる。

「期限はあと10日あるはず。それまでには、全額返済するよ」

　もう一度繰り返す。

「わかった。他ならぬ藤村君の頼みだぁ。期限まで待つさ」

　別に頼んじゃいない。そもそも今は期日前。奴らがここに来ること事態、ルール違反もいいところなんだがね。

「ありがとう」

「はーい、用事の半分は終わり。あとはもう半分だぁ、一ノ瀬雫ちゃんを連れてきてくんねぇかな?」

「一ノ瀬――を?」

　ん? なぜこのタイミングで一ノ瀬の話が出てくる?

「そっ、彼女にも大切な用事があるのさ」

「俺と同じ借金かい?」

「父親の会社が俺たちに借金しているのさ。ほら、親の借金は子供が返すのが筋ってもんだろぉ? 返済期日も迫っててよぉ、もし、返せねぇなら新たな職業あっせんしようかと思ったってわけ」

職業あっせんね。このクズどもの考えそうなことなら手に取るようにわかる。

「一ノ瀬は現在体調不良で休暇中だ」

金髪サングラスの男は俺の胸倉を摑むと、

「てめぇ、ふかしてんじゃやねぇだろうなぁ？」

いかつい顔で威圧してくる。

「真実さ。そんなすぐわかるような嘘をつく理由なんて俺にはない」

ゴロツキどもが会社に乗り込み、俺のような人相の悪い男性社員ではなく、若い女性社員の所在を尋ねれば、十中八九、他の社員が警察に通報する。そうなることがわかっているから俺に呼びに行かせようとしたんだろうしな。

「行くぞっ！」

軽く舌打ちすると乱暴に俺を突き飛ばし、取り巻きを連れて金髪サングラスの男は出て行ってしまう。一ノ瀬の奴、面倒なことに巻き込まれているようだな。にしても、あまりにタイミングが良すぎやしないか？　爺ちゃんの借金もそうだ。爺ちゃんが死んでから既に4年が経過した。あと一年の時効ギリギリでわざわざ返済を請求してくる理由は？　利子を吊り上げるためか？　いや、回収できないなら意味はないし、奴らにその我慢強さがあるならヤ○ザに身を落としてはいまい。一ノ瀬の件もそうだ。これらのことは種族の決定がなされた直後に起こっている。これを偶然と考えて果たしていいのか？　もし爺ちゃんが借金を負っておらず、奴らのでっちあげなら俺は奴らを許せそうにない。

（少々、調査する必要があるようだな）

マグマのような激烈な感情をどうにか抑えつけ、俺は仕事に戻る。

２０２０年10月17日（土曜日）、午後10時3分。

宝石商――七宝で朝からずっと別室で監視を続ける。一ノ瀬の安否も気がかりではあったが、いかんせん、俺はあいつの連絡先を知らん。確認しようがないんだ。

【千里眼】を常時発動しての監視だ。正直、最初はかなり堪えたが、それも数時間続けると大分慣れてくる。そして午後の10時になって兎が罠にかかった。

へー、見事だな。姿も見えないし気配も感じない。ただ、【千里眼】のスキルだけが、異分子がこの場に侵入していることを明確に告げていた。姿も気配もない存在は、裏口の電子ロックをいとも簡単に開錠し、この宝石が収められている展示室へと至る。そして他の宝石には目もくれず、『蒼麗玉』という青色の小水晶がはめ込まれた指輪の展示されたケースへと向かう。

カチリッと鍵が開錠される音とともに、展示ガラスがゆっくりと開き、姿なき存在はその指輪を手に取る。俺は扉を勢いよく開くと、床を蹴ってそいつとの距離をゼロにしその手首を掴む。

「そこまでだ。名無しのラビリーさん」

「せ、先輩⁉」

ちょっと待て、この声聞いたことあるぞ。濃い霧が晴れるかのように露になっていく兎の面をしたライダー姿の女。勢いよく女は兎の仮面を取ると、

「なぜ、先輩がここにっ⁉」

そんな俺の方が聞きたいことを聞いてきやがった。

宝石商――七宝の応接間。俺と鬼沼の正面の席には、兎仮面の女――一ノ瀬雫が叱られた小学生のように俯き気味に縮こまっている。

「前の日曜日に、逝去した前社長の祖母には多額の借金があり会社の資産が抵当に入れられていることが最近になって発覚したと両親から知らされた。現在は社長の父親の会社を救うため、一ノ瀬も仕事を休んで金策に走ったが親戚も、どこの金融機関も貸してはくれなかった。父親が最後の手段として代々の家宝の『蒼麗玉』を売却するが、二束三文にしかならなかった。だが、後で数億円で取引されていることを知り抗議するも門前払い。両親はそのショックで寝込んでしまい、それで、ここに盗みに入ったと？」

「……」

コクンと顎を引く一ノ瀬に、思わずため息を吐いてしまう。

「全てにおいて最悪だ。盗みに入る方も馬鹿なら、店の信用性を高める天才的な目利きの職員がいるのに、わざわざそれを毀損するような商売をする奴も馬鹿だ。どちらも救いようがない」

半眼で隣の鬼沼を見ると決まり悪そうにサングラスを盛んに押し上げ、傍にいるメタボ職員もすまなそうに頭をカリカリと掻いていた。

「その小娘が盗みに入ったのは事実！　落とし前はつけるべきだ！」

黒スーツにサングラスの男が俺たちの背後から怒声を上げるが、

「お前らがそれを俺の前で言うか？」

俺が振り返り一睨みすると顔を引き攣らせて押し黙る。

「鬼沼、その宝石、元の持ち主に返してやれよ。その代わり今後、定期的にこの店にお前の部下がつけた鑑定評価額で魔石を売ってやる」

「そんな勝手な――」

背後の黒スーツが再び激高しかかるが、鬼沼は右手に持つステッキを、その黒スーツの顔面に叩きつける。

「それは旦那があっしを信用する。そう言ってるんですかい？」

「まあな。お前の部下の目利きの腕は本物だし、その点は信頼もできる。値段は店の利益も踏まえて決定しな。ただし、以前のような姑息な誤魔化しはするな。それをすればわかるな？」

「はいな。十分すぎるほどに」

ゴクッと喉を鳴らす背後の黒スーツたちとは対照的に、鬼沼はさも嬉しそうに口の端を上げて何度も頷く。あとは一ノ瀬だな。

一ノ瀬に視線を向けると俺たちのやり取りについていけないのか、怯えと困惑の入り混じった表情で見上げている。

「一ノ瀬、お前、自分のしたことの意味、わかっているな？」

「……」

泣きそうな顔で頷く一ノ瀬。

「だったら二度とこんな真似をするな？　いいな？」

「は……い」

できる限り厳しく語りかけると、遂に一ノ瀬は両手で顔を覆い、泣き出してしまった。

これでいい。悪いものは悪い。それは間違えてはならない。まあ、本来口が裂けても俺が言える立場ではないわけだが。

「まだ証拠はない。だが、その前社長の借用書、おそらくでっち上げだ」

流石にここまで同じなら疑う余地はない。十中八九、此度の種族の変更により得た能力であの獄門会とかいう暴力団の構成員の誰かが今回の偽造文書を作成したんだろう。一介の会社員に過ぎなかった一ノ瀬にどこぞの大怪盗のような真似ができるくらいだ。その程度、できても何ら不思議ではない。

「どういうことですか⁉」

案の定、食いついてくる一ノ瀬に、

「俺も今、お前と似たような境遇だからさ」

俺に起こった一連の出来事について話し始めた。

「おかしいと思ったんだ。お祖母ちゃん、生前、お金には恐ろしいほどしっかりしていたし、いくら入院中認知症が始まっていたとはいえ、あんな借用書に判子など押すわけない」

「俺の爺ちゃんも同じだ。他人に騙されるような間抜けじゃなかった。おそらく、今のお前のそのチート能力と同じ。偽造か何かの力だ」

一ノ瀬の得た能力は、隠遁系の種族である【怪盗】由来である。具体的な内容は、「神出鬼没の凄腕の盗人。その意思一つで姿と気配を完全に消失できる。またいかなる鍵も怪盗の前ではその効力を有せず、自在に開錠、施錠ができる」。まったく、姿と気配の消失だけでも大概なのに鍵の開錠、施錠も可能ね。どんなスーパーチート性能だよ。人間種のランクGでこの性能なら、ランクAの他種族だったら、はたしてどうなっちまうんだろうな。しかし、疑問もある。

「一ノ瀬、お前、よくこの種族を選択する気になったな？」

怪盗といえば聞こえはいいが、とどのつまりは窃盗犯だ。一度選択すれば二度とやり直しがきかないことを鑑みれば、通常の神経ならアウトオブ眼中の種族のはず。

「だって私、【フォーゼ】の怪盗ラビリーのファンだもん」

「それだけ？　つーか、お前、【フォーゼ】やるの？」

意外極まりない趣味の独白だな。

「うん！　大ファンですっ！」

目をキラキラさせて頷く一ノ瀬に大きなため息を吐く。だからって【フォーゼ】好きってだけで種族を選択するなど俺でもしねぇぞ。まあ、そもそも俺には選択肢が与えられていないこともあるわけだが。しかし、ある意味、この種族はこの上なく使えるぞ。何せ、俺が今日、一ノ瀬を見つけられたのは予告があったからに過ぎない。もし、何の通告もなければ気づくことは不可能だった。そして、この能力があれば、奴らを社会的に抹殺できる。

「一ノ瀬、俺から提案があるんだがいいか？」

「提案？」

「そうだ。奴らは死者を、俺の爺ちゃんを侮辱した。その顔に唾を吐きかけたんだ。俺は奴らを許さねぇ。違うな、俺のこの魂が許せねぇ」

俺は胸に親指を当てつつ、そう宣言する。

「だ、だが相手は関東最大の反社会的勢力——獄門会だぞ!!」

黒スーツの一人がたまらず裏返った声を上げる。

「関係ねぇさ。俺の唯一の危惧は、奴らが自分たちの正当性に基づいて警察に泣きつくことだけだしな」

「……あんた絶対、イカレてるよ」

黒スーツの一人が白昼幽霊でも目にしたかのような顔で俺を凝視しながら、ボソリと呟く。

俺の言は獄門会を俺一人でどうにかできると言っているに等しい。それはそうかもな。

「話を続けてよ、先輩！　提案って何？」

「俺が奴らを潰すのを手伝え。来週の土曜日が決行日だ」

「来週の土曜……でも私、戦闘なんてできないよ？」

悔しそうにそう告げる一ノ瀬。ヤバいな口の片端が自然に上がっちまう。そうだ。そうだよ。

俺は今、丁度おあつらえ向きの施設を有しているんだ。

「心配いらん。俺に考えがある。くっく……シャバにこれ以上いたくないと泣いて懇願するほど徹底的にいたぶってやるぞ。うふふ……」

元々俺は性格がすこぶる悪いのだ。それに奴らは反社会的勢力。己がしてきたのと同様の恐怖に晒される覚悟くらいできているはずだ。特に最近俺はこのクソみたいなシステムのせいで、ストレスが溜まりまくりだし、その八つ当たりの標的くらいにはなってもらわねば割に合わん。

「先輩、マジでその顔止めなよ。悪魔が悪巧みしているようで、ドン引きなんだけど」

頬をヒクつかせている一ノ瀬を尻目に、鬼沼が一ノ瀬家に支払った『蒼麗玉』の代金１００００万円を差し引いた７０００万円入りのジュラルミン製のトランクを受け取る。そして一ノ瀬を連れて俺の自宅まで直行した。

自宅に到着すると、すぐにキッチンに立って二人と一匹分の餌を作る。一ノ瀬の奴が朝から何も食べていないとほざくから、急遽作ることにしたのだ。

「で、先輩、この人、誰？」

一ノ瀬の隣で今も飯をがっついている黒髪の女に疑惑たっぷりの視線を向けて尋ねてくる。

「妾は仁愛の女神――クロノじゃ。よろしくの」

右手のフォークに突き刺した肉を口に含みながら、左手を軽く上げて挨拶する。クロノ、お前、また二つ名変わっているぞ……。

「は、はあ……」

どうリアクションをとっていいのかわからない。そんな様子だな。

「クロノ、猫の姿に戻れ」

「えー、妾、まだ食べてる途中なのじゃ！　着替えるの面倒じゃし」

不満を垂れるクロノの前の皿を取り上げると、

「アキトめ、地獄に落ちろ！」

怨嗟の声を上げつつ、その姿を猫へと変える。

あんぐりと大口を開ける一ノ瀬に、

「そういうわけだ。こいつは妖怪ビッチ猫。即ち、物の怪の類さ。どうも最近、取りつかれてしまって――」

事情を端的に説明してやるが、

『誰が妖怪ビッチ猫じゃ!!』

俺の前に跳躍すると爪を立ててバリバリと顔を引っ掻いてくる。

「何しやがる!!」

『やるか！　妾は構わんぞ！』

俺が激高し馬鹿猫もそれに応じファイティングポーズをとり、シャドーボクシングを始めた。

「ぷっ！」

一ノ瀬は吹き出し、腹を抱えて笑い出してしまったのだった。

爆笑モードに入っていた一ノ瀬がようやく落ち着いたところで、最近俺に起きたことを話せる部分だけ抜粋して話す。

「先輩の家の庭にダンジョンが出現したと？」

「ああ、そうだ。一ノ瀬、くれぐれも――」

「わかってる。私ってそこまで恩知らずじゃないよ」

一ノ瀬は猫とは思えぬ底なしの胃袋に料理を放り込んでいるクロノの頭を撫でながら断言する。どうやら、一ノ瀬の奴、クロノがツボにはまってしまったようだ。クロノが女専門の超絶ビッチ猫だということは言わぬが華かもしれんな。

「とりあえず今からこの金をお前の実家に届けろ」

「本当にいいの？」

「うむ、それが最も高い効果が望めるからな」

俺のは、返済期限まであと9日あるのだ。俺が返済できると言い切っている以上、奴らはそれまで行動に出ることはあるまい。問題は期限が明日で切れる一ノ瀬家の方だ。

借金の額は1億5000万円だが、この金があれば期限をあと一カ月伸ばさせることは可能だろう。仮に奴らが強硬手段に打って出るなら、『蒼麗玉』を渡せばいい。

「でも、このお金って先輩のこの敷地の――」

「獄門会はどうせ次の土曜日に跡形もなく解体される。存在しない奴らへの返済など考える必要はねぇさ。それにその金は後で奴らからしっかりと取り立てるからな」

もちろんしっかり利子をつけてだ。骨から皮、臓腑に至るまで食い散らかし、しゃぶりつくしてやる。

「これでは、どっちが悪人がわかったもんじゃないの」

　クロノの皮肉に乾いた笑いを浮かべながら、

「でも、わかったよ。ありがたくこのお金、使わせてもらう。それで、私に手伝ってほしいことは？」

　一ノ瀬はそう尋ねてくる。

「言ったはずだ。今のお前は弱いと。今から一週間、ミッションに耐えられるレベルまで実力を引き上げる必要がある。ここに寝泊まりして俺とともにダンジョンで修行してもらうぞ」

「へ？　私ここに住むの？」

「そうだ」

「会社もここから？」

「ああ、そのつもりだぞ」

「え――――――っ!!?」

　一ノ瀬は頬に両手を当てると、耳を劈くような絶叫を上げたのだった。

　２０２０年10月22日（木曜日）。

、堺蔵市郊外の邸宅。

薄暗い部屋の中、ベッドの上には全身に青痣がある襤褸雑巾のようになった裸の女が横たわっていた。そして、彼女にまたがり獣欲をぶつける長身長髪の男。

男の筋骨隆々の鋼のような肉体の全身には般若をかたどった入れ墨がなされている。

男は両手で女の頬を叩き、反応がないことを確認すると——。

「もう壊れたか。このシャブは少々、効果が強すぎる」

獄門会釜同間組、組頭——大井馬都はそう独り言ちると、

「おい！　こいつをどこかの森にでも捨ててこい」

部下にそう指示を出して着替えると部屋を出る。マンションの前に止めてある黒塗りの車に乗り込む直前、

「あ、明美を返してくれっ!!」

サラリーマン風の男が必死の剣幕で駆け寄ってきたが、すぐに馬都の部下に羽交い絞めにされてしまう。

「明美？」

（さっき壊れた女です）

眉を顰める馬都に、部下のスキンヘッドの男が耳打ちした。

「頼む！　何でもする！　だから明美を返してくれっ!!」

「わかった。返す、返す」

馬都は口角を上げつつ、サラリーマン風の男の肩を数回叩き、

「あの女のもとに返してやれ」

部下に指示を出し馬都は車に乗り込んだ。


「お疲れ様ですっ‼」

「お疲れ様っス‼」

「お疲れっス！」

挨拶の言葉とともに馬都に一斉に下げられる頭。その長い列に沿って歩き建物の中に入る。

正面の席へと座り、葉巻を咥える。女を好き放題蹂躙した後の一服は最高なのだ。

「それで例のシノギの方は？」

「へい、最近5年以内に死んだ者で獄門会と関連する不動産屋と何らかの取引関係にあった奴の名簿の１００３名の内１２４名まで卑室の奴に借用書を偽造させて、ただいま取り立て中です」

「ストックは沢山あるんだ。もっとペースを上げさせろ」

「へい！」

「ヤクの製造の進行状況は？」

「製造班に急ぎ作らせていますので、もう少しお待ちください」

「でき次第、片っ端に餓鬼どもにばら撒いて、逃げられねぇようにしておけ。特に女にな」

「そのように！」

坊主刈りにそり込みを入れた男が一礼すると部屋を出ていく。

「まったく、いい世の中になったもんだ」

あの種族の決定という現象は馬都たちの世界から理性や自重という言葉を取り去ってしまった。部下たちに発現する様々な能力。それを駆使すればいかなる完全犯罪もやりたい放題だったのだ。加えて魔物の出没により、行方不明ごときにいちいち、警察も構っていられなくなっている。もはや馬都たちのような集団にすら大した人員を割けなくなっており、この短期間で既にマル暴など有名無実化している。結果、反社会的勢力と呼ばれる組織の力は今や鰻登りの状態だ。

「既に獄門会の中でもこの堺蔵支部のシノギの額が過去最高を記録しています。これで組頭の理事への昇進は約束されたも同然でしょう！」

背後に控える側近のスキンヘッドによる興奮気味の台詞に馬都も頷き、葉巻を吸い込み、口に煙を溜めてそれをゆっくり肺へ送り込む。

「壊れた女の替わりがいる。リストを寄こせ！」

「はい。絞り込んでおきました。全ていい女ばかりですぜ」

馬都はリストをパラパラと捲っていたが、突然その手が止まる。

「烏丸忍33歳、烏丸和葉15歳……烏丸忍？　この女、どこかで……」

眉間に薄い皺を刻んでいた馬都に、

「流石は組頭、お目が高い！　二人ともリストの中でもトップクラスのいい女ですぜぇ！　しかも、烏丸家に対しては資産を売却ののち、不足分は母親の忍を風呂に沈めようと思って――」

鼻息を荒くして報告するサングラスの男の顔面に裏拳が叩きこまれ、すごい速度で吹っ飛び壁に叩きつけられて、ピクピク痙攣し始める。

「そうかっ！　烏丸忍、15年前に電撃引退したあの女優かっ！」

狂喜に震える馬都に周囲の部下たちは遠巻きに頬を引き攣らせつつも眺めるだけ。

「組頭？」

側近のスキンヘッドの男が躊躇いがちにその意思を確認しようとするが、

「烏丸親子を追い込めぇ！　母親にさえ手を出さなければ、少々手荒になっても構わん!!」

馬都は歓喜の表情で指示を出す。

「「へい!!」」

自分も殴られてはたまらない。部下たちは一斉に弾かれたように外に出ていく。

今までこの力で全てを手に入れてきた。そして、今や世界は変わり、力こそが至上の世界へ変わろうとしている。今までのような学があるだけの無能野郎は淘汰され、馬都たちのような絶対的強さを持つものだけが世を動かせる、そんな世界に変貌しているのだ。

二日後の土曜日に開かれる獄門会の幹部会議で馬都の理事就任が無事承認されれば、馬都の地位は磐石なものとなる。もうじき、この大井馬都が日本の裏社会を手に入れる！　そうなれば、今まで以上に好き勝手に振る舞える。それに今回、偶然、あの仏蘭西で伝説を残した女優も見つけることができた。娘を薬漬けにして身動きをできなくした上で存分に有効活用してやる。

女の身体を蹂躙し、男との愛情や友情を引き裂き破壊しつくす。これからの悦楽の日々に下半身の一部が盛り上がるのを自覚しながら、馬都は肺に葉巻の煙を再度送り込んだ。

２０２０年10月22日（木曜日）、午後9時12分。
数日が経過し、いくつかの事柄が判明した。一つは約3時間、高レベルの魔物を倒させても一ノ瀬のレベルが一つも上がらなかったこと。正直これが一番困ったが、俺と一ノ瀬の差を考えてみればすぐに結論に到達することができた。即ち、この俺のバグっている成長率だ。これがバグというよりカンストならば、俺がこの短期間で異様な成長を遂げたことの説明にもなる。

ここまでわかってしまえば後は簡単だった。一ノ瀬とパーティーを組み、ダーウィンにより一ノ瀬の成長率を俺に同期させればいいだけだった。

パーティーの編成は、ダーウィンの最後の項目である点滅している『パーティー編成』を押すとパーティー名とともに決定できた。加えて、ダーウィンの効果によりメンバーに一つだけ俺の称号を使用させることができるので、【社畜の鑑】の称号を持たせ、ほぼ不眠不休でレベル上げに邁進できたのだ。

それから、数日間、最も魔物が強力な一階層クエスト実施場所周辺で、毎日パワーレベリングを行った。結果、一ノ瀬はメキメキとレベルを上げていき、遂に——。

「はっ！」

一ノ瀬が地面スレスレを疾走し、すれ違いざまに昨晩届いたばかりのネットの通販で購入した小刀で双頭のクマ——【ニホングマ】の首を刎ねる。頭部を失った【ニホングマ】が細かな粒子へと変わり、魔石が落下すると、

《LvUP。一ノ瀬雫はレベル20になりました》

いつもの天の声が木霊する。どうやら、この声は同じパーティーのものには聞こえるらしい。

それにしても、長いツインテールをなびかせながら小刀を振るう一ノ瀬は怪盗というより、くノ一みたいだ。コミケでスケスケのくノ一コスでもしたらば、さぞかしオタクどもの格好の被写体になるな。きっと……。

「先輩、先輩、スキル【スティール】を覚えたよ！　あと次の種族――下忍へのランクアップが可能だって!!」

下忍か。益々、外見のイメージに近くなってるぞ。あとは、太股が露出したエロエロな忍装束を着れば晴れてコミケデビューだな。それはそうと、スキルが、【スティール】か。どうやら相手の物を盗んだりするスキルのようだ。あまり多用すべき能力ではないが、役に立つこともあるだろうさ。

今も興奮気味に飛び跳ねている一ノ瀬を何とか宥めて、地上に戻る。

一ノ瀬にはランクアップをすると、意識を失う旨を説明し、自分の部屋に戻ってから行うよう指示を出す。ちなみに、一ノ瀬の部屋はクロノの隣だ。

『外は良い満月よ。妾は少し夜風に当たってくるぞ』

「おう。交尾か？　頑張れよ！」

大人になろうとしている馬鹿猫を笑顔で見送ってやる。

俺に向かって跳躍すると、俺の顔をバリバリと爪を立てて引っ搔いてくる。

『この戯けがっ!!』

「何すんだよ!?」

『そなたはセクハラを交えねば口を開けない病にでもかかっているのかっ!!?』

「お前、たまに、ひどいこと言うのな」

『そなたにだけは言われとうないわっ！』

ぷりぷりとしながら器用に窓を開けると外に出ていくビッチ猫。

さて本格的にやることがなくなったぞ。この暇な時間を利用し、俺自身と一ノ瀬のステータスを簡単に確認するとしよう。ちなみに、現在一ノ瀬は風呂に入っていてこの場にはいないが、一糸纏わぬ姿を覗いて鑑定しようというわけではなく、同じパーティーメンバーならばどこでも自由に確認することができるというだけだ。

まずは俺について。俺の【ダーウィン】のレベルは16まで上がり、各ステータスは、HP2000、MP1500、筋力509、耐久力520、俊敏性540、魔力503、耐魔力510、運401、成長率ΛΠΨとなる。ランクアップまでのレベルが30だから、あと14レベルを上げると次のランクEの種族に至れる。それにしても、ステータスが倍近く増えている。思った通り、上位ランクでのレベルアップの方がより上昇率が高いんだと思う。

称号は【社畜の鑑】、【世界一の臆病なプロハンター】、【新米ヒーロー】、【業物を持ちしもの】の四つであり、新たな獲得はない。

所持スキルは【社畜の鞄】、【千里眼】、【チキンショット】の三つともMaxのレベル7まで上昇した。

【チキンショットLv7/7】は、「特定の指定された場所に、射程を無視して遠距離攻撃できる」となり、回数制限が消えたが、依然として場所の指定は必要だから、事実上千里眼の範囲内でのみ使用可能ということになるな。対して、【千里眼Ｌｖ７／７】は射程の著しい伸張と今まであった遮蔽物の制限が消えた。特に遮蔽物の制限がなくなったことはかなり使いやすさが向上したと思う。

次は一ノ瀬のステータスだが、彼女の【怪盗】のレベルは先ほど20まで上昇し、各ステータスは平均80程度まで上昇している。特に俊敏性は１１１もあり、まさにくノ一のようなステータスだ。平均ステータス40以上はそもそも、魔物以外ではとんとお目にかからない。一般人としては、頭一つ抜けているのは間違いあるまい。

ついさっき一ノ瀬が獲得した称号は【大怪盗】。主には怪盗の能力の維持と、意思一つで自在に己の思うがままに変装する能力が追加されている。これはいいな。これで一つ目的達成に近づいた。

丁度、風呂から上がった一ノ瀬がキッチンの冷蔵庫を開けて、グラスに牛乳を注いでいるところだった。

「先輩もどう？　汗をかいた後の牛乳はとっても美味しいよ？」

細い腰に左手を当てて、一ノ瀬は牛乳を一気飲みする。

「いや、どうでもいいがお前、馴染み過ぎだ」

会社でもこのテンションで関わってくるから、周囲に変な勘違いをされやしないかと気が気じゃないんだ。友人を盗られた心境なのだろう。最近特に、雨宮の奴がやけに機嫌悪いし、それで大分、難儀（なんぎ）している。少しは俺の苦労も考えてもらいたいもんだ。

「かもね」

にゃははと笑いながら、俺の正面のソファーにゴロンと横になる。しばし、一ノ瀬は無言で牛乳を空（から）の器に注いでチビチビと飲んでいたが、

「ねぇ先輩、私、やり遂（と）げられると思う？」

コップを両手でいじりながら尋ねてきた。相手は関東一の暴力団。そりゃあ不安にもなるだろうさ。だが、やり遂げられるかどうかは本人の気持ちに大きく依存（いぞん）する。つまり、他人が何と言おうと本人次第だ。

「それはお前次第だろう」

即答する俺に、さも可笑（おか）しそうに笑うと、

「そう言うと思った」

カラカラと笑う。だったら、聞かなければいいだろうに、相変わらず変な女だ。

『アキト、シズク、今すぐ来るのじゃっ!!』

そこで、頭に響く金切り声。こんな狼狽（ろうばい）したクロノの声など一度も耳にしたことがない。考えられる最悪は、クエストがこの地で起きることだが……。

「一ノ瀬はここで待て！」

走り出そうとするが、

「私も行くよ！　私たちパーティーでしょ！」

僅かな憤りを含んだ声色で、俺の指示を彼女は真っ向から拒否してくる。

「それもそうだな。ならば十分注意してついてこい！」

この家が安全という保障もない。特段の例外を除き、既に今この世界に生きる限り安全な場所などありはしないんだ。俺たちはクロノのもとへ走り出す。

クロノと俺の意思が繋がり、そしてパーティーを組んでいる一ノ瀬もそれは共有できている。だからクロノの所在は、すぐにわかった。そこは俺の家から目と鼻の先の崖の下。

黒猫の視線の先には、掘り返したような赤茶けた地面。悪寒がするぞ。俺の人生観を変えてしまうほどの強烈な悪寒が。

『この下じゃ！　ここから僅かじゃが、生者の気配がする！』

「一ノ瀬、掘るぞ！」

俺はアイテムボックスから余分に買い込んでおいたシャベルを取り出し、一ノ瀬に投げると急いで掘り起こす。中から出てきたのはとっくの昔に息が絶えている女の死体と、今も虫の息の男だった。男も相当殴打された跡がある。おそらく睡眠薬でも飲ませられて生きたまま埋められたのだろう。こんな不合理極まりないことをするのは、意思と理性のない魔物なんかじゃなく、まぎれもない人間だ。

「一ノ瀬、今すぐ救急車を呼べ！」

「う、うん！」

俺の指示にスマホで電話をする一ノ瀬。

「おい！　しっかりしろ！」

俺は男を抱きかかえるとその頬を叩く。

「おい！」

呼びかけが通じたのか、男は薄らと瞼を開ける。

「君……は？」

「近隣の住民だ。安心しろ。もうじき救急車が到着する」

俺にはこの男を癒す術がない。下手に動かすのは愚策か。

「お願い……ですっ！　明美の……明美の仇を討ってくださいっ!!」

男は俺の袖にしがみつき吐血しながらも捲し立てる。その瞳の奥にあるものに俺は心当たりがあった。それは――。

「何があった？」

聞かずとも彼女の惨状を見れば大体の予想はつく。それでも俺は確認していた。

「あ、あいつは……明美を……攫って……嬲り殺しに……した。もうすぐ……結婚……する……予定だったのに……」

悔し涙だろう。玉のような雫をぽろぽろと流しながら男はそう打ち明ける。

それだけ聞けば十分だ。あとはそれをした奴の名前だけ。

「誰がやった？」

「大井……馬都……お願いっ……奴をっ!!　…………」

男は俺の袖を握り締め、力を振り絞って声を張り上げるとそのまま脱力してしまう。

「たった今死んだ。警察も呼んでくれ」

「……」

無言で頷くと、一ノ瀬はまた電話をかける。

『のお、アキト』

「何だ？」

『なぜ、人間は同族にここまで非道になれる？』

「さあな。だが多分、人間だからじゃね」

理性を失ったとき、人は際限なく非道になれる。そういう生き物だ。歴史を見ればそれは証明されているようなもの。

『妾は……』

「いいから今は、仁愛の女神らしく二人の冥福を祈ってろ」

クロノは、こくんと小さく頷くといつものように俺の右肩に乗って蹲ってしまう。

くそがっ！　胸糞の悪い真似しやがって！　いいだろう。もう泣いても許してはやらん。ことんまでやってやるさぁ。

俺は喉を掻きむしりたくなるような憤りを必死に抑えながら、男を地面に寝かせるとその瞼をそっと閉じてやった。

堺蔵警察署取調室。

「では君はなぜそこに彼らが埋められていたことを知ったんです？」

警察官とは思えぬぱっつんぱっつんの蠱惑的なスーツを着た赤髪の捜査官はもう何度目かになる質問を口にする。あのオーク事件で俺を取り調べた捜査官の一人だ。以前と外見が同じことから察するに、俺たちのような特殊職業系の種族を選択したのだと思われる。

「だから、助けを求める声が聞こえたって言ってんだろ！」

「なら、なぜ真夜中にあの場所にいたの!?」

「それは――なんとなくだな」

返答に詰まった俺に、赤髪の女は目尻を吊り上げて、右拳をテーブルに叩きつける。

「君の言っていることは全て支離滅裂です。そんな話、我らが信じるとでも？」

「そう言われても真実だしな」

「それを証明するものがいなければ、君の言葉には信頼性がないも同然です」

「一ノ瀬雫の発言は？」

「彼女は君と同棲していた。つまり、君に特別な感情を持った女性でしょ？　ならばその発言にも信頼性などありませんよ」

「信頼性って……あんた、絶対処女だろ？」

「なぁっ!?」

忽ち、顔を真っ赤なリンゴのようにして、赤髪の女は口をパクパクさせている。

俺たちのやり取りを聞いていた、フットボールでもやっていたかのようなガタイの良い坊主頭の捜査官が口を押えて噴き出す。もう一人の年配の捜査官など壁に顔を向けてプルプルと全身を震わせている。どうでもいいが、お前ら笑い過ぎだ。

「百歩譲って一ノ瀬が俺に惚れていたとしよう。だがな、どこの世界に惚れた男の暴行を手伝う女がいんだよ？　あんた、絶対その手のエロ本の見過ぎだぜ」

遂に背後の二人の捜査官は声を上げて笑い出してしまう。

「い、痛いところ突かれたなぁ、赤峰」

年配の捜査官が膝をバンバンと叩きながら大声を上げて笑う。

不動寺とかいう捜査官と年配の捜査官はさっきからこの調子で、面白がって見ているだけ。

多分、こいつら、俺が犯人じゃないってとっくの昔に気づいている。犯人に心当たりでもあるんだろう。

「ふざけないでっ！　笑いごとじゃありませんっ！　失礼だし、第一、不謹慎でしょう!?　人が二人も死んでるんですよっ！」

「あー、悪い、悪い。そうだったな」

坊主頭の捜査官の謝罪に、赤峰と呼ばれた捜査官はしばらく怒りに肩を震わせていたが、大きく深呼吸をすると、

「それでは現場の状況の確認からもう一度」

また同じ質問をしてくる。きりがないな。別にこの女捜査官が無能だとは思わない。この状況なら俺が赤峰の立場でも不審に思うだろうしな。

女には暴行の跡があったらしいし、どの道、さっき採取した俺の血液のＤＮＡを調べれば俺の身の潔白は証明される。俺が不愉快で心底我慢ならないのは、こんな場所にいつまでも拘束されて今すべきことを実行に移せないことだ。

「もういいだろう。このままじゃ堂々巡りだ。今日の取り調べはここまでにしよう」

「それを決めるのは君じゃなく私たちよ！」

「その後ろの捜査官様たちは、あまりやる気がなさそうだが？」

赤峰捜査官は肩越しに振り返るが、その怒りが益々蓄積されていき、とうとう怒髪冠を衝

くがごとき状態になる。

「早く答えなさいっ!!」

そして遂には、ヒステリックな声を張り上げた。この茶番を俺の意思で終わらせられないなら、是非とも尋ねたいことがある。

「大井馬都、この名前に心あたりは？」

俺がその名前を口にした途端、背後の二人の捜査官から笑みが消えた。どうやらビンゴのようだ。赤峰捜査官も眉を顰めているが、雰囲気からして名前だけは知っているようだ。

「教えろよ、どこのどいつだ？」

今回のターゲットの名前の身元がわかるならこの茶番も十分すぎるほど意味がある。

「質問しているのは私たちよ。勝手に無関係な話を――」

「その質問に答えたら、俺が知ってる秘密を話してやるぜ」

もちろん、提供する情報は必要最低限なものに限るがな。

「悪いけど、本事件に関係ない市民の情報を――」

「仮に答えたら、兄ちゃんは、どうするつもりだい？」

年配の捜査官が開きかけた赤峰の口を右手で遮り、赤峰の隣の椅子に座るとそんな当然のことを聞いてくる。

「俺がどうするかね……心配せんでも、殺したりはしねぇよ」

あのヒョロイ、リーマンの兄ちゃんから託されたからな。そんな楽な結末を俺は認めない。

「だったら、どうするつもりなんだい？」

「ただ、後悔させてやるだけさ」

これは俺の意地だ。どんな手を使ってでも、大井馬都とかいうクズには生きてきたことを後悔するほどの地獄を味わわせてやる。

「……」

誰も口を開かない。そんな気まずい静寂の中、扉が開かれ一人の捜査官が部屋に入ってくると、年配の捜査官に何やら耳打ちする。

「もう帰っていいよ。遅くまで申し訳なかったね」

年配の捜査官は立ち上がり、俺に軽く頭を下げてくる。

「部長、彼は絶対に嘘をついていますっ!!」

赤峰捜査官が年配の捜査官に非難の言葉をぶつけるが、

「忘れるな。これは任意の同行に基づく取り調べだ！　これ以上やるなら令状が必要だぞ？」

初めてそう窘める。

「……」

赤峰捜査官は、悔しそうに下唇を噛みしめながら取調室を出て行ってしまう。

あの女捜査官には相当不信感を持たれてしまったようだ。というより最初から敵視されまくっていたわけだが。とはいえ、女に敵視されるのも不信感を持たれるのも改めて考えればよくあることか。むしろ、雨宮や一ノ瀬がおかしいだけだし。

気を取り直して外に出る。外に出ると警察署前には二人の人物が出迎えてくれていた。

一人はおのずと知れた一ノ瀬雫。もう一人はおそらく俺たちの釈放を手伝ってくれた人物だ。

「鬼沼、借り、作っちまったな」

「ええ、旦那に借りを作れるなど今後も滅多にありそうもないですしねぇ。大層恩に着てくだせぇ」

「言ってろよ」

鬼沼が用意した警察署前に止めてあったベンツに乗り込む。

「旦那が巻き込まれた事件の概要でやす。調べておきましたのでご覧くだせぇ」

乗車するやいなや鬼沼が俺に資料を渡してくる。

「助かる」

資料を受け取り、ぺらぺらと捲る。

「くはっ！　マジかよ！」

胸の底から堪え切れない可笑しさがこみあげてきて、俺の口角は大きく吊り上がっていた。

その資料には、獄門会釜同間組組頭――大井馬都による目を覆いたくなるような犯罪行為がうんざりするほど記載されていたのだ。

蛆虫野郎の存在はわかった。あとはどう料理するかだ。回復系の能力があればより良いんだが、俺にはそんな気の利いた能力はないしな。え？　回復系能力を何に使うんだって？　それは企業秘密だ。

それから一ノ瀬を家まで送って行った。警察から実家に連絡がいったのはまず間違いないし、親御さんに事情を説明する必要があったからだ。ありったけの敵意をぶつけられるものと覚悟していたが、今回の事件自体が一ノ瀬家の債権者である獄門会の組頭により引き起こされたものだと既に娘の一ノ瀬雫から伝えられていたらしく、逆に娘を今まで匿ってくれてありがとうと、何度も頭を下げられてしまう。

おそらく７０００万円の金銭とあの『蒼麗玉』から、俺をどこぞの御曹司と勘違いしたのかもしれない。

正午に一ノ瀬と有休を使い会社を早退した。斎藤さんには、なるほど顔をされるし、他の男性社員には悪鬼のごとき形相を向けられる。完璧に勘違いされてしまったが、今はそんなことを言っている余裕は俺たちにはない。一ノ瀬とは会社前で別れた。一ノ瀬にはこれから最も重要な役割がある。それこそが、獄門会という巨大組織をこの世界から消滅させる楔となる。

もちろん、仮にも獄門会に潜入するんだ。相当なリスクがあるが、そもそものために一ノ瀬にはこの一週間鍛えまくってもらったのだ。現に、今の一ノ瀬なら獄門会のクズどもなど数十人相手でも物の数ではあるまい。問題はイレギュラーの存在だが、大怪盗の称号の効果により、一ノ瀬は姿を自由に変化できるし、気配や姿も消せる。自ら好き好んで無茶しなければ、下手など打つはずもない。

さて俺も行動に移すとしよう。まずは、昨日頼まれた鬼沼の依頼の達成からだ。

鬼沼とはこれから長い付き合いになる。恩を売っておくのが吉。それに鬼沼は損得勘定ができる奴だ。俺が力を見せ続ける限りは、信用できる。もちろん信頼しすぎるのは厳禁だがね。それにこの依頼、少々興味もあるしな。

鬼沼に指定されたファミレスで窓際の席に座り、好物のチキンカツとドリンクバーを注文し、道路を挟んだ向かいの四階建てのビルの様子を窺う。

午後3時となり、黒髪をサイドダウンスタイルにした壮絶美女がビルから出てくる。

あの女の名前は、烏丸忍。どう見ても二十代前半にしか見えんが、あれでも俺より一歳年上で二児の母らしいぞ。にしても烏丸か。ファンタジアランドで助けた優斗少年がそんな苗字だった。まあ、そんな偶然あるはずもない。おそらく偶々だろうがね。

さて、俺も動き出すとしよう。

千里眼で確認してから、俺も会計を済ませて外に出る。現在、烏丸忍は、横断歩道を歩いている最中だ。あとは、彼女に気づかれぬように後をつけるだけ。鬼沼の危惧が的中するとすれば、この帰宅途中で彼女は襲われる可能性が高いはず。

そろそろ彼女の自宅付近だ。この辺は住宅が密集しており、裏路地はほとんど人気がない。襲うとしたらこの周辺だろう。

千里眼を発動すると路地裏から八人のいかにも堅気には見えない男たちが様子を窺っているのが確認できた。さらに彼女が歩いている路上とは裏路地を挟んで反対側の路上にバンが停めてある。つまりそれが奴らの逃走経路ってわけか。

どうやら、鬼沼の危惧が見事的中したようだ。それにしても、護衛をした途端いきなり拉致現場に遭遇するとはな。流石にこれを偶然と片付けるほど俺はお目出度くない。十中八九、鬼沼が奴らに働きかけたのだろう。

まあいい。奴らには少々聞きたいことがあった。じっくりたっぷりその身体に聞くことにしよう。俺は千里眼で奴らの動向を把握しつつ回り込み、奴らの逃走経路を塞ぐ。そして、悪質な笑みを浮かべていることを自覚しながら奴らに近づいていく。

路地から顔を出して、通りの様子を窺っている男たちの肩を摑む。

「はーい」

「な、なんだ、お前――」

俺は男の顔面に右拳をぶち込んだ。

現在、男どもをフルボッコにしロープで拘束したところだ。

そして、烏丸忍が無事家に到着したことを千里眼で確認し、ニンマリと笑みを浮かべる。計画は順調に推移中。あとはこの馬鹿どもから奴らの計画を聞き出すだけ。手段はどうしようか。そうだな。あれの試験でもしようか。正直、どうなろうと知ったこっちゃない素材などめったにないわけだし。

「てめぇ、自分のしたことわかってんのかっ⁉　俺たちは獄門会だぞっ！」

知ってるさ。だからこうして拘束しているわけだし。

「へっ！　貴様は俺たち極道を敵に回したんだ。何せ俺たち極道はしつけぇからよぉ。もう普通の人生は送れねぇぞ？」

「てめぇの身内は、全員攫って海に沈めてやんよ！　もちろん、女は風呂だがなっ！」

何が可笑しいのかわからんが笑い始めやがった。いいね。こういう世間知らずのボンボンの調教ほど心躍るものはない。俺はアイテムボックスから黄泉の狐面を出して顔に装着する。

「なんだぁ？　今更顔を隠したって無駄だぞぉ。てめえの顔はしっかり覚えてる。期限までに5000万払えるって宣言した大法螺吹きだろぉ！」

五月蝿い馬鹿は放っておこう。どうせすぐに押し黙るしな。

さて色々試してみたい。千里眼をこの裏路地を中心に発動し解析を開始する。ゴミ箱、木箱や積まれた段ボール箱の中にいる複数のカサカサと蠢く生物。

俺は千里眼でその生物たちの一匹を特定する。チカチカと点滅するその生物を前に、仮面をつけてから生じている右隅の『降霊』との文字パネルをタップした。

青色の炎がゴキブリを覆い、燃え上がる。次いで、その姿が数倍に大きくなり、四肢が人型に変形していき、妙にリアルな顔が生えた。

そして――ガチャガチャと鎧が擦れるような音が聞こえてくる。

「お、おい、あれ？」

路地の一点に視線をやり、自称極道の剃り込み坊主が血の気の引いた真っ青な顔で他の仲間たちに注意を促す。

「ひっ!!?」

案の定、奴らから小さな上擦った悲鳴が上がる。これぱっかりは、こいつらをチキンと責められんよ。作った俺ですら、思わず大声を上げて回れ右をして逃げだそうとしたくらいだし。要するにだ。路地の暗がりから俺たちの方へ威風堂々と歩いてくるのは、武者の鎧を身を纏った体長1mほどの巨大人面ゴキブリだったわけだ。

『キモッ！　キモッ！　キモォ――ッ!!!　アキト、そなた、な、何ちゅうものを作るんじゃっ！』

そんなこと言われてもな。面白いかなって思ったんだよ。まさか、こんな不思議生物を生み出しちまうとはな。うーむ、自分のこの芸術力が恐ろしい。

俺の前まで来ると熊のような顔の人面ゴキブリは、恭しく跪く。

『拙者はゴキ侍――五右衛門、ただいま、推参し候』

なぜ一人称が拙者なんだよ？　ゴキ侍って？　その鎧と刀、どこから持ってきたんだ？

やべぇ、ツッコミどころが満載でどこから指摘していいのかわからんわ。

「お、おう。ご苦労」

内心では動揺しまくっていたが、右手を上げて挨拶を交わす。

『我が殿よ、我が忠誠は殿に。何なりと御命令を！』

いや、殿って言われても反応に困るんだが。とりあえず、命令しろというのだ。してみるべきだろうな。

「じゃあ、俺今、そいつらを尋問してんだ。それを手伝えよ」

『承知仕る！』

五右衛門は得意げに、ヒューと指笛を吹き鳴らすと、カサカサと耳障りな音が裏路地に木霊する。そして、それらの音は次第に大きさを増していった。既に俺たちの周囲は、裏路地の壁一面をはいずり回る黒光りする生き物で埋め尽くされてしまっている。

——カサカサカサカサカサカサカサカサカサカサカサカサカサ！

「ひぃぃぃぃぃぃっ!!」

自分たちを完全包囲している蠢く黒光りした小さき悪魔たちを視界に入れ、絹を裂くような悲鳴を上げる哀れな子羊たち。その薄幸な弱者の気持ちなどゴキ侍こと五右衛門にわかるはずもない。

『さあ、我が同胞たちよ。我が殿の命じゃ。存分に力を振るうがよい』

直後、黒い悪魔たちは極道たちの頭上に降りそそぎ、文字通り生き地獄の幕が開ける。

やる気満々の五右衛門により、実にあっさり奴らは陥落した。五右衛門の行った悪趣味な振る舞いは全力で忘れたいんで聞かないでくれ。いやさ、マジで思い出しただけで気持ち悪くなるんだよ。ともあれ、今も震える哀れな子羊から、知りたい情報は粗方集めることができた。

何でもあの大井馬都とかいう性欲ゴリラから、烏丸忍とその長女の烏丸和葉の身柄を押さえるよう指示されたらしい。確か、烏丸和葉も鬼沼のリストに入ってたな。

烏丸和葉は堺蔵高等学院一年。朱里と同じ高校だな。偶然の一致にしては絶妙すぎる。あの我が儘お転婆娘にこの件を知られれば非常に面倒なことになる。慎重な行動が求められるな。

ともあれ、烏丸和葉は吹奏楽部であり、午後の6時まで学校で練習中らしいし、彼女の下校の時間までは十分余裕がある。これなら、今から向かえば十分間に合う。

『殿、この賊ども、いかがしましょうぞ？』

「うーん、ここで獄門会に戻られても面倒なんだよな」

『されば、拙者が処理するでござる。お命じ候へ』

五右衛門の提案に、獄門会の極道たちは、嗚咽するような金切り声を上げる。

確かに、どんな単細胞の怖いもの知らずでもあんなことされたらもう逆らう気も失せるわな。

ほら、失禁して鼻水と涙を垂れ流しているのが大半だし、隅の金髪ちょび髭は薄ら笑いを浮かべてお花畑の世界へと旅行中だぞ。クロノなんて最初のあの黒い悪魔たちの登場で目を回しちまっている。

「いや、お前には今から少々やってほしいことがある」

ほっと安堵のため息が漏れる。あのな、俺に慈悲を期待するなよ。お前らは朱里に手を出すと宣言したんだ。自分はしてもいいが、されるのは絶対にいや、そんな子供染みた我が儘が通用したのは少し前までの甘くも優しい世界だけの話だぜ？

『おお、殿のお役に立てる！　御随意にお命じくだされ！』

暑苦しい涙を流す五右衛門に周囲の黒い悪魔どももまるで同調するようにカサカサと蠢く。なんだろうな。この風景。

「その姿、不自然でない感じに変えられるか？　女子供受けする姿ならばなお良し」

『致すことができ候』

飛び上がり一回転すると、頭から二つの触覚を生やした生意気そうな少年の姿になる。

うむ。この姿ならただの子供にしか見えん。それにあの種族の選定で、触覚のあるものは街に腐るほど溢れている。

「俺についてこい」

『承り申した』

これで条件のほとんどがクリアされた。五右衛門の平均ステータスは90前半。大した強さではないが、それでもこんな獄門会とかいう雑魚どもよりはよほど強い。こいつには、烏丸家の護衛をしてもらうことにする。さて、面白くなってきたぞ。

「解放してくれるんですか？」

不安を隠そうともせず、獄門会の構成員の一人が土下座の格好で俺に尋ねてくる。

「どうだと思う？」

「今すぐ警察に出頭して全てを話します！　だから、もう許してくださいっ!!」

必死に俺に縋りつく獄門会の構成員たちに俺は口の片端を上げて、

「んなわけねぇだろ。お前らは俺の身内に手を出すとまで言い切ったんだ。明日、全てが終わるまでそいつらと遊んでもらえ。そうすれば、そのクソッタレな根性も少しはましになるだろ」

そう突き放し、五右衛門に目配せをすると、大きく頷き指笛を吹く。

同時に周囲の黒色の悪魔たちが再度うぞうぞと動き、獄門会の構成員たちを呑み込み、裏路地の奥へと運び去って行く。まあ一応、五右衛門には命までは奪うなと命じてある。だから、死にはしないだろう。

さて、そろそろ俺も行動を起こすとしようか。多分……まあ、死んだら死んだで別にどうでもいいがね。

「行くぞ」

『はっ！』

俺は烏丸家に向けて歩き出したのだった。

堺蔵高等学院。

「今日はこれで終わりにしましょう。最近、モンスターが出没するらしいし、皆、寄り道せずに帰りなさいね」

（よかった、いつもより早く終わった）

吹奏楽部部長――藤村朱里の終了の宣言に、烏丸和葉は安堵のため息を吐く。

烏丸家が直面している一連のごたごたからまったく集中できなかったし、部活が早く終わったのは和葉にとっても僥倖だった。

約一週間前、突如、獄門会とかいう暴力団の金貸しどもが烏丸家を訪れ、四年前他界した父が銀行から多額の借金をしており、その債権を獄門会が譲り受けた旨を知らされる。それから毎日のように嫌がらせが続いた。母が金銭の返済を約束したから、一時的に奴らが家に訪れることがなくなってはいるが、今後どうなるかは全くわからない。

そんな状況だ。授業中も友達と会話している間も心ここにあらずの状況だった。

「烏丸さん、少しいいかしら」

「は、はい」

自身のクラリネットをケースに収納していると艶やかでサラサラの栗色の長い髪の美しい女性に声をかけられる。彼女は藤村朱里、堺蔵高等学院二年吹奏楽部の部長にして、成績は常に学年一位。空手部主将を一撃のもとに沈めたとか、本校の女子にちょっかいを出した他校の不良数十人をフルボッコにしたなどおよそ信じるに値しないような噂がまことしやかに囁かれている。次期生徒会長が確実視されている完全無欠の女傑だ。

「最近、ずっとボーとしているけど、何かあった？」

「少し家庭の事情で……」

「そう……もし助けが必要なときはいつでも相談してちょうだい。きっと力になるから」

宣言すると藤村先輩は、颯爽と部室を出て行ってしまう。

力になるから。そう言い切れるところが、先輩の凄いところだと思う。そしてその発言を実行できる力を持っている。それが、和葉はただただ羨ましかった。

（帰ろう）

今世の中はかなり物騒になっている。弟も迎えに行かなければならない。荷物を持って音楽室を後にした。校門を出て長い坂を下り始める。

西空に太陽が沈み込み、辺りはすっかり薄暗くなっている。少し前ならこの時間帯のこの坂は、運動部などの学生たちで溢れていた。それが今やまばらにしかいない。その理由は数週間前に出現したモンスターが原因だ。スポーツも命あっての物種。今や運動部でさえも夜遅くまで残って練習するものは一割もいない。というより、最近では次の大会が近い和葉たち吹奏楽部以外の姿がほとんど見られない。

坂の下の大通りまで２００ｍほどの距離にさしかかったとき、背後から坂を下ってくる車の気配がしたので、左端によける。白色のミニバンは和葉の真横で急停止し、後部座席の扉が勢いよく開く。

「え？」

たちまち、車の中に引きずり込まれる。混乱する頭の中、薄暗い車内で忽ち猿轡をかけられロープで拘束されてしまった。

「猿渡さん、事務所と組頭のマンションに今サツが来てるらしいんで、一時、いつものとこに連れて行けって連絡があったぜ」

助手席に座る二十代前半の赤髪にサングラスの男がスマホを耳から離して、後ろでふんぞり返っている金髪にサングラス、鼻と口にピアスをした男——猿渡に報告する。

「向かえ」

金髪ピアス——猿渡の指示により、車は走り出す。

この金髪ピアス男には見覚えがある。あの粗暴で最低な債権者たちだ。状況からいって自分は拉致されてしまったのだろうか？　だが、まだ返済には期限はあるし、一応今までは正式な金銭消費貸借契約に基づき奴らは行動してきていた。金は工面すると母が主張している以上、このタイミングで強硬手段に訴える必要性がない。最悪、奴らは烏丸家への債権を国に訴えれば母の会社や祖父が残してくれた家屋と土地を金に換えられる。つまり、この拉致は金銭の収奪が目的ではない？　この奴らの行為の意図は——。

（そんなの決まってる）

男たちが女の和葉を攫う理由など一つしか思い浮かばない。いくらその手の事情に疎くても、これからされることにも見当がつく。

（なぜ、私たち親子ばかり!!）

あの親子で行ったファンタジアランドでの化物との遭遇。まさに生命の危機の中、ホッピーの仮面を被った男性に間一髪のところで助けられ安堵した途端、今度は祖父の借金。そしてこの拉致。どうして最近こうもあり得ない事態ばかり頻発するんだろう。

（なんでよっ！）

はけ口のない、耐え難い陰鬱な圧迫感に和葉は下唇を痛いくらい噛みしめたのだった。

数十分後、車が止まり、車内から突き飛ばされるように外に出される。

夕闇はすっかり夜の暗さに変わっており、天から注ぐ月の光が広い敷地にポツンと建つ二階建ての建物を不気味に照らし出していた。

「早く来い！」

「んんっ！」

猿轡をされた状態で懸命に抵抗をするが、襟首を摑まれ引きずられるように家の中のリビングまで連れてこられるとソファーの上へと突き飛ばされた。そして、男たちは冷蔵庫から飲み物を取り出し、各自酒盛りを始めてしまう。

新たに部屋に入ってきたパンチパーマの男は、正面のソファーに座り、マジマジとまるで物色するかのように和葉を観察しながら、

「こいつが、例の頭が目を付けた女の娘か？」

金髪ピアスの男――猿渡に尋ねる。

「ああ」

「へー」

パンチパーマの男は、右手で和葉の胸倉を摑むと引き寄せてそのブレザーの胸元を覗き込んでくる。

「ん、んっ!!」

ミノムシのような惨めな格好でなんとかもがいて逃れようとするが、丸太のような右手で完璧にロックされており、ほとんど身動きもできない。

「もったいねぇなぁ。こいつ一見ショボガキだが、一皮むけば相当な上玉だぜぇ? Gはあるし、尻もでかい。色気ムンムンつうかよぉ」

「そりゃあな。この娘の母親には、組頭がたいそう執着しているようだし」

「へー、親子そろって男を喜ばせるのが得意な天性のエロエロ情婦ってか。でも、頭が相手だとすぐに壊れちまうからな。俺たちには一切回ってこねぇな、きっと」

「いや、今回は特別に役得があるぞ?」

猿渡は和葉の背後に回り込むと、ポケットから取り出したナイフで和葉を拘束したロープを切断し、猿轡を外す。

「役得って、おいおい、マジか?」

パンチパーマの男が上擦った声で、その発言の意図を尋ねる。今まで酒を飲んでいた男たちが一斉に和葉に視線を集中させる。その纏わりつくような粘着質な多数の眼差しに、背筋に氷を当てられたような強烈な悪寒が生じる。

「ああ、たった今から撮影会だ」

「俺たちもやっていいのか⁉」

　上擦った声でパンチパーマの男が確認すると、

「母親の烏丸忍の退路を断つために、この女をＡＶデビューさせろってさ」

　猿渡は大きく頷いてそう言うと、一人がニヤケ面でカメラを回し始め、獣じみた欲望を隠そうともせず部屋中の男たちが和葉に近づいてくる。

「く、来るなっ！」

　カラカラに渇いた喉から出た和葉の裏返った叫び声に、男たちは下品な笑みを浮かべ、せせら笑う。こんな最低なクズどもに好き勝手嬲られるなんて冗談じゃない！　強烈な焦燥から、出口に向かって男たちの脇を通りすぎようとするが、あっさり屈強な男二人に床に組み伏せられてしまう。

「放せ！　放せよぉ‼」

　我武者羅に暴れるが、万力のような力で押さえ込まれ、びくともしない。

「お、俺からでいいよなっ⁉」

　上着を脱ぎ棄てているパンチパーマの男に、

「脱ぎ脱ぎしながら言うんじゃねぇよ」

　猿渡は呆れたように肩を竦め、パンチパーマの男が和葉に馬乗りに覆いかぶさる。

「放せ！　クズ野郎!!」

折れそうな心を鞭打ち、パンチパーマの男に唾を吐きかけ罵倒し睨みつけるが、

「いいねぇ！　マジでおめぇ最高だぜぇ！　俺ぁ気の強い女を無理矢理ねじ伏せるのが一番興奮すんのさぁ!!」

恍惚の表情で頬に付着した唾を拭うと和葉の制服の胸元に手をかけて下のブラウスごと引き裂く。

外界にさらされる己の肌と下着。

「あ……」

口から洩れる小さな掠れ声。これから襲いくる最悪の現実をようやく実感し、強烈な忌避感と嫌悪感が全身を駆け巡り、両手両足の指先が震え出す。

「い……や」

男たちに攫われたんだ。和葉が女である以上、その破滅的な結末くらい予想していたし、現にさっきまでは何があっても屈服しない。隙を見て必ず逃げ出してやると誓っていたはずだった。なのに抵抗どころか、罵倒の言葉一つ口から出てこない。ただ、拒絶の言葉だけが虚しく部屋に響き渡る。

「あらあら、気の強かった君はどこに行っちゃったのかなぁ？」

パンチパーマの男は和葉の腹部を人差し指でなぞる。先ほど以上の耐えようもない嫌悪感が

湧き上がり、

「やめ……て」

消え入りそうな声で懇願していた。

「ひょー、秒殺で落ちたな。張り合いねぇからよ、もう少し粘ってくれよ」

さも可笑しそうにケタケタと下品に笑うと、男はゆっくりと和葉に手を伸ばしてくる。

「やだ……」

堺蔵高等学院は、全国でも有数の超進学校。生徒たちも異性との交流よりも勉学や、内申書のためスポーツに邁進すべしといった傾向が強い。もちろん、それでも社交的なクラスメイトから他校の男子生徒と遊びに行こうと幾度となく誘われるが、和葉は全て断ってきていた。

確かにクラスメイトの男子たちからはいつも男っぽいと揶揄われているし、女子から毎日のようにラブレターをもらう。だが、異性に興味がないわけじゃない。むしろ異性への興味はあり過ぎるほどある。ただ、合コンのような場所に、和葉が求める出会いはない。そう考えていただけ。

和葉が夢のような出会いを信じるようになったのは、多分、和葉の母から父とのなれそめを幼い頃に聞いたから。二人の出会いはドラマ並みに劇的であり、幼い和葉に強烈な印象を与えていたのだ。

きっといつか和葉だけのカッコイイ王子様が現れる。そんな幼稚な甘くも淡い恋の物語を幼い頃からずっとベッドの中で毎晩夢想していた。

そして、他人には到底言えないその願望はあのファンタジアランドで叶う。

ゾンビが跋扈し、縫いぐるみが死のダンスを踊る絶望的な状況で、あの狐仮面のヒーローは颯爽と現れて、和葉と母を救い出してくれたのだ。あの日から、和葉のヒーローはあの狐の仮面の男性となり、その彼への想いは次第に強まり、抗えぬものへと変わっていく。

でもこの強烈な彼への想いも今日で終わりだ。こんな下種な男どものくだらない欲望に為す術もなく汚され、跡形もなく壊される。それが、耐えられなくて嫌で、

「やだぁっ！　誰かぁぁっ！　助けてよぉぉぉぉぉぉっ！」

喉が潰れんばかりの大声を上げた。その刹那——。

ドゴオオオオッ!!

鼓膜を震わせる爆発音。

和葉の胸にまさに触れる寸前で硬直化するパンチパーマの男。

「おい！」

ざわつく室内で、猿渡が、肩越しに振り返り、背後のいがぐり頭に対し顎をしゃくる。

「うす！」

いがぐり頭が拳銃を懐から取り出し、扉の傍まで行き取っ手に触れようとしたとき——。

——ベゴッ！

扉からニューと右腕が伸びていがぐり頭の頭部を掴んだかと思うと、いがぐり頭は扉に大穴を開けつつ吸い込まれていく。

「「「……」」」

一歩も動けず、顔だけ扉に向けている男たち。次の瞬間、扉が粉々(こなごな)に吹き飛び、破壊されたその戸口からゆらりと姿を現す、幼い子供なら思わず泣き出すがごとき犯罪者然とした凶悪な風貌(ふうぼう)の男。

「フジムラ……アキト？」

猿渡の呟きを契機に弾かれたように、部屋中の男たちが銃口や日本刀をアキトに向ける。

「やれやれ、間一髪か。あの刑事女(デカ)、マジでウザすぎんぞ」

仰向(あおむ)けに押さえ込まれている和葉を見下ろして、うんざりしたような声でアキトは独り言ちた。

「なんや、ゴラァ!!　ここがどこだかわかってんのかぁ！　あッ――――!?」

扉の近くにいた長髪にサングラスの男が、蟀谷(こめかみ)に太い青筋を浮かべ、顔を斜(なな)めに傾けながらアキトに近づき、その喉笛(のどぶえ)に小刀を突きつけて威圧する。

「さて、どうしたもんかね。あの刑事女に特定されてるし、こいつらをあんまり大怪我させることなく帰さなきゃならん。面倒だ。実に面倒だ」

「てめえ、人の話を――」

アキトは無造作に長髪サングラスの男の右腕を掴むと捩じり上げる。ボキンッと生理的嫌悪を伴う音とともに、明後日の方向に曲がるサングラスの男の右腕。

「ひへ？」

キョトンとした顔で棒切れのように折れ曲がった自身の右腕を眺めていた男は、次第に頬を引き攣らせていき、

「ぎゃあああああぁぁ～～～っ!!」

耳を劈くような絶叫を上げる。

「騒々しい」

吐き捨てるような声とともにアキトの左手が霞むと、長髪サングラスの男は弾丸のような速度で壁まで吹っ飛び激突。陸に打ち上げられた魚のようにピチピチと痙攣し始めた。

静まり返る室内に――。

「こ、殺せぇ!!」

猿渡の焦燥に満ちたかけ声を合図に銃声が鳴り響く。

そのまさに瞬きをする刹那の間に、

「俺を狙ってたんならすげぇノーコンだな」

アキトは先ほどまで和葉に馬乗りになっていたパンチパーマの男のすぐ傍にいた。

「へっ!?」

逃げようとしたパンチパーマの男の背後から頭部を鷲掴みにすると、高く持ち上げる。

「は、放――ぐげごがぐぐ……」

バキゴキと骨が軋む音。忽ち、パンチパーマの男は頭部から血を流し、奇声を上げて白目を剝く。アキトはその男をまるでゴミでも投げ捨てるかのように床へ放り投げると――。

「さーて、時間も押している。警察が踏み込んでくる前にちゃっちゃとケリつけちまおう」

アキトの姿が消え、銃を構えていた顔中に傷のある巨軀の男の四肢が折れ曲がり、顔がベコンと陥没する。同時にその隣の金髪サングラスの男の全身が垂直に持ち上がり、天井に頭から叩きつけられ、地面に落下する。

「ひぃっ!?」

「うぁ……」

「うあああああ～～～!!」

一斉に悲鳴が上がり、銃声が鳴り響く。

「ば、馬鹿野郎っ！　こんな密集した状態で撃つ奴があるかっ！」

猿渡が声を上げるが、既に恐怖で混乱状態に陥った連中の制御は困難だった。案の定、銃弾は同じ借金取りの仲間に命中。そんな阿鼻叫喚の中、アキトの本格的な攻勢が開始される。ある者は、顔をテーブルに叩きつけられ、それを真っ二つに割って床に転がり、またある者は、壁に頭部ごとめり込んだ状態でプラプラ揺れている。床を突き破り上半身をめり込ませているものもいた。

あれだけいた、和葉が絶望的な数に感じた武装した屈強な男たちは、ものの数分で金髪ピアスの男以外、無傷で立っている者はいなくなっていた。

「な、なんなんだ？　お前ぇえっ!!?」

金髪ピアスの男は、ヒステリックな声を上げて日本刀を振り回すが、アキトは易々とその右腕を掴むと捻り上げる。骨が折れる音とともに絶叫が響き渡る。

「お前偉そうに命令してたし、色々知ってそうだな。少々聞きたいことがあるんだ」

襟首を持つと、引きずって部屋を出て行ってしまう。

来ない。あのアキトと呼ばれていた男は一向に戻ってこない。まさか自分を置いて行ってしまったとか？　こんな地獄絵図のような場所に？　いやだ！　ここにはいたくない！　こんな場所にいたらいつまたあの借金取りの仲間がやってくるかわからない！　和葉は気力を振り絞って立とうとするが極度の緊張状態にあるせいか身体が言うことをきかず、指先一つ動かすことができない。

不安や恐怖が高じ、限界がくる寸前、ようやく彼が部屋に戻ってきた。闇夜に灯火を得た思いからか、不覚にも涙が出てきた。

「どうする？　もうじき警察がここに来る。ここでそれを待つか、それとも俺と一緒に来るか?」

こんな凄惨な現場で、これ以上待っていられるはずもない。助けてくれたことにはとても感謝はしている。感謝はしているが、彼のあまりの配慮のなさにふつふつと理不尽な怒りが湧き上がり、

「……に決まってる」

小さく呟く。

「あ?　よく聞こえねぇよ」

アキトはしゃがみ込み、和葉の口元に耳を傾けてくる。二度と離さぬように彼の首に手を回して強く抱きつくと、

「ついていくに決まってるでしょ!!　馬鹿ぁ!!」

彼の耳元で鼓膜が破れんばかりに大声を上げたのだった。

これが和葉のヒーローとの二度目の最低最悪な出会いだったのだ。

烏丸家の住宅を訪れ、烏丸邸及び烏丸忍の護衛を五右衛門に命じる。

鬼沼からこの子供を一日預かってくれるよう言付けを頼まれたと烏丸忍に伝えると、快く了

承してくれた。多分、この御仁、相当、子供好きなのだろう。ニコニコしながら五右衛門の手を引きリビングに消えていってしまう。まあ、本来の姿を知れば卒倒しかねないし、五右衛門には当面はその姿でいるようにと指示を出している。

ちなみに、烏丸忍には幼い息子もいるようだが、こちらは烏丸忍が迎えに行くそうなので、五右衛門に付き添わせれば問題あるまい。そして、現在、鬼沼に依頼されて烏丸和葉を保護すべく堺蔵高等学院へ向かっているところだ。

丁度、日が暮れた頃、学院へと伸びる長い坂の下に到着した。

危惧すべきはこの高校には俺の妹、藤村朱里もいるってことだ。もし朱里に見つかれば全てが終わる。俺にも雫のような大怪盗の称号があればいいんだが、生憎、世の中そう都合よくできちゃいない。そこで電柱の傍のガードレールに隠れるように腰かけ、坂の上に聳え立つ校舎を眺め始めた。

電柱の陰で待つこと既に30分間は経過している。というか、電柱脇のガードレールに腰を下ろし天下の進学校を見上げる三十代男。これほど怪しい情景もそうはあるまい。通報されなきゃいいんだがな。

辺りが薄暗くなってきたとき坂の上からブレザーと縞柄のスカートを着た女子高生が下りてくるのが視界に入る。艶やかな黒色の髪を片側だけ伸ばしたアシンメトリーショートヘアの少女。少女は細身で背が高いが、顔はどこか幼い。そんな13、14歳くらいの美少年のような外見。鬼沼から与えられた写真とも合致する。あれが烏丸和葉だ。

さて、そろそろ保護するか。ガードレールから腰を上げて歩き出そうとするが、

「君、ここで何しているの？」

昨晩、俺を尋問してくれた蠱惑的なスーツを着た赤髪の捜査官——赤峰が婦警とともに腰に手を当てて佇(たたず)んでいた。

「人を待ってるところだ」

「この先は高校しかないけど」

「そのようだな」

「誰を待ってるのかな？」

「話す必要はない」

「誰を待っているの？」

俺の言葉など平然と無視し、笑顔で繰り返す赤峰に思わず深いため息が出る。

あの年配の刑事たちは、この事件の概要についてある程度、摑んでいる様子だった。関東一の暴力団である獄門会幹部関連の殺人事件の捜査。俺なんぞの小物に構っている余裕は、警察にはあるまい。つまり、この女がこの場にいるのは完璧に偶然の可能性が高い。制服警官とともにいることからも、大方、俺に気づいた付近住民が警察に通報し、この女がおせっかいを焼

いてついてきたってところだろう。

「今お前の刑事ごっこに付き合ってやる余裕が俺にはねぇ。また別の日にしてくれ」

「け、刑事ごっこ……刑事ごっこですってっ!!」

怒髪天を衝く状態で怒り心頭となる赤峰。どうやら、この女のタブーに触れてしまったようだ。まったく、この女とはとことん、反りが合わない。

どうしたものかと頭をひねっていると、ミニバンが通り過ぎていく。まさかな。咄嗟に赤峰を押しのけて坂を確認すると烏丸和葉の姿はどこにも存在しなかった。

くそっ！　完璧に俺の失態じゃねぇか。マズいな。もたつけば最悪の事態もありうる。

冗談じゃねぇよ！　最近、一触即発な状況ばかりだ。いい加減にしてほしいもんだ。

「悪い、俺が待っていた人物が攫われちまった。今すぐ追わねばならん」

「はあ？　攫われた？　そんなでまかせ信じられるわけないでしょ！　今から署に来て事情を話してもらいます」

面倒な女だ。現在千里眼で追跡中。そしてどういうわけか、現在、あの烏丸和葉を攫った白色のミニバンは、路上に駐車したままになっている。今ならまだ間に合う。

「じゃあな」

「逃がしません」

俺の右手首を掴む赤峰。このクソ女！　どうしてくれよう！　いや、落ち着け、俺！　今は冷静になるときだ。怒鳴りつけてやりたい気持ちを全力で抑え込み、鬼沼に電話をかけて事情を説明する。その数分後、和葉の母である烏丸忍から俺の携帯へ電話がくる。彼女に和葉の保護を俺に依頼した旨を赤峰に簡単に説明してもらいようやく一応の納得はした。

「そ、そうですか。では、すぐにあの白バンの手配を――」

「馬鹿がっ！　そんな暇あるかっ！」

未だに半信半疑なのか、呑気にそんな頓珍漢なことを言う阿呆を叱咤すると、赤峰はビクッと首を竦める。既にあの白バンは走り出してしまっている。もうタクシーが来るのを待っていたら間に合わない。今動かなければ烏丸和葉は奴らに食われてしまう。

別に正義漢ぶるつもりはないさ。会ったこともない女がどうなろうと、心を痛めるほど俺は善良ではない。俺は単に獄門会に好き勝手に振る舞われるのが我慢ならないだけだ。それでも俺の強烈な想いには変わりない。

赤峰の胸倉を摑んで引き寄せると、

「あいつらは獄門会のものだ！　このまま放っておけば、昨日の被害者の二の舞になるぞ！　他ならぬお前のせいでな！」

強い口調で言い放つ。

「……」

悔しそうに下唇を嚙みしめる赤峰を奴の車の前まで引きずっていくと、

「責任をとれ！　俺の能力で奴らの場所はどうにか現在ギリギリ、把握できている。お前の車で追いかける！」

「し、しかし――」

「四の五の抜かすなっ!!　お前の職務は市民の保護だろうがっ!?　ならば、自己保身を図る前に動けっ!!」

　ぐっと言葉を飲み込み運転席に飛び込むと助手席のドアを勢いよく開ける。

「乗って！　その代わり行くのは私だけ。この子はここに置いていくわ！」

「それで構わん」

　顎を引くと即座に助手席に乗り込む。

「せ、先輩――」

　婦警が血相を変えて車に近づこうとするが、

「警察署に戻ってすぐに不動寺先輩たちに報告して！」

　婦警が頷く前に車は発進する。

　赤峰のドラテクはかなりのもので、なんとか途切れず追跡ができ、郊外の和風の邸宅に到着する。助手席のドアを開けて外に降りようとするが、袖を掴まれる。

「待って今本部に許可をもらうから」

今は踏み込むのが先だろうに。舌打ちしつつも、千里眼で探索する。

千里眼のレベルがＭａｘまで上がったことで遮蔽物内も見通せるようになっており、内部まで鮮明に見通せる。

さて、烏丸和葉は……いた。まだ、交わっている様子はない。とりあえず、貞操は守られているようだ。まあ、時間の問題かもしれんがね。

「すぐには応援が出せないってどういうことですかっ！」

はい！　終了。赤峰との協力関係もこれで終わりだ。一応戦闘だし、多量ゴキブリショックによりいまだ熟睡している馬鹿猫はここに置いておこう。気絶している猫を肩に乗せたまま歩くのって結構、肩が凝るしな。今も眠っているクロノを助手席に置くとドアを開けて外に出る。

「じゃあな」

「ちょ――」

赤峰の泣きそうな顔が見えたが、無視して俺は邸宅門前まで歩く。そして、塀の上に跳躍し敷地へ入った。それから、玄関口に向かって一直線に進むと、たちまち邸宅の警備を担当していた獄門会の構成員に囲まれる。

「おどれ、どこの組の鉄砲玉じゃいっ!!?」

「ここが獄門会と知って殴り込みかけてきよったんかぁ!?」

短刀やら拳銃やらを向けて俺にそんなどうでもいいことを尋ねてくる。

「俺がどこの誰かなんてどうでもいいだろう？　ただ、俺は返してもらいに来ただけだ」

「返してもらいに来た？　あー――」

会話が面倒になった俺は地面を蹴り、奴らとの距離を詰める。

銃を構えたまま唖然とした顔でピクリとも動けない茶髪のサングラスの顔面を殴りつける。

「ぶはぁっ！」

頓狂な声を上げて凄まじい速度でサッカーボールのように何度も地面をバウンドしながら塀に激突。

「ひっ！」

塀の傍で死にかけの蟬のように全身を痙攣させている仲間の姿を見て思わず後退る黒髪パンチパーマの男の足を払って転ばせその頭部を踏みつける。ミシミシと頭蓋の骨が軋む音と絶叫が周囲に反響し、遂には脱力してしまう。

「バ、バケモンがぁっ！」

なけなしの勇気を振り絞り俺にドスの刃を向けて突進してくる金髪スーツの男。スレスレで躱すと、腹部に膝蹴りを食らわせる。悶絶し地面にうつ伏せになりピクリとも動かない金髪スーツの男を目にし、とうとう緊張の臨界を超えたのか、絶望の声を上げて次々に向かってくる構成員たち。俺は向かってくる奴らを徹底的に痛めつけた。

正面玄関の扉をかなり本気で蹴破り、建物に入る。

結論を先に言えば、烏丸和葉は無事保護することができた。もっとも、まさに組み伏されている最中。ギリギリだったたな。あと十分到着が遅れていたらこの上なく面倒なことになっていただろうよ。

この金髪ピアスは以前俺の家や会社に執拗に追い込みをかけてきた奴だ。他の奴らに指示を出していたし、組織の内部について色々知ってそうだ。だから、すぐには倒さず尋ねることにしたんだ。

「がっばばばばっ!!」

トイレに連れて行き、水遊びをしつつ色々尋ねると快く教えてくれた。うむ、人間素直が一番だな。

「もうゆるじでぐだざい」

涙と鼻水と便器内の水で顔面をびしょ濡れにしながら、慈悲を求めてくる金髪ピアスの男に俺はニコリと笑みをつくり、

「うん、最後までちゃんとゲロったらね」

優しくもう何度目かになる返答をする。

「もう俺の知るごどば全部話じまじだっ!!」

遂に金髪ピアスは、悲鳴を上げてトイレの隅で蹲るとガタガタと震え始めてしまう。五右衛門よりはずっと優しく尋ねたつもりなんだがね。

突然、けたたましく鳴り響くサイレンの音。どうやら、タイムオーバー。ここまでだな。

まるで閉じ込められていた猛獣の檻の鍵が開けられたかのように、金髪ピアスは、涙ながらに安堵の表情を浮かべる。うーん。最後にこいつに大井馬都への伝達を頼むとしよう。

蹲る奴に、俺は片膝をつくとその肩を軽く叩き、

「いいか。警察に素直にお前たちのしようとしたことを話せ。俺のことは警察やマスコミには一切口にするな。いいな？」

満面の笑みでそう命じる。

「わがりまじだ！」

何度も顎を引く金髪ピアス。うーん、いい感じに従順になってくれたようで俺も嬉しいよ。これで事がスムーズに運ぶ。

「お前に伝言を頼みたい。いいか？」

何度も鬱陶しく頷く金髪ピアスの男に俺は話し始めた。

さて、これで仕込みは全て終わった。これ以上面倒なことになる前にずらかろう。

見たところこいつは二十代半ば。周囲に流された挙句、こんなにも早く人生を破滅するか。だが、同情はしねぇよ。世の中ってのは因果応報でできているものさ。結局、自分のしでかした罪は己でいつか清算せんとならん。もちろん、俺もだがな。

無事な左腕で膝を抱えてガタガタと震える金髪ピアスの前にしゃがみ込み、目線を合わせ、

「いいか。とっくの昔にこの世界は以前のような優しいものじゃなくなってる。俺が今日お前らを潰さなかったのは外に警察がいたから。それだけだ。要するに、次はねえってことさ。もしその格好で俺の目の前にもう一度立つならその時は——わかるな?」

端的に俺の意思のみを伝える。

「ごめんだざい。ごめんだざい。ごめんだざい………」

何度も頷きながらも謝罪の言葉を述べる金髪ピアスから視線を外すと、俺は立ち上がり、リビングに向かう。

当面の問題は明日の獄門会完全消滅作戦を事前に察知され手を打たれることだ。金髪ピアスの話に出てきた政治屋の圧力により、この件がもみ消される。ないしは俺に罪を擦りつけてくる。そんな力押しの正攻法で来られることが俺にとっては一番厄介だ。

千里眼でこの屋敷を取り囲む冗談ではない数のパトカーを認識する。

この建物の裏の林の中にはまだ捜査員たちが張り込んでいない。今なら見つからずにずらかれる。奴らも警察官だ。いくら政治屋からの圧力があっても被害者の女子高生を生贄に差し出すことはあるまい。つまり、直接俺が烏丸家に連れていくか、警察から連絡があり烏丸家の誰かが引き取りに来るかの違いにすぎない。正直、どちらでもかまわんだろう。本人の意思に委ねるとしよう。そう思って、どうする、と尋ねたわけだが、涙目で俺の首に手を回し、耳元で

よく通る大きな声を上げてきやがった。むぅ、今どきの女子高生の心情は、おっさんの俺にはさっぱりだ。

そんなこんなで、烏丸和葉を背負い邸宅の裏の林から警察に見つかることなく無事脱出することができた。服を破かれたため彼女には俺のヨレヨレのスーツを貸したわけだが、案の定、相当悪目立ちしている。このままでは通報されるのも時間の問題かもな。俺としては是非とも自分の足で歩いてほしいところだ。

「なあ、そろそろ自分で歩けるか？　俺も流石に重いんだが」

援助交際している男女の姿に見えるのが嫌だとストレートに伝えるわけにもいくまい。実際は羽のように軽かったが、一応、もっともらしい理由を述べておく。

「……」

和葉は俺の問いには一切答えず、そっぽを向いたまま、ただ俺の右頰を抓ってくる。益々意味不明な娘だ。まあ、大方、腰でも抜かしているんだろうさ。仕方ないか。

大通りでタクシーを捕まえようとしていると――。

「タクシーはいかがかしら？　もちろん行き先は堺蔵警察署内までよ」

腰に手を当てて赤峰が蟀谷に青い癇癪筋を走らせつつ、笑みを浮かべていた。

あら、見つかっちまった。それにしても赤峰の奴、どうやって俺たちがここにいることがわかったんだ？

『うほー、中性的美少女のスカートに上半身だけスーッ。なんて絶妙なアンバランスゥゥ――!! きゃわわわわわ――――!』

馬鹿猫が奇声を上げて俺の背中の和葉に飛びつき頬擦りをかます。

「ひゃっ!? な、何この子猫っ!!」

うん? 今、和葉の奴、猫って言ったよな? それに赤峰の視線は、和葉にハグしているビッチ猫に注がれていた。二人ともクロノが見えているのか?

「な一るほど、あんたがこの場所に来れた理由はそれか?」

「ええ、その猫ちゃんが、ついてくれば君に会えると言ってスタスタ歩き出したの。まさか、猫に話しかけられるとは夢にも思わなかったわよ」

赤峰は髪をかき上げ、親指で背後の路上に止めてある一台の乗用車を指す。

おそらく、乗れという意味だろう。面倒だ。マジで面倒極まりない女だ。

だが、どの道、和葉の件は後日、彼女の口から説明が必要だったんだ。でなければ、俺は暴力団宅に襲撃をかけた凶悪犯としてお尋ね者になりかねないからな。烏丸家は五右衛門に守らせているし、全ては雫の本日の働きにかかっている。要するにだ。俺のターンはもう少し先ということ。いいだろう。今は存分にこの茶番に付き合ってやるよ。

俺は大きく息を吐き出して歩き出した。

獄門会釜同間組事務所。

敷き詰められた真っ黒な絨毯(じゅうたん)に黒塗りの机。そして堺蔵市を一望できる防弾ガラス入りの大型の窓。その部屋の中心には、報告に来たスキンヘッドの男の胸倉を掴み、持ち上げている長身黒髪の男――大井馬都がいた。

「ちゃんと報告しろ」

スキンヘッドの男に静かに尋ねる馬都に、屈強な男たちは真っ青な顔で目線を床に固定させている。

「さ、堺蔵郊外の組頭の別宅のガサ入れにより……兵隊は全てパクられて、そのほとんどが重傷を負って警察病院行きとなりやした」

「それはさっき聞いたぁ。今、俺が知りてぇのは、どこのどいつがそれをやったかだ?」

「それは警察が――」

「わりゃ、頭ついてんのか? あの甘ちゃんどものガサ入れで俺の組の兵隊どもが仲良く病院送りになるわけねぇだろ?」

馬都の丸太のような腕が、スキンヘッドの男の首を益々絞めつけ苦悶の声が漏れる。

そんな中――。

「君らの失態の責任の押しつけ合いなら後で存分にすればいい。今はビジネスの話が先。違いますか？」

ソファーに座り二人のやり取りを眺めていた、髪を七三分けにした目つきの悪い男が、丸縁眼鏡のフレームを右手で押し上げつつ、面倒そうな顔で口を開く。

「……」

馬都は顔だけ髪を七三分けの男に向けると、無言で威圧するが、

「聞こえませんでしたかねぇ。ビジネスの話が先。そう言ったんです。これ以上内輪もめを続けるようなら私は退出させてもらいますよ」

眉すら動かさず、席から立ち上がる髪を七三分けにした男に馬都は舌打ちすると、スキンヘッドを放り投げてソファーにドカッと腰を下ろす。

「このごたごたは俺の個人的なもんで、当初の計画に支障はねぇよ」

「それは真実ですか？　偽りならば、今回のビジネスから私たちは手を引かせていただきます」

「明日の盃事で俺の獄門会理事への昇進が決定される。理事には組織の資金運営に口を出す権限があるからよぉ。今の小規模な事業なんぞ目じゃねぇ。日本全国規模で事業展開できる。そうなりゃ、先生への献金額も今の倍、いや、10倍払ってやらぁ」

「それは今回の件であなたの求心力が低下していなければの話ではないのですか？」

馬都はギリッと奥歯を噛みしめると、しばし、七三分けの男を睨みつけていたが、

「その通りだ。だから、落とし前はつけねばならねぇ。先生の力をお借りしてぇ」

　軽く頭を下げる。

「力と言われましても、先生はご多忙ですし、可能なことならいいんですがねぇ」

「ケジメをつける際に、便宜を図ってもらいてぇ」

「便宜ねぇ。貴方たちは先の殺人事件のせいで警察に目をつけられていますしね。その警察の出動を妨害すれば先生にも疑惑の目が行きかねない」

「本音で話せ。先生が下っ端刑事の動向ごときに右往左往するわけねぇだろ。相応の利益があれば引き受けてくれるはずだ」

「それはもう。相応の利益があれば——ですがね」

「３億出す。加えて、今、俺が切れるカードはこれだ」

　髪を七三分けにした男の座るテーブルに一枚の写真を放り投げる。

「この女性は？」

「烏丸忍。元仏蘭西の伝説の女優だぁ。今追い込みをかけてるからよ。すぐに俺に従順な奴隷になる。この女を好きにしていい」

「個人的には下品な話は好みじゃないんですがね」

「だが、先生はこの手の話、大好きだろう？」

「わかりました、わかりましたよ。一度、持ち帰って検討いたします」

「ああ、よろしく頼む」

馬都が右手を差し出すと、

「獄門会さんは私たちの大事なビジネスパートナー。できる範囲で尽力させてもらいますよ」

髪を七三分けにした男も立ち上がり満面の笑みを浮かべ、その右手をとった。


２０２０年10月23日（金曜日）、午後10時23分、堺蔵警察署留置場。

子飼いの弁護士を連れて堺蔵警察署の留置場で兵隊の一人——猿渡と面会を行う。

ガラス板の向こうの扉が開き、口と鼻にピアスをした金髪の男——猿渡が姿を見せる。

猿渡の右腕にはギプスがつけられ、顔は死者のように青白く生気というものが感じられない。

猿渡は、馬都の正面に座ると項垂れる。

「誰にやられた？」

「……」

猿渡は、俯いたまま一言も口にしない。少なくとも組頭の馬都の前で、猿渡がこんな無礼な態度をとったことなど今まで一度もなかった。

「殴り込みをかけてきた奴の人数と特徴を教えろ」

ガラスごと殴りつけてやりたい衝動をどうにか抑え、穏やかな口調で尋ねるが、

「殴りこみ？　人数と特徴？　くはははははッ……」

突然、笑い出す猿渡。その常軌を逸した様子を暫し言葉もなく眺めていたが、一足遅れてマグマのような堪えられぬ怒りが湧き上がり、

「何が可笑しい？」

怒気を強めてその真意を問う。

「俺は組に入ってからずっとあんたを目標にしてきた。だって、あんたは強くて悪くて同業者はもちろん、サツにすら一切動じずに我が道を歩んでいたから、全てをねじ伏せられる、そんな気がしていたんだ。だけど、あんたも所詮人間だったたんだな？」

「あーっ!? 何が言いたいっ!?」

怒声を上げて席から立ち上がり、ガラス板を殴りつける。馬都の人間離れした膂力により、防弾ガラスにミシリとヒビが入り、室内に二人の刑務官が雪崩れ込んでくる。

「ちょ、ちょっと馬都さん、ここで暴れるのは困りますよ！」

背後の弁護士が血相を変えて馬都を制止してくる。留置場で刑務官の目の前で暴れてもデメリットしかない。今は耐えるときだ。数回、深い呼吸を繰り返し、床に唾を吐いてどうにか荒れ狂う憤怒を収める。猿渡はその様子を冷めた目で眺めていたが、再び笑い出す。

「こんな薄っぺらいガラス一つ、あんたは越えられねぇ。やっぱり、あんたはあいつとは違う。どこまでいっても俺と同じ凡夫にすぎねぇ」

「わりゃ――!!!」

「あいつから伝言を言付かってきた」

もう愚者とは話すことはないとでもいうかのように、猿渡は本題を口にする。

「……話せ」

耐え難い怒りに視界が真っ赤に染まる中、馬都はどうにかその一言を口から絞り出した。

「『お前は少々やり過ぎた。気に入らんから俺が終わらせる。逃げても無駄だぞ。地の果てまでも追いかけて潰してやるからな。あーと、これは俺からのプレゼントだ。明日の正午まで。人生最後となる優しくも平穏な日常を送るがいい』だそうだ」

猿渡は席から立ち上がると馬都に嘲笑を浮かべて、

「俺は運がいい。めでたく軽傷で豚箱行きになったしな。だが、あんたに待つのは想像を絶する地獄だけだ！　なにせ、あいつがそう言ったからなぁ！」

意味不明なことを捲し立てた。

「貴様ぁっ――――!!」

「あいつは完璧に頭の螺子が外れている！　あんたは、そんな危険な奴に目を付けられたんだよ！　もう人間扱いすらしてもらえねぇ！　終わりなのさ」

噛みしめるようにそう宣言すると、

「刑務官さん。もう面談は終わり。連れて行ってくれよ」

刑務官たちが頷き、猿渡の腰に巻かれた紐を持つと部屋を出て行ってしまう。

「くそがっ！」

裏切った猿渡は、兵隊を豚箱に送り込みケジメをつけさせればいい。どの道、明日理事に就任すれば馬都の地位は磐石なものとなる。それに猿渡は、正体不明の襲撃者に馬都が負けると思い込んでいたが、それはあり得ない。なぜなら、馬都が選択した種族、【極道（ランクH――人間種）】により、今の馬都は以前とは比較にならぬほど強くなっているから。この種族は、行った悪行により、身体能力が跳ね上がるという非常識な能力を持つ。元々、馬都は獄門会最強。その馬都がそんな強力な力を得たのだ。敗北する可能性など万が一にもない。

「行くぞ」

お付きの弁護士を促し部屋を退出する。建物から出ると外に止めてあった車に乗り込む。そしてスマホで部下の一人に電話をかけると、

「こちらから打って出る。俺の別宅に殴り込みをかけた奴を洗い出せ！　猿渡の話しぶりからいって今回襲撃してきたのは、警察じゃねぇ。烏丸を中心に最近、俺の組と関わりがある奴を中心に捜し出せ！」

そう指示を出したのだった。

霞が関、警察庁超常事件対策室。

円柱状の巨大な空間にズラリと立ち並ぶデスク。そこで数百人規模の人員が今も次々に持ち込まれる情報を処理している。

この程、種族の決定や魔物の出現という非常事態に日本国は新組織の創設の検討を始めた。ただ、その本格的組織についてはまだ構想段階の域を脱しておらず、その組織設立のための研究や一時的に魔物の討伐、異能犯罪の取り締まりなどを行う臨時組織として、超常事件対策局が内閣に置かれたのである。さらに、既に生じている魔物被害や異能犯罪の解決機関として超常事件対策室が警察庁内に置かれ、それぞれの活動を担うこととなっている。

（人間の醜悪さには心底辟易しますね）

中央のデスクに座る白髪に目が線のように細い男、久坂部右近は自身のＰＣに今も映し出されている冗談じゃないほどの数の異能事件を目にし、深いため息を吐く。

あの種族の決定からそう時は経ってはいない。なのに緩んでいた箍は決壊し、異能事件は濁流のように押し寄せ、今まで人類が築いてきた秩序に亀裂を入れている。

どの道、この異常な数の異能事件、これを全て解決するには今の日本という国家機構には手に余る。それがわかり切っているから新組織の創設を現在模索していているわけだし。

しかし、新組織の樹立までただこのまま指を銜えて眺めていれば、これまで培ってきた既存の法による秩序は粉々に砕かれ手遅れになる。そうなれば、右近たちの敗北。その前にこの流れを是が非でも止めねばならない。その手段の一つは既に右近が手にしている。あとは機会を待つだけ。

「右近様、私、やっぱり納得いきません」

右頬に星の入れ墨のある狩衣を着て長い赤髪を後ろで一本縛りにした女性が、右近の席まで来る。そして、今も部屋の隅で豪快に鼾をかいて寝ている黒髪で短髪、無精髭を生やした男に視線を固定しながら苛立たしげに言い放つ。

「君の立場ならそうでしょうね」

陰陽師の格は正一位を頂点として正八位まであるが、彼女――朝倉葵は正二位階の陰陽師であり、トップクラスの実力を有している。そんな彼女に右近はあの怪物の補助を任せた。神童と称されてきた彼女からすればこれほどの屈辱はあるまい。

「せめて、一度戦わせてほしいです」

「ダメですね」

優秀な人材をこれ以上壊されてはたまらない。もちろん、あれは正義の味方を自称している し彼女を邪悪と見なさない限り危害は加えまい。それでもあれの力の一端でも向けられたら彼女の心は粉々に砕けてしまうのは想像に難くない。現にせっかく引き入れた優秀な陰陽師はことごとくあれにつっかかり、一日も持たず辞表を提出してしまった。

「右近室長、都内の銀行での強盗事件で、応援要請です」

ＰＣの画面に添付されている資料をクリックして開くと場所や状況の詳細が表示される。

都内で発生した集団強盗事件。機動隊が包囲したが、たった数人の相手に壊滅状態になっているらしい。獣の様相との報告もあるし、おそらく獣人系の種族だろう。発生場所は、ここから近い。あれの出鱈目っぷりを彼女に見せるいい機会かもしれん。席から立ち上がると、

「十朱、朝倉、出動です、ついてきなさい」

無精髭を生やした短髪の男、十朱が立ち上がる。その両眼は使命を全うせんとゆらゆらと熱く燃えていた。

「右近さん、悪か？」

「ああ、でも小悪党だから、くれぐれもやり過ぎないようにしてくださいね」

「わかった」

どこまで理解したかは疑問の余地があるが、一応念は押したし、最悪な結果にはなるまい。

「右近様、そんな賊、私が――」

「君は今回補佐。もし彼の戦闘を見た後でも同じ気持ちでいられるならそのときはさっきの話、考えますよ」

朝倉葵はギリッと奥歯を嚙みしめつつ小さく頷いた。

現場は対策室から数キロ離れた場所で、すぐに到着する。

銀行を取り囲む警察車両。そしてその中心には、毛むくじゃらの土佐犬顔の化物が機動隊員の頭部を鷲掴みにして高く持ち上げたまま佇んでいた。奴の周囲には、十数人の機動隊員らしき警察官が血を流しながら地に伏し、呻き声を上げている。

（動物化した獣人族ですか。なら無理もない）

現在確認されている動物系の異形種は獣人族、低温人族、鳥人族、魚人族の四種のみ。これらの種族は姿かたちが動物に近いほどその強さが跳ね上がるという特徴を持つ。

あの全身を覆う体毛に犬の顔。あれでは二足歩行しているだけで外見上は完璧に犬だ。人型を保っている機動隊では相手になるまい。

「弱ぇ！　弱ぇ！　弱ぇぇ!!　あれだけ恐ろしかったマッポが今やゴミ同然だぁ!!　いや、違うかっ！　俺が強ぇんだ！　もう誰も俺を止められるものはいやしねぇっ！」

犬の顔を恍惚に歪めて自画自賛を繰り返す男に、

「右近様、あの程度私が――」

胸ポケットから式符を取り出し、一歩前に出ようとする朝倉を右腕で制する。

「君は今回補佐だと言ったはずです」

「しかし――」

それでも食い下がろうとする朝倉など気にも留めず、十朱は近くにあった警察車両を覗き込むと人が乗車していないのを確認し、何度も満足そうに頷く。

「この車少し借りるよ。よっこらせ」

そう口にすると腰を落として警察車両を掴み、まるでそこらの荷物を担ぐかのようなかけ声とともに軽々と持ち上げて、肩に載せてしまう。

「んなっ!?」

口をパクパクさせている朝倉を尻目に、十朱は犬男のもとまでゆっくりと歩いていく。

「な、なんなんだっ！　お前っ!?」

歩を進める十朱に犬面男は顔を引き攣らせながら、機動隊員を地面に放り投げて後退る。

「お前らは悪だ。よって、お前らは断罪されねばならない！」

十朱の顔が今までの気の抜けたぼんやりしたものから、悪鬼のごとき形相に変わる。

「ひぃっ！　ば、化物ぉっ!!」

背を向け一目散に逃げ出す犬面の男に向けて、十朱は警察車両を投擲する。

文字通り弾丸のような速度で警察車両が宙を疾駆し、男の前に落下して大爆発する。

「正義を執行する！」

十朱は蹂躙という名の制圧を開始した。

十朱の参戦で数分と経たずに強盗犯は確保される。まあ、確保といっても途中から全員が泣きながら捕まえてくれと懇願してきたわけであるが。ともあれ、一応、犯人が大した怪我もせずにすんだのは、小悪党だからやり過ぎるなと念を押したお陰だろう。

現在、警察庁超常事件対策室に三人で戻ってきたところだ。朝倉はあれからしばらく真っ青な顔で震えているだけで一言も発しなかったが、意を決したような表情で右近のもとに来る。

「彼のあの非常識な力は、何の種族によるものなのですか？」

古来の陰陽師の血筋でもある朝倉は、此度の種族の決定による世界の変革には懐疑的な立場だった。その彼女もようやくこの救えないほど決定的な世界の変貌を自覚したのかもしれない。

「いや、彼の種族特性は特殊でね。その能力の現出はあくまで変身した後に限定される。あれは純粋な彼自身の力だ」

過去に日本に上陸した華僑系の巨大マフィアの一斉摘発があった。マフィアたちはその潤沢な資金にものを言わせ、裏稼業の者たちを多数雇っているようであったが、たった一人の捜査官に全滅させられてしまう。その戦闘シーンはまさに悪鬼の所業そのもの。素で近くにあった電信柱を引き千切りぶんぶん振り回したり、トラックをまるでボールのように投擲するような人間離れした光景が映し出されていたのだ。もちろん、それが種族の決定後の、変質した後の世界なら、何とか納得はできた。だが、その動画が撮られたのは、一年半前。種族の決定前である。つまり、十朱のあのパワーは種族の決定とは直接関わりのないこと。

「そうですか。では彼は星天将と同類。生まれながらの突然変異体というわけですか？」

星天将とは正一位の上にいる最強の陰陽術師たちのことだ。呪いのごとく脈々と受け継がれてきた伝統ある系譜の嫡子であり、その二つ名を持つものは揃って人間をやめている。

「うん。まあ、似たようなものだと思いますよ」

「少し、安心しました。そうですよね。あんなの人の理にいる限り可能なはずがないですし」

その安堵は早計だ。神の戯れか、それとも悪魔の計略か。十朱の種族特性は極めて限定的だが、もし一度発動されれば、十朱を止めることができる存在は世界でもそう多くはあるまい。そんな最悪といっても過言ではないものなのだ。

「ネットみて来てみたんだけど、ここって異能犯罪対策の中枢って認識でOK?」

突如聞こえた声に顔を上げるとそこには、黒装束のコスプレをした人物が佇んでいた。頭巾と口をすっぽりと覆うマスクで顔の9割が隠れているから人相どころから性別さえもわからないが、華奢な身体と声色からして女性だと思う。

一言で彼女を表現すれば、忍者のコスプレイヤーだろうか。

「……」

今まで誰が入ってきてもずっと寝ているだけだった十朱も飛び起き、油断なく身構えて赤装束の女を観察している。その様子は先ほどの犬顔の強盗犯たちに対するものとは比較にならないほどピリピリしていた。つまり、十朱は彼女を多少なりとも脅威と見なしているということ。

無理もない。この女からは恐ろしいほど気配がしない。しかも、こんなどう見てもまともとは思えないふざけた格好をしているのに右近すらその侵入に気づけなかった。もし、彼女が暗

殺者で、あの腰に提げている武器を突き立てられていたら？　ぞっと背筋が寒くなるのを感じつつも、

「君は？」

そう率直に尋ねた。

「情報提供者よ」

女は右近のもとまで来ると懐に抱えていた封筒をテーブルにドサリと放り投げる。

「右近様、不用意に――」

「少し失礼しますよ」

傍の朝倉の焦燥に満ちた制止の声を無視し、中身を一読する。

「大規模な異能犯罪か。やってくれる」

「右近さん!!　この獄門会は悪だ。巨悪だ！　今すぐ潰すべきだぜっ!!」

資料を持つ手を震わせながら、十朱が絶叫する。

この資料に記されていることが真実ならもちろん見過ごせない。こんなことがまかり通れば、それこそ日本という国は終わりだ。

「この資料の信頼性は？」

「警察には確か裏付け捜査ってのがあるんでしょ？　ならそれをすればいいんじゃん？　でも

できる限り早くした方がいいと思うよ。きっと期限は明日の正午まで」

「明日の正午？　なぜです？」

「明日の正午に獄門会はある人に潰されるから」

「潰される？　ある人とは？」

「疑問ばっかりだね。それ、私が答えると思う？」

確かにそれに答えるくらいなら、顔を隠して接触などしてきやしないだろう。

「わかりました。では、一つだけ。貴方がその事実を私たちに告げた理由は？」

「私はあんなクズのような奴らのために手を汚してほしくないだけ」

「手を汚してほしくない？　それはある人のためということですか？」

「……それじゃ、お願いね」

喋（しゃべ）り過ぎたとでもいうように、女はその姿を煙のように消失させる。

「右近様、さっきの女も？」

「ええ、種族の特性でしょう。ですが、この短期間であそこまで使いこなしているのは初めて見ますね」

右近が思考の渦（うず）に巻き込まれかけたとき、

「右近さん、早く裏付けをしようぜ。そして、その獄門会とかいうクズをぶっ潰す！　これは俺の責務――正義の執行。正義執行！　正義執行ぉぉっ!!」

部屋全体を震わせるほどの大声を上げる十朱に、

「ええ、期限がある以上、優先順位の低い事件を保留し、獄門会の捜査を開始してください」

この資料が真実ならば世間へのいい見せしめになる。しかも、あの赤装束の女に恩も売れる。あれほどの隠匿の技だ。今の右近たちにとって最も欲しい人材といっても過言じゃない。

（やれやれ、各方面への調整が必要ですね）

大きなため息を吐くと、右近は部屋を退出すべく席から立ち上がった。

再度、警察署に逆戻りし尋問を受ける。まさか、たった一日で再び取調室へ逆戻りとはな。俺ってどんだけ警察好きなんだよ。
猿渡たちの自白と烏丸和葉が事情を説明したせいもあり、赤峰の俺に対する態度は大分緩和されていた。少なくともカップル殺害事件の犯人とは見なしていないようだ。だからといって、俺に対する不信感がなくなったかというと必ずしもそうではなく、何を企んでいるのかとしつこく幾度も尋ねられる。対して和葉は被害者でまだ学生ということもあり、すぐに烏丸家まで警察が送って行った。まさか奴らも警察を襲撃するほど馬鹿じゃあるまい。むしろ、それほどイカれているなら素直に拍手喝采してやるさ。ともあれ一度、烏丸家に到着してしまえば、あ

そこにはゴキ侍がいる。和葉の安全は確保されたも同然だし、奴らの地獄行きは確定なわけだ。

ようやく帰宅が許され背伸びをしていると警察署前に駐車してあったベンツから鬼沼が降りてきて、

「旦那、今から来てほしいところがありやす」

そう告げると深々と頭を下げてくる。

「あー、構わねぇよ」

鬼沼には、昨日の釈放やら、獄門会の情報収集で借りがあるしよ。


鬼沼の車の行き先は烏丸家だった。鬼沼に続き家に入る。

烏丸家の居間に通される。大して広くもない居間には十数人の、二十代前半を中心とした男女がいた。鬼沼の紹介だから裏社会のドン的な奴らを想像したんだが、予想に反して筋骨隆々の者など一人もおらず、全員堅気(かたぎ)のようだ。

ソファーの片隅に座っていた少年が俺を視界に入れた途端、顔をぱっと輝かせて立ち上がり、

「あー！　ホッピー!!」

俺を指さしていらんことを口走る。こいつは、ファンタジアランドで俺と契約した少年だ。もしかしたらとは思いもしたが、マジで、あの烏丸少年だったわけだ。つーか、どんな巡り合わせだよ。

「ホッピー！　ホッピー！」

俺に抱きついて、ぴょんぴょんとはしゃぎまくる優斗に、当然のごとく騒めく室内。

「ホッピーってあの『フォーゼ』のホッピーか？」

「多分、そうなんじゃない」

「まさかあの人、ファンタジアランドで活躍したホッピーだとか？」

「ははっ！　まさか、大方、デパートのヒーローショーのホッピーの役者と似ているだけだろ？」

俺に抱きつく優斗を、烏丸和葉は暫し驚いたような顔で眺めていたが、すぐに据わりに据わった目で俺を射抜いてくる。そんな中、鬼沼がゴホンと咳払いすると烏丸忍が立ち上がり、

「ようこそ、私はイノセンス代表、烏丸忍です」

恭しく一礼してくる。

イノセンス？　悪いがまったく聞いたこともない。一体、何の会社だ？

「まったく事情が呑み込めねぇんだが？」

「……」

隣の鬼沼に尋ねるも、それに答えず、にぃと口角を上げるのみ。これって、どう考えても面倒ごとじゃね？　この根暗蛇野郎！　俺に対してどんどん遠慮がなくなってきてやしないか？

「まずは、娘を保護していただき感謝を」

「ああ、目一杯感謝してくれ。そして少しでも恩義を感じているなら、これ以上俺の平穏な生

活の邪魔をしないでくれ」

深く頭を下げる烏丸忍に対し、俺が今彼女たちに渇望する唯一のことを口にした。

誰も言葉を発しない凍結したような雰囲気の中、

「ふふ、貴方は本当に鬼沼さんに聞いた通りの方のようですね」

烏丸忍は、さも可笑しそうに口元を手で隠してクスクスと笑う。どうにもこいつの仕草って芝居がかってんだよな。

「で？　用件は？」

せっかくここまで来たんだ。話だけなら聞いてやるさ。まあ、聞くだけだがな。

「私たちの力になってほしいんです」

「断る」

鬼沼の要望はここに来て話を聞くまでだ。相手の頼みを了承することまでは含まれていない。

「私はまだ要望の内容を話していませんが？」

流石にここまであっさり拒絶されるとは思ってもいなかったのか、席から立ち上がる俺に若干焦燥を含んだ声色で俺の返答の意図を尋ねてくる。

「聞く必要はねぇよ。理由は、さっき口にした通りだ」

「お願いです。お話だけでも！」

先ほどまでの余裕の表情とは一転、烏丸忍は焦燥に満ちた声で懇願してくる。

「くどいぞ」

この女狐の魂胆も大体予想はつく。聞けばいくら俺が人でなしでも多少なりとも感情移入してしまう。この女はそれをわかっていて俺に話を持ちかけてきたんだろう。

要するに、お涙頂戴の話で俺に協力を約束させ、同時にこいつらを同席させることで、俺の関与を公式化する。そんなところか。だがな、俺は他人の良心を利用するこの手の輩が死ぬほど嫌いなんだ。

「ちょ、ちょっと待ってくれよ。俺たち、心底今困ってんだ。話だけでも聞いてくれてもいいじゃねぇかっ!!」

二十代前半の茶髪のイケメン青年が立ち上がると必死の形相で、捲し立てる。

室内の縋りつくような目が俺に集中する。

「甘えるな。世の中、そんなに甘くはない。第一、俺にお前らの話を聞くメリットがない」

そうさ。俺のメリットを示してくれればいくらでも話くらい聞いてやる。

「メリットってどうせ金だろ!?」

「社会通念上はそうだろうな」

「止めよう忍さん。こいつもあのタルトのクソ社長や銀行、大企業の連中と同じ。金に魂を売った血も涙もない冷血野郎だ！」

「冷血野郎とは心外だな。そして、実に身勝手な言い分だ」

「私たちのどこが身勝手だってのよ!!」

黒髪にボブカットの女が勢いよく席から立ち上がると俺の胸倉を掴んでくる。

「銀行マンにも大企業の社員にも家族があり、守らねばならぬ生活がある。お前たちだけが特別不幸で苦労していると考えていること自体、大きな間違いだ」

胸倉を掴むボブカットの女の右手を払うとそう断言する。

「でも、私たちにはどうすることもできないことがある。それは事実だっ!」

烏丸和葉が勢いよく立ち上がると声を張り上げた。

「だから?」

「あんたにはあのふざけた力がある。あんたなら、獄門会なんて一人で——」

「はーい、それ勘違い。メリットもなしにいちいち他者の不幸を救うお人好し(ひとよ)がこの世にいるかよ。それこそコミック! ファンタジーだぜ」

無償(むしょう)で働く世界の奴隷。そんなものになるなど御免被る。その手の夢物語を信じたいなら、思う存分ベッドの中で夢想してくれ。勝手に俺まで巻き込むな。

「あんた、それ本気で言っているの?」

「ああ、俺は生まれてこの方、こんな感じだぞ?」

「私の間違いだった。あんたはただのロクデナシだ!!」

「その評価は合ってるな」

さて結論が出たところで帰らせてもらおう。扉に向かおうとすると、

「やれやれ、困りますねぇ。だから彼についての詳細な資料を事前に渡したというのに。使い方を著しく間違ってる。きっと烏丸も草葉の陰で落胆（らくたん）していますよ」

鬼沼が立ち上がり、呆れたように首を左右に振る。

「鬼沼？　お前？」

鬼沼は俺に大袈裟（おおげさ）に肩を竦めてみせると深い息を吐き、烏丸忍に刺すような視線を向ける。

「貴方の演技（ヒーロー）は確かに素晴らしい。だが、それで誤魔化せるのは己の都合で動く似非英雄（えせヒーロー）のみ。真の英雄の心にはこれっぽっちも届かない。むしろ逆効果だ」

「で、でも――」

「これは一つ貸しです。私の言った意味をもう一度よく再考なさい」

勝手に話を進めんな。しかも勝手に俺をヒーロー扱いしやがって。俺は自分の矮小（わいしょう）さを一番よく理解している。自分が気持ちよければあとはどうでもいい。それが俺だ。どちらかというとヒーローと対極の立ち位置だろうさ。

「鬼沼、悪いが俺はもう話すつもりは――」

『殿、賊が攻めてきたでござる！　殲滅（せんめつ）のご許可を頂きたく候！』

五右衛門の指示を求める声。その直後、夥（おびただ）しい数の武装したゴロツキどもが中庭に突入してくる。

「どうやら来客のようですよ」

狂喜の表情で両腕を伸ばして天を仰(あお)ぐ鬼沼。それとは対照的に悲鳴を上げて部屋の隅へと退避する若人(わかうど)たち。

ゴロツキどもの中心にいる黒髪長髪の筋肉ゴリラが日本刀を片手にガラスを蹴破(けやぶ)って室内に踏み込んでくる。こいつ、俺の家に債権の存在を伝えに来た奴だったな。こいつが大井馬都。今回の俺の最重要ターゲット。

「素人風情(ふぜい)が、舐(な)めやがって!!　落とし前つけに来たぞ」

「帰ってください!　警察を呼びますよ!!」

優斗を抱きしめながら真っ青な顔で、烏丸忍が大井馬都に叫ぶ。

「サツだぁ?　くはっ!　とある大先生のあり難い説法(せっぽう)のお陰でなぁ、サツは当分、来ねぇよ!　その見返りはお前だがな」

「わ、私?」

「ああ、先生も元仏蘭西(フランス)の大女優の名は知っててよ。お前を強くご所望(しょもう)だ。心配するな。お前の娘も同じく先生に可愛(かわい)がってもらえるよう取り計(はか)らってやるよ」

「ふ、ふざけないで!!」

和葉は果敢(かかん)にもそう声を張り上げるが、その顔は幽鬼(ゆうき)のように血色(けっしょく)が悪かった。

「組頭、他の女も結構上玉そろってますぜ?」

「そうだな。烏丸親子以外、お前らの好きにしていいぞ。野郎と餓鬼は見せしめだ。殺せ！」

大井馬都の言葉に、皆、悲鳴を上げて身を寄せ合いながらカタカタと震える。そう、たった一人を除いては！

優斗は烏丸忍の腕を振りほどくと、

「お母さん、お姉ちゃん、皆、心配いらない！　ホッピーがあんな悪い奴ら、やっつけてくれるよ！」

興奮気味に拳を振り上げて高らかに叫ぶ。その顔には心配や不安のようなものは微塵もなくホッピーに対する全幅の信頼があった。

「だそうですよ。ヒーロー」

「鬼沼、お前、どこまで本気なんだ？」

「いえいえ、とんでもない。私はいつも本気です。で、どうします？　彼らを見捨てます？できませんよねぇ？　貴方はそういう方だ」

知ったような口をききやがって！　鬼沼は俺と同様、恩義や友情で動くような人間ではない。十中八九、この烏丸家が現在抱えている苦難には、この男の利益のアンテナを刺激する何かがある。そう考えるべきだ。

「お前なぁ、絶対に楽しんでるだろ？」

「ええ、もちろん」

このクソ狸め！　わざわざ騒動を運び込みやがって。俺の華麗な計画が台無しじゃねぇか。だが、どの道、明日俺が獄門会を潰すまで烏丸家にオイタした馬鹿は、五右衛門に処理させるつもりだったのだ。結果は変わらんし、俺自身で駆除しても構わんだろう。

大井馬都を潰すのは確定事項。俺が与えた安穏な一日を自ら放棄したいというんだ。ご希望に沿うとしようか。

「てめえら、何くっちゃべってんだぁ！　お――!!?」

サングラスの男が俺の前まで来ると顔を傾けて威圧してくる。

「うぜぇよ」

俺はサングラスをした坊主頭の男の顔面を鷲掴みにすると、ゆっくりと力を入れる。

「ぐぎぐががぁっ!!」

左手でアイテムボックスから【黄泉の狐面】を取り出し装着すると、右手に握る、ピクピクと痙攣するサングラスの男をボールのように大井馬都へと放り投げる。

大井馬都は自分に向かってくるサングラスの男を左手の甲で無造作に叩きつける。サングラスの男は壁に激突し崩れ落ちた。

「誰だ、わりゃ？」

「ホッピーさ」

おれは口の片端を上げてゴロツキどもに向かって歩き出す。

「猿渡をやったのはわりゃーか？」

顔を顰めて俺を威圧し、油断なく日本刀を上段に構えながらも、大井馬都は俺に尋ねてくる。

「ああ、あのボンボンから伝言は聞いてんだろ？　せっかく俺が施してやった慈悲を自分から投げ捨てやがって。そんなに地獄に行きたいかよ。マジでお前、理解不能だわ。というか、馬鹿だろ？」

ありったけの侮蔑の言葉を吐き捨てる。別に俺の華麗な計画を台無しにされたが故の八つ当たりではないぞ。そう断じてだ。

怒りゆえか、奴の全身は茹蛸のように真っ赤に染まり、顔中に無数の血管が浮き出ている。

「死ねぇ!!」

奴はガラスが飛び散る床を蹴り、日本刀を片手に俺に向けて突進してくる。

「おうおう、速い速い」

実際には欠伸が出るほど鈍重だった。

「ほれほれ、もう少しだ。頑張れ、頑張れ」

大井馬都の放つ日本刀の斬撃を紙一重で易々と避けていく。

無理もない。奴の平均ステータスは28。一般人よりは多少強いが、雫や五右衛門にすら及ばない。数カ月前ならこいつは、日本でも有数の武力を持つ超人だったのだろう。だが、この変質した種族至上主義社会では、ただの凡庸な一人にすぎんのだ。

「嘘だろ、組頭の斬撃をことごとく躱してやがる」

「な、なんで当たんねぇんだよ！」

決まってんだろ。お前らが弱いからさ。そろそろ、飽きてきたし、終わりにしようか。

奴が渾身の力で放った太刀を左手の親指と人差し指で摑み取る。

「んなっ!?」

驚愕に目を見開く奴を尻目に、俺は日本刀を握る奴の右手首に右の拳打を食らわせた。

グシャッと奴の手首の骨が粉々に砕ける感触。

「がっ!!!」

日本刀を床に落とし苦痛に顔を歪める奴を無造作に蹴り上げる。

「ごっ!!?」

大井馬都は、凄まじい速度で幾度も回転しながら、遠方の烏丸家の庭の塀に背中から激突する。俺は、奴の日本刀を足に引っかけて立ち上がらせ右手でその柄を握る。ただその仕草だけで居間に踏み込んでいたゴロツキどもは庭まで後退した。

「くそぉっ!!　撃てぇ！　撃てぇ!!」

そして、№２と思しきスキンヘッドの男のやぶれかぶれの声。

俺は庭に出ると、銃を構えるゴロツキどもの間を縫って走り、その銃身を真っ二つに切断すると同時に、腹部に左拳を叩き込む。トリガーを引く暇すら与えられずバタバタと倒れるゴロツキども。忽ち、拳銃を構えていたゴロツキどもは仲良く地面に伏していた。

「な、何なんだよ、お前っ!!」

「だからよ、構えがまったくなっちゃいねぇ」

喚き散らすゴロツキの一人に接近し、そいつが持つ日本刀を左手で掴むと刀身をパキッと折る。そして――。

「そうだな、少し、手本を見せてやる」

こんな弱い俺でもお前よりはまともに振れるさ。なにせ幼少期はこんなのばかり振っていたからな。俺は上段に構えると、無造作に振り下ろす。

俺から同心円状に爆風が荒れ狂い、獄門会のゴロツキどもは地面を転がっていく。そして大地を深く抉った大穴。せっかくの日本刀はぐにゃぐにゃに捻じ曲がっていた。

「……」

惚けたような表情で眼前の大穴を眺めている大井馬都に近づき、俺は既に鉄くずと化した日本刀をその穴の中に投げ捨てる。さて、あとはしこたまこいつを殴るだけ。俺はどこぞの世紀末漫画の主人公のごとく指を鳴らしながらゆっくりと大井馬都に近づいていく。

「ちょ、ちょ、ちょっと待てぇ!」

「やだよ」

構わず俺は奴への歩みを進める。

「わ、わりゃの強さはよくわかった」

「あーそう」

心底どうでもいいので相槌を打ちつつさらに足を動かす。

「俺が理事に推薦してやるっ！　わりゃほどの強者なら幹部どもも必ず認めるはずだ」

「断るね」

「そうだ。金や薬をやる！　女もだ！　そこの烏丸忍とその娘もくれてやる！　どうだ、悪い話じゃねぇだろ！」

「悪いが微塵も興味ねぇわ」

「くそがぁっ！」

無事な左手で懐から拳銃を取り出すと俺に向けて撃とうとしたので、俺は地面を蹴る。

「は？」

頓狂な声を耳に挟みながら、奴の拳銃を握る左手首を掴んで持ち上げ、

「お前、最後の最後で飛び道具に頼るなよ。興ざめじゃねぇか」

銃ごと軽く捻る。あらぬ方向に捻じ曲がる左手首に絹を裂くような絶叫が響き渡る。

「くぁ……あぁ……」

大井馬都の顔が苦悶に歪み、俺を映す両眼の奥に濃厚な恐怖の感情が灯る。

俺は両手を強く握りしめる。

「今からしこたま殴るからよぉ。歯を食いしばれぇ」

「ぐひぃええええええええええっ!!」

絞め殺される雄鶏(おんどり)のごとき奇声を上げた瞬間、俺の両拳が全身に降り注ぐ。俺はひたすら大井馬都を殴打し続けた。

襤褸雑巾となった大井馬都を地面に放り投げる。嘘のように静まり返る中、

「組頭が……負けた?」

奴らの一人からボソリと小さな疑問の声が聞こえる。

「あんなに一方的に……」

「バ、バケ……モノだ」

「あんなのに——勝てるわけねぇ!!」

一人の悲鳴じみた声に他の者たちも次々に呼応(こおう)し、それは次第に大きくなって忽ち絶叫となり、一斉に我先(われさき)にと逃げ始める。俺は冷めた目でそれを見ながら、右手に銃(クロノ)を顕現(けんげん)させ、その銃口を奴らに向ける。しかし——。

「逃がさぬでござる!」

その少年の宣言とともに、冗談ではない数の小さな黒色の悪魔が大波のごとくウゾウゾと蠢き、今も必死の逃亡劇を演じている大井馬都の兵隊どもを一瞬で呑み込んでしまう。

俺は既に呻き声一つ上げられなくなった大井馬都まで近づくとその髪を摑んで持ち上げる。

「いいか。今から数カ月、そいつらに遊んでもらえ。あーそうだ。ここで一つ、嬉しいお知らせだ。五右衛門の奴、他者を治癒するスキルがあるらしい。つまり、お前は死なないってことさ。ほーら、よかったなぁ。おめでとぉ。パチパチパチパチ」

盛大に祝いの言葉を吐き出す。

「ゆるしてぐれ……」

「もちろんだとも。まあ、治癒の仕方自体が相当エグイらしいから気を確かにな」

大井馬都は、パンパンに張れ上がった瞼から涙を流し、

「ゆ、ゆる……じ……で」

懇願の言葉を絞り出す。

「うんうん、数カ月間、我慢しな。そうすれば、無事返してやるよ。もっとも、そのときお前がお前でいられるかまでは保証しねぇけどよ」

もちろん、五右衛門には徹底的にやるように指示するつもりだから、きっと途中で何度も死にたくなると思うがね。

「い、い、いいやだぁぁぁぁぁ――――――っ!!!」

大井馬都は絶望の断末魔の声を天に向けて張り上げる。

「じゃあ、五右衛門頼むぜ」

とりあえず、大井馬都たちには数カ月間、消息不明になってもらう。特に大井馬都は、二度と女を襲えんように両方の金玉と手足を潰した後、素っ裸で吊るしたら終わりにしてやるよ。

「お任せあれ」

黒色の悪魔が、大井馬都とその兵隊どもを全て呑み込んだ、その時――。

『羅刹の特別指定者、大井馬都の確定的敗北を確認。全条件のクリアを確認。羅刹から、人類代表、藤村秋人へのバトルクエストの申請が受託されました』

頭蓋内に直接響くいつもの無機質な女の声。ゴキブリたちが霧散し、兵隊たちが地面に投げ出され、大井馬都の身体が宙に浮く。

『ヒャッハ――――！　マジでできたゼェッ！　これって、夜叉童子の言う通りじゃネ⁉　雑魚となんとかも使いようってやつかもナァ――!!』

頭の中に響く、突然の歓喜と悦楽をたっぷり含有した若い男の声。この声、さっきの無機質な女の声じゃない。イレギュラーかよ！　しかもまた、バトルクエストか。嫌な予感しかしねぇぞ。

宙に浮く大井馬都の全身の皮膚がまるで水が沸騰しているかのようにボコボコと盛り上がっては弾ける。全身に獣毛が生え、背中からは羽毛の一切ない羽根が生え、眼が窪み、鼻が潰れ、耳が縦長になり、長い犬歯が伸びる。しかもご丁寧に衣装までが形成されていく。

『ぐがぁぁぁぁ――――!!』

頭に真っ白な鉄のヘルメット、黒色のサングラス、ローライズのパンツ一丁に真っ赤な絢爛たる羽毛付きマントを羽織った蝙蝠の顔をした怪物が右手に金属バットを持って、夜空に向かって咆哮を上げる。

蝙蝠顔の怪物の開けた大口から出たいくつもの細い真っ赤な管が地面の兵隊たちの頭部へと伸びて突き刺さる。

兵隊たちはビクンビクンと暫し痙攣していたが、まるで不可視の糸で操作されているような妙にカクカクした動作で立ち上がり、けったいなポーズをとる。同時に蝙蝠顔の怪物に変質していく兵隊たち。

そして、やはりローライズのパンツ一丁になった蝙蝠顔の兵隊たちは、大井馬都だったものを前に丁度、扇状に整列すると一斉に敬礼し、片膝をつく。

そして、左側の兵隊が小脇に抱える紙吹雪を投げて、右側の兵隊が大井馬都だったものに向けてそれを団扇のようなものでヒラヒラと舞い上がらせる。

『バトルクエスト【こんもり男の逆襲】が開始されます』

◆こんもり男の逆襲

・説明：羅刹からのバトルクエストの申請により、怪人こんもり男が爆誕しました。こんもり男は羅刹の使い捨ての玩具。他者の生き血を啜り、眷属を増やします。こんもり男は、己の狂った野望を妨げた輩に対し、逆襲を開始します。さあ、こんもり男を打倒することにより羅刹の野望を阻止し、街に平和を取り戻しましょう！

・クリア条件：こんもり男とその眷属の討伐。

何が、街の平和を取り戻しましょう、だ。どこまでも馬鹿にしてやがる。しかも、とうとう、人すらも怪物へと変えたか。マジでイカれてるぜ。このシステムを考案した奴はクズ中のクズだ。絶対にいつか目にもの見せてやる！

背後を振り返り、烏丸忍たちを確認すると、案の定、皆、顔面蒼白で震えていた。

「五右衛門、そいつらを安全な場所に避難させろ！」

「承知したでござる！」

多量のゴキブリに運ばれるという悪夢は味わうことになるがそのくらい我慢してもらおう。

「クロノ、やるぞ！」

『わかっておるわっ！』

右手の銃形態となったクロノを促し、俺はこんもり男に銃口を向けた。

わらわらとゾンビのごとく襲いかかってくる蝙蝠男ども。正面から振り下ろされた紅の長い爪を薄皮一枚で躱し、その頭部に空手の左の打突を繰り出す。蝙蝠男の首がゴキリと折れ曲がり、数瞬で塵と化す。

同時に千里眼で把握した背後の二匹の頭部に向けて銃を撃つ。クロノの銃口から放たれた銃弾により、そいつらの頭部は弾け飛び、やはり塵となる。

くそ、かなり辛いな。雑魚蝙蝠の平均ステータスは４００台もあり、俺と大差ない。こんもり男はよりにもよって解析不能だ。もっとも、これだけの条件ならば勝利にまで持っていける自信はあるが、最悪なことにここは住宅の密集地。五右衛門により、烏丸家の者たちはこの家から脱出しているし、この家の敷地が広くて助かった。一応、被害は最低限に抑えられている。

大井馬都の言では先生とやらのせいで、警察上層部に圧力がかかっているはずなんだが、現場が命令を無視したのか、はたまた怪物が出現したからか、予想以上に早く付近住民の避難は開始されている。

無関係な市民を戦闘で巻き込んで殺してしまったら一発で俺はお尋ね者。俺は戦闘モードになると一切後先が見えなくなる。今の状態でそうなれば勝利と引き換えに俺が最も大切にしている安穏な生活を失う。今は雑魚どもを殺しつつ、いつ訪れるかわからぬ勝機を窺うしかない。

『今までの威勢はどうしたぁ!!』

勝ち誇った弾むような口調で、こんもり男は部下たる蝙蝠男どもに逐一指示を与えている。

こんもり男の命で飛びかかってくる二匹の蝙蝠男に銃弾を放つ。一匹は頭部を破壊し、二匹目は心臓に大穴を開けて粉々の塵と化す。その陰に隠れるように、三匹目の蝙蝠男が俺に赤色の爪を突き立ててくる。身体を仰け反らせて躱し、起き上がる反動で僅かに態勢を崩した蝙蝠男

に矢のような蹴りをかます。その胴体が折れて上空にやや持ち上がったとき、

『おら、雑魚がぁ！』

こんもり男の右手に持つ巨大な金属バットが蝙蝠男ごと叩きつけられる。舌打ちしつつ、身をかがめてそれを避け、渾身の力で地面を蹴り、地面を這うように疾走する。

『死ねぇっ！』

金属バットが叩きつけられ大地が爆砕し、砂や小石が放射状に飛び散る中、こんもり男が俺に追随し、左拳が振るわれた。

俺は身体を独楽のように回転させて避けるが、左肘を掠める。骨の砕ける感触とともに、地面を転がりながらも、クロノの銃を放つ。銃弾はこんもり男の左肩と右目に当たる。

『これで左腕はお釈迦だぁ。その点、俺は――』

急速に癒えていく奴の左肩と右目。

何ちゅう修復力だよ。少々分が悪い。やっぱり、あのバーサーカーモードじゃないと勝てんよな。次のランクアップは仮にダサくても戦闘種族を選択すべきだろうよ。

『付近住民の保護が完了しましたよぉ――――!!』

拡声器から流れる女の声が鼓膜を震わせる。ようやっとか。

一応、千里眼で確認するがわかる範囲で人っ子一人いない。

『若い女か。わりゃを始末した後、捕獲して存分に楽しんでから食らってやる』

「食らうか。とうとう心まで人間やめちまったってわけね」

俺は片目を閉じると心を、ある場所の奥底に潜り込ませる。これは幼い頃から毎日毎晩、ずっとやってきた作業の一つ。だから、空気を吸うように行うことができる。

俺の前にいる頑丈な檻に閉じ込められた一匹の怪物。

その怪物は心底呆れたような顔で――。

『お前、いつまでこんな綱渡りの茶番を続けるつもりだ？』

そう尋ねてきた。

（いつまでって聞かれてもな）

俺の意思に反して最近頻繁にこんな無茶な事態に巻き込まれるんだ。俺に聞かれても困るってもんだ。というか、こいつ話せたんだな。初めて知ったよ。

『まあいい。今はそれが懸案じゃない。あの下品で、下種で、薄汚い蛆虫どもの玩具の駆除が先』

黒色の靄の怪物の声に激烈な嫌悪感が混じる。

（駆除って簡単に言ってくれるが、今の蝙蝠男、相当強いぜ？）

俺の反論の言葉にさも可笑しそうに、靄の怪物はケタケタと笑う。

『あんなのはただの雑魚さぁ。あいつらの使い捨ての駒に過ぎない』

（あいつら？）

『本来、俺はお前の背中を押してやるのが役割だぁ。だが、俺はな、あいつらが死ぬほど嫌いなんだ。だから、お前が負けることはもちろん、苦戦することすら許せそうにない』

俺の疑問など微塵も答えようとせず好き勝手放題述べると黒色の靄の怪物は檻の中で立ち上がり、黒い霧のように朧な両手で紅の鉄格子に触れる。

怪物の全身から黒色の靄が湧き出ると、人の形をとり檻をすり抜けてくる。それは、俺が本日認識した最後の光景だった。

……

…………

……………

『どうしたぁ？　もう観念したかぁ⁉』

既に己の勝利を確信したのか、余裕の表情でこんもり男は金属バットで肩を叩く。

現在、アキトの周囲を数十にも及ぶ蝙蝠男が包囲している。加えて、既にアキトの左手はあらぬ方向に折れ曲がっているのだ。どう甘く見積もっても、アキトにとって四面楚歌ともいえる危機的状況。こんもり男のこの余裕の態度もある意味頷けた。

しかし、アキトは取り囲む蝙蝠男たちを一瞥すると、口の片端を持ち上げる。その顔には一切怯えなどなく、逆に不遜なまでの余裕に満ち満ちていた。

『わりゃー、その眼、止めろや！』

こんもり男は額に太い青筋を浮かべ、右手の金属バットを振り上げ、その先をアキトに向ける。それに呼応するかのように、周囲を取り囲む蝙蝠男たちは唸り声を上げた。

アキトが無造作に右手に持つ銃を構えると、蝙蝠男たちとこんもり男の額に薄らと浮かび上がる小さな幾何学模様でデコレートされた円のマーク。

『な、何だっ⁉』

その突如生じた円状のマークに、戸惑いの言葉を吐き、手で触れて確認するこんもり男。

それには一切、答えようとせず薄気味悪い笑みを浮かべるだけのアキトに歯軋りすると、こんもり男は金属バットを振り下ろす。

『ギィヤァァァァァッ‼』

それを合図に蝙蝠男たちは耳を劈くような奇声を上げつつ一斉にアキトに飛びかかるが、誰一人として掠りもしない。それは不可思議な力で攻撃を遮断したわけでも、特段、アキトの動きが速くなったわけでもない。ただ避けているだけ。なのに今までとは一転、蝙蝠男たちの爪による斬撃は全て空を切っていた。

『貴様ら、何をやっている。そんな雑魚、早く殺さねぇか！』

どこか焦燥を含んだ指示を蝙蝠男たちに下すが、蝙蝠男たちの攻撃は一向に当たる気配がない。そんなとき、遂にアキトの右手に持つ銃が火を噴く。一定のリズムで放たれる銃弾は蝙蝠男の眉間を穿ち、粉々に破壊していく。

『グオオオォォォッ!!』

まるで己でも制御できぬ恐怖を紛らわすかのように蝙蝠男たちはアキトへと殺到し、一撃で細かな粒子に粉砕されて夜空を漂う。

数分にも満たない僅かの間に、あれだけいた蝙蝠男たちは全て駆逐され、金属バットを振り回すこのこんもり男だけとなっていた。

『なぜだっ！　なぜ当たらねぇっ!!?』

苛立ちと驚愕を含有したこんもり男の声。

爆風を纏い腹部に向けて横薙ぎされた金属バットはアキトの右足の踵によりあっさり叩き落とされ、喉を潰すべく放たれた赤い爪の突きは僅かな重心移動で空を切る。

『糞がぁぁっ!!』

服すらも捕らえられぬ屈辱に咆哮しつつ、こんもり男がアキトの頭部を爆砕せんと渾身の力で金属バットを振り下ろすが、銃を持つ右手で軽くいなされ僅かに態勢を崩す。

『おあっ!?』

間髪入れず足を払われ空中で見事に数回転し、うつ伏せに顔面から地面に激突するこんもり男。アキトはやはり薄気味悪い笑みを浮かべながらその銃口を倒れているこんもり男に向けると連続掃射する。

『ぶべべべべっ！』

こんもり男の頭部が弾け、血肉が周囲に飛散する。血の雨が降り注ぐ中、アキトは銃を撃ち続けた。忽ち、こんもり男の上半身が塵となってしまう。

しかし、急速に修復されていくこんもり男。アキトはさらに笑みを強めると、パチンと指を鳴らす。アキトの傍で真っ青な血の気の引いた顔で片膝をついていた、触覚を頭から生やした少年――五右衛門が、指笛を鳴らす。

数十匹の黒いゴキブリの群れがこんもり男の傷口に群がる。アキトは銃口をそのゴキブリたちに向ける。間もなくアキトの全身から滲み出た紅の靄はゴキブリたちに纏わりつくと吸収されてしまった。そして数十匹のゴキブリごと修復されるこんもり男。

アキトは数回バックステップし距離をとると右手を上げる。それを見た途端、五右衛門も顔を引き攣らせ一目散に逃げ始めた。

『くそがぁっ！　舐めやがって!!』

修復が終わり赤鬼のように怒りで顔を発火させつつ地面に落ちていた金属バットを拾おうとしたところで、こんもり男はピタリと動きを止める。

『な、何だ、こ――ぐぎっ!?』

地面に両膝をつき胸を押さえて苦しがるこんもり男。その身体の中心から光のようなものが発生し、それと同時に身体が少しずつ膨張していく。そんな中、アキトは右手に持つ銃の銃口を風船のように膨張したこんもり男へと固定する。

『ま、まざがっ！』

己の運命を明確に理解し、その顔は恐怖一色に染まる。

『やべろぉぉぉぉぉぉおっ！』

懸命にアキトに駆け寄り手を伸ばそうとするが、銃口が火を噴く。アキトから放たれた銃弾は、こんもり男の身体の中心に命中。その瞬間、純白の光が視界を埋め尽くす。全てを吹き飛ばす爆風に耳を聾（ろう）するがごとき轟音（ごうおん）。烏丸家のひと際大きな庭のほとんどを巻き込み、塀や道路すらも溶解し、大きなクレーターが形成されていた。

《こんもり男を倒しました。経験値とSP（スキルポイント）を獲得します》

《LvUP。藤村秋人のダーウィンのレベルが20になりました。負った傷は回復します》

《クエスト【こんもり男の逆襲】クリア！　烏丸家とその周囲10㎞は以後、人類に永久に開放されます。

クエスト【こんもり男の逆襲】のクリアにより――。

・藤村秋人の称号――【新米ヒーロー】は【ヒーロー】へと変化いたします。

・藤村秋人の【黄泉の狐面】は【成長の狐面】へと変化いたします。その反射的効力により、【黄泉の狐面】により創造された幽鬼――五右衛門は現在の姿のまま受肉し、藤村秋人の眷属へと進化いたします。

・特殊クリア特典として【羅刹】から、【荒魂（あらみたま）（狂）】が藤村秋人に移譲（いじょう）されます》

《藤村秋人の意識レベルの低下を確認――【帰還の指輪】の発動条件を満たします。直ちに帰還を開始いたします》

堺蔵市郊外行きの警察車両内。

付近住民による指定広域暴力団の街宣車が多数駐車されているというタレコミ。

現在、獄門会の調査を進行中でもあり、右近たちは当然現場に急行した。まさに突入しようとしたとき新たな魔物が出現し、あの狐面の男――ホッピーに遭遇したのだ。

（ありえませんね）

喉はカラカラに渇き、上半身は汗でびっしょりだった。それほどまでに今のホッピーの戦闘は右近から余裕というものを消失させていた。

というより、あのホッピーの最後の戦闘。あれを目にして余裕ぶっこいていられるような者は、おそらく新米陰陽師や西側の魔術師どもにもいやしまい。というより、もしあれを目にしても笑っていられる陰陽師がいたら、全力で陰陽道以外の道を勧めている。

（あれは五行式ですか？）

五行式。己の霊力を燃料に奇跡を実現する陰陽師にとって最も基礎となる術式だ。だからできること自体はそれほど奇異なことではない。問題はあれほど自然で混じりけのない五行式などお目にかかったことがないということ。これは単に才能で片付けられる次元の問題ではない。

こうした術は、陰陽術も西洋の魔術も等しく【六道王】という超常的存在の系譜から力を得て発動している。この理が裏返った世界であっても陰陽術が使える以上、それは変わらないはずだ。

というか、この世界の理の変容も結局は、どこぞの西側の命知らずな馬鹿魔術師が【六道王】を現界させようとして運悪くそれに成功してしまったことが原因。そう右近は考えている。【六道王】は、この世の理の外に座す存在。この世に現界したならばこんな無茶苦茶な現象も可能なはずだから。

要するにだ。美しい五行式を編み出すということはそれだけ【六道王】に近しい系譜から力を得ていることを意味する。それは陰陽術の才能にも等しい。だからこそ、陰陽師にとって五行式は最も重要な修行項目となっているのだ。一般に五行式は通常、己の霊力を贄に【六道王】の系譜にアクセスし奇跡を請うもの。即ち、あくまで奇跡を実現するのは己の霊力ではなく【六道王】の系譜に連なるもの。だからこそ、術を実現するには魔方陣や呪文のようなアクセスツールが必ず存在する。たとえそれがどれほど、短時間でかつ、判別し得なくても存在しないはずがない。なのにだ。先ほどの最後のホッピーの術はあまりに自然であり、自身の霊力を虫にしみ込ませ、それに時限的な爆発という方向性を持たせて起爆したようにしか見えなかった。

もし、己の力一つで術を発動できるのなら、それはもはや人ではない。【六道王】の系譜に連なる者そのものだ。

（アホらしい）

そこまで思い至って、右近は当然で馬鹿馬鹿しい結論に行きつく。

（それは少し前までの世界の理でしょうが）

そうだ。今は種族特性やらスキルやら、今までの常識では到底説明がつかない事象がまるでバーゲンセールのごとく出現している。霊力を利用した彼のあの能力が五行式によって引き起こさせる奇跡に極めて類似していたため、陰陽術としての理で無意識に考えてしまっていた。

（まったくなまじ術について知識があると今までの常識に引っ張られてしまっていけない）

それでもこの度一つのことが判明した。あれがスキルだろうと、種族特性であろうと、五行式のような力であろうと、仮にも超常の奇跡をあれほど容易に行うのだ。あのホッピーだけは絶対に敵に回してはならない。彼は右近たちとともにこの新たな世界で新秩序形成の中核となるべき重要な人材。そう、右近の隣に座るこの男と同様に――。

「右近さん、結局俺、出番なかったぜ？」

右近の隣に座る黒色の髪を短く刈り上げた長身の青年、十朱が口を尖らせて文句を口にする。

「ご心配なく、君の見せ場はちゃんととってありますよ」

「マジか!?」

「ええマジです」

「それはもちろん獄門会の奴らだろ!?」

「はい。彼らは少々やり過ぎました。特に種族特性を利用した犯罪など、言語道断です。今回きっちり厳罰に処さないと同様の手口で悪さをする馬鹿が必ず現れますしね」

「見せしめってやつかい?」

「そうなりますね。相手は極悪人です。自重は必要ありませんよ」

彼にはこの台詞が一番効果的だ。

「あの女が持参した資料は読ませてもらったし、十分わかってるぜ! 奴らはクズだ! 真性のクサレ外道だぜ! 俺には奴らを成敗し、正義を執行する責務がある! 巨悪の駆逐こそが我が正義! 我が信念! これは正義の執行! 正義執行! 正義執行! 正義執行ぉぉ!!」

両拳を固く握って眼球に炎を灯らせる黒髪で短髪の青年。

「それでは早速向かいますよ」

「奴らのもとへだな?」

「はい。奴らの総本部です」

右近たちの車は走り出し、もう一つの悪夢の舞台の幕がゆっくりと上がっていく。

家に帰ると母からリビングに至急集まるよう指示を受ける。

リビングには、母が経営する会社イノセンスの社員や所属タレントもいた。

イノセンス——父が立ち上げた弱小芸能プロダクション。

母は昔仏蘭西(フランス)では相当有名な女優だったらしい。だけど、父と劇的な出会いをして父と電撃結婚し女優を引退。その後、日本に帰国し父の会社を手伝う。

フランスでかなり名が通っていた母がなぜ女優を引退したのかは、母が過去に直接和葉に話してくれたから知っている。何でも母はフランスでの活動中、日本最大のプロダクション——タルトに所属していた。女優業を続けながら父の会社に移籍することは、芸能界ではタブー扱いされている。だが、それだけなら、父との結婚で女優業を引退する必要性はほとんどない。母に引退を決意させたのは、タルトというプロダクションの悪質さにあった。タルトにとって所属タレントは使い捨ての駒。幾人もの同僚タレントや後輩タレントが潰されるのを目にしてきて遂に我慢の限界を超えてしまったんだそうだ。

それ以来、女優としての活躍を諦(あきら)めて新人を育てることに尽力するようになる。ただイノセンスにはいくつか問題があった。

一つはもちろんタルトの母への嫌がらせ。タルトはどんな形であれ裏切った者を許さない。

忖度した各テレビ局は、イノセンスのタレントを使わず、地上波はほぼ全滅状態だった。

二つ目はそもそも父の方針が孤児や問題児を中心に採用していること。この業界はよくも悪くも人気商売。一般に家族関係や友人関係、過去など人生に問題がない者ほど視聴者は安心するものだ。特にタルトからの嫌がらせにこの事実はよく利用された。

三つ目は父の死去。父はイノセンスの精神的支柱であり、性格にはいくつか問題はあったものの、やり手だったのは間違いない。現にあれだけ地上波で干されていてもネット番組を中心に仕事を沢山とってきていた。父がいなくなった途端、それが一気になくなり忽ち厳しい経営状態に置かれることになる。今や、イノセンスのタレントは副業で生計を立てている者がほとんどだ。

そして、そんな砂上の城のような状態のイノセンスに此度、獄門会への借金の存在が知らされる。最悪解散、その事実に皆、戦々恐々としていた。そんな中、一時的とはいえ、和葉が獄門会の借金取りたちに拉致されてしまったのだ。母がどれほど追い詰められているかは、想像するに容易い。現に、あの唐変木に助けられて刑事さんたちにこの烏丸邸まで送ってもらい、家の玄関に入ると母は和葉を強く抱きしめ、まるで運命に立ち向かうような厳粛な顔で、居間で待つよう指示したのだから。

それからほどなく母は優斗を連れて部屋に入ってくる。優斗には、一人で学校を出るなと厳命している。おそらく小学校に優斗を迎えに行っていたのだろう。母は優斗に二階に行っているようにと言ったが優斗が断固拒否。説得するもぐずり始めたので深いため息を吐くと、優斗を隣に座らせ、イノセンス及び烏丸家の今後について話し始めた。

その内容は一言でいえば現在のイノセンスの抜本的立て直しに外部から優秀なブレーンを相談役として招くということ。

父の友人の鬼沼さんから提案を受けていたが、今回の和葉の誘拐（ゆうかい）事件で決心したらしい。鬼沼さんは父の大学時代の親友であり、家にもよく遊びに来ていた。父曰（いわ）く、己の利益のためなら他者の人生を平気で捻じ曲げる冷血漢のひねくれもの。だが、人や状況を洞察（どうさつ）する目は自分よりも優（すぐ）れている。そう得意そうに語っていた。そんな冷血漢のひねくれものとよく付き合う気になるよねと、内心よく突っ込みを入れていたものだ。

そんな父の没年、病（やまい）に臥（ふ）せっているとき鬼沼さんが病室に見舞いに来たことがあったが、父は怒鳴り声を上げて追い出してしまう。鬼沼さんが去った直後、父は泣きそうな顔で、あの大馬鹿野郎が、と呟いた。それ以来、鬼沼さんは葬儀にも顔を出さなかったが、この度イノセンスの窮地を聞きつけ、母に手を差し伸べてきたのだという。

この提案について、イノセンスがこのままでは立ち行かないことを知る社員たちはほぼ全員賛同したが、父を信奉（しんぽう）するイノセンスのタレントたちは当初、激烈に反対した。

しかし、このままでは会社は確実に倒産することを指摘されると最後には渋々（しぶしぶ）了承する。

イノセンスの救世主（メシア）となる人物を皆と緊張しながら待っていると鬼沼さんが、人相がすこぶる悪い男を連れて現れる。そいつはあのとんでもなく強い唐変木だった。

　さらに優斗が彼をホッピーと連呼し抱きつくと、文字通り室内はカオス状態となり、皆、好き勝手放題話し始める。一方、和葉といえば俯き、頬に両手を当てて珍妙な顔で呻いていた。当然だ。優斗はあのファンタジアランドの事件で英雄となったホッピーの正体を知っている。つまりこの空気の読めない最低男が、憧れの狐仮面ホッピーだということ。

　和葉の中のホッピー像がガラガラと崩れ落ちる中、あいつが母の話にすら耳を傾けようとしなかったことで、その評価は奈落の底へ落ちていく。

　イノセンスは、母にとって女優業を捨ててまで父と心血を注いだ大切な場所。本来、部外者の力など借りたくないはず。それをしなければならないほど、現在、母たちは追い込まれているんだ。あいつは、ホッピー。警察でさえ成し得なかったファンタジアランドの解放をたった一人で為した絶対的な強者。その力は和葉を助け出したときに目にしたから、確信して言える。この男ならあんな獄門会などただの粋がっているチンピラにすぎないと。

　もし、獄門会からさっきの拉致のような強硬手段を奪えれば、今後母たちも精神的に楽になり大分動きやすくなる。つまり、あいつが力を貸してくれれば、今イノセンスが抱えている最も大きな苦難はなくなる可能性すらある。そして、あいつにとってそれ自体、大した労力でもない。それが嫌というほど和葉には実感できていた。

　だからこそ、許せなかったんだと思う。この男はホッピー、今世間を賑わせている謎のヒーローであり、ついさっきまで和葉にとってのヒーローでもあった。

和葉がずっと夢に見てきたヒーローは、泣いている弱者に手を差し伸べるような人だ。こんな話すらも聞かず、門前払いにするような薄情な男では断じてない。

もちろん、あいつにメリットが大してない以上、通常なら和葉だってこんなある意味理不尽な憤りは絶対に覚えないだろう。だが、あいつはホッピー、和葉にとってのヒーローなんだ。せめて、その苦難に寄り添ってくれるくらいしてくれてもいいはずだ。

様々な感情がぐちゃぐちゃと頭の中に渦巻(うずま)いて、和葉は気持ちの高ぶりを抑えきれず激高し、決して言ってはならぬことを口にしてしまう。そしてそれが決定打となり、あいつが帰ろうとしたそのとき、獄門会の奴らが和葉の家に攻めてきた。

あいつは助けないと言い切り、話にすら耳を傾けなかった。しかも、和葉はあいつをロクデナシとまで罵(ののし)ってしまっている。このとき、和葉もあいつに見捨てられる。そう本気で思ってしまっていた。なのに、あいつは迷うことなく獄門会の連中の前に立ちはだかり撃退してしまう。

そして、あいつがあのチンピラの親玉に勝利した直後、チンピラの親玉と思しき長身の男が蝙蝠顔の怪物に変貌し、あのファンタジアランドのごとき地獄と化す。

頭から触覚を生やした少年は、和葉たちを烏丸邸から離れた安全な場所まで先導し、姿を消す。そして、和葉たちはその場にいた、昼間出会った女刑事に保護された。

警察の誘導のもと、次々に烏丸家の周辺住民は避難していき、全員の避難が完了する。しかし、誰の顔にも不安が色濃く張りついていた。

それも無理ないと思う。最近のテレビではまるで天気予報のようにモンスターの出没のニュースが報道されており、家庭でのゴブリンやスライムの撃退の仕方の番組が高視聴率を獲得している。警察がゴブリンやスライムのようなただの魔物でここまで大規模な避難誘導が行われることはまずあり得ない。

あるとすれば、あのファンタジアランドクラスの悪夢レベルの魔物のはずだから。

避難所のお通夜のような沈んだ雰囲気の中、

「大丈夫、ホッピーが全部やっつけてくれるさ！」

キラキラさせた目で優斗が右拳を上げて叫ぶ。

「ホッピー？　ファンタジアランドのあのホッピーか？」

「え!?　ホッピーがいるの!?　私、彼のファンよっ！」

「おいおいマジかよ！　すげぇ！　すげぇぜ！」

「俺もあのテレビ見てたけど、ホント滅茶苦茶強いもんなぁ！　彼ならきっとこんな事件あっさり解決してくれるぞ！」

次々に巻き起こる歓喜の声。対して女刑事は暫し自分の顎を摑んでいたが、パトカーから拡声機を取り出すと、肺を大きく膨らませ、

「付近住民の保護が完了しましたよぉ――――!!」

あらん限りの声を張り上げる。

ほどなく、烏丸邸で大爆発が起き、ホッピーの勝利で事件は幕を閉じる。


警察の事情聴取が終わり、眼をしょぼしょぼさせている優斗を近くの親戚の家に預けた後、皆でイノセンスのオフィスに戻り、再度ミーティングを開く。

「彼にかける言葉を間違えました。仕切り直しです。皆も私と一緒に考えてください」

母はただそう切り出し、テーブルに分厚い資料を置く。

今度は誰も否定の言葉を口にしない。ただ、真剣に意見を出し合っていた。

朝日を受けて朱鷺色に輝くオフィス内で、

「では、これでよろしいですね？」

母は皆をグルリと見渡し、そう念を押してくる。

皆、寝不足で目の下にクマを作っていたが、実に晴れやかな顔をしていた。和葉は未成年だという理由で幾度となく親戚の家に行くよう促されるが断固として拒否し、作戦会議に参加した。だって、和葉はあいつにひどいことをしてしまったから。ロクデナシという暴言を吐いたことはもちろんだが、こちらの勝手な理想や都合を押しつけていた。

和葉を助けてくれたあいつがあの憧れのホッピーだと知り、壮絶に混乱していたとはいえ、あいつの立場になって考えることは全くしていなかった。

あいつは強い。それは間違いない。だが、だからといって万人を助ける責務があるわけではない。ほらあいつも言っていただろう？　これは漫画や小説ではなく現実なんだと。

いくら超人的な力を有していても、無償で弱者を助けろと上から目線で宣うのは絶対に違う。そんな都合の良い存在が仮にいたとしたら、それはヒーローではなく、ただの世界の奴隷でしかない。つまり、和葉たちはあいつにそんな最低最悪の役を押しつけようとしていたんだ。

（もう少しで、私、一番嫌いな奴になるところだったよ）

実のところ、あいつを一番信頼していたのは優斗だったんだと思う。ただ、純粋にホッピーの勝利を信じて疑わない。だからこそ、あいつは再びその純粋な想いに応えたんだと思う。

和葉たちは色々汚いものを既に目にしてしまっている。利害関係という鎖に雁字搦めに束縛されてしまっている。だから、優斗のように純真無垢になるのは不可能だ。汚れた者が自己犠牲を強要することほど滑稽なものはない。優斗のような方法ではあいつを説き伏せられないし、してはいけない。ならば、発想を転換する必要がある。そうだ。答えはそもそもあの会話の中にあったんだ。あいつは一連の会話の中でなんと言っていた？

「ママ。あいつをぎゃふんと言わせてやろう！」

和葉の強く力の籠もった言葉がオフィス内に響き渡った。

　――獄門会総本部。

　広大な敷地に和式の建物。その敷地には複数の黒塗りの車が止まっている。その周囲にはスーツ姿の屈強な男たちが集まっていた。

　建物から袴姿に坊主頭の大男が出てくると、

「釜同間組の連中、まだ来ないのか？」

　周りの男たちに尋ねる。

「へい。組頭の大井を始め、誰もまだ来ていやせん」

「大井め！　己の盃事で遅れるとはどういう了見だっ！　今日の席には会長もいらしているんだぞっ！」

「釜同間組の事務所にサツのガサ入れが入ったって言ってやした。もしかしたら、サツに引っ張られてるんじゃないっすかね」

「はあ？　あの大井がか⁉」

　袴に坊主頭の男は頓狂な声を上げる。あの悪事には抜け目のない大井馬都が、警察に捕まるなどおよそ考えもつかないことなのだ。

「へえ、それで組員の何割かが病院送りになって――」

「阿呆っ！　サツのガサ入れで病院送りになってたまるかっ！」

「そういえば、昨日釜同間組総出で烏丸とかいう堅気の関係者を捜し回っていたような……」

隣の金髪にサングラスの男が思いついたように独り言ちる。

「烏丸？　堅気の関係者？　今のままではわけがわからん。すぐに、釜同間組の動向を調べろっ!!」

袴姿に坊主頭の男が部下に命じたとき、その部下の携帯の着信音が鳴る。

「どうした？　はあ？　変な男？　てめえ、今日がどういう日かわかってんのか!?　んな奴、とりあえず事務所にでも連れて行って――」

刹那、総本部の敷地の玄関口の門が粉々に吹き飛ぶ。そしてそこから歩いてくる一人の男。

短く切りそろえた黒髪に、無精髭を生やしている長身の男。それは普通に街中(まちなか)を歩いていそうな一般人。ただし、その男が真っ白な大型のバンを肩に担いでいなければの話だが。

「お、おいおい、嘘だろッ!!」

悲鳴じみた声を上げるパンチパーマの男を尻目に、男は肩のバンを持ち上げて振りかぶると、まるでボールでも放るかのように投擲する。バンは一直線に空を疾駆して丁度現在空(あ)き部屋となっている建物の離れに突き刺さり、大爆発を引き起こす。

「う、撃て！　撃てぇぇ!!」

袴に坊主頭の男の裏返った声に、獄門会の構成員たちは次々に懐から拳銃を取り出し、今も向かってきている黒髪で短髪の男に銃口を固定すると一斉に弾丸を放つ。

土砂降りの雨のように銃弾が男の全身に降り注ぐ。普通ならこれで、蜂の巣、即死コースだ。

しかし、バンを投げるような存在がそもそも普通のはずがない。男の身体からは血の一滴すら流れてはおらず、代わりに鱗のようなものが浮き出ていた。さらに――。

「おい、あいつ、なんか大きくなってないか？」

構成員の一人が銃を握る手をブルブルと震わせ、掠れた声でそんな当然の疑問を口にした。

「あの顔っ！」

もうすでに、黒髪で短髪の男の姿は人ですらなくなり、小説や漫画で頻繁に出てくる伝説の生物に変わっている。

「蜥蜴……か？」

「い、いや、あの容姿、竜？」

「んなアホな。そんな種族聞いたこともねぇぞっ！」

獄門会の構成員どもの口から、次々に吐き出される濃厚な恐怖を含有した声。そんなもの歯牙にもかけず、既に二階建てのビル程度には大きくなっている蜥蜴に類似の生物は大口を開ける。

「うあ……」

と変える。

巨大蜥蜴の口腔(こうこう)に生まれる炎の塊(かたまり)。次の瞬間、一筋の閃光(せんこう)が走り抜けて辺り一帯を火の海へ

「ひぁっ！」

「そんな……」

地獄のような光景に両膝を地面について絶望の声を上げる袴に坊主頭の男。

「グオオオォォォォッ――――!!」

その破壊の権化(ごんげ)は天へと咆哮を上げて、建物へと突進していく。

――獄門会はこの日をもって地球上から完全消滅した。

第二章　Chapter 002　暗躍と日常

朝起きると自室だった。ふむ。怪人こんもり男とかいう化物との戦闘の途中から記憶がないぞ。ここにいるってことは勝利したんだろうが、正直あのまま死ぬこともあり得たかと思うとゾッとするな。マジで戦闘中心の種族へのランクアップは必須だろう。

ベッドから起き上がり着替えると、一階へ向かう。

居間に入るとエプロン姿の雫が皿を片手に、パッと顔を輝かせて挨拶をしてくる。

「先輩、おはよ」

「おう」

「雫に朝食を作らせて、自分はぐうすか寝ているとはいい御身分じゃな」

フォークとナイフを持って足をバタバタさせつつ、涎を垂らしてテーブルに置かれた皿に視線を固定させている妖怪馬鹿猫娘に、

「ふむ。食っちゃ寝しかしてねぇ駄猫にだけは言われたくねぇ台詞だな」

当然の返答を口にする。というか、お前、行動と言葉が釣り合ってねぇぞ。

「何じゃとぉっ!!」

「はいはい、喧嘩はお終い。食べよう」

皿を並べ終わると雫も椅子に座り、俺たちは食べ始める。

それにしてもよほどぐっすり眠っていたらしいな。【社畜の鑑】の称号も一度眠ったものを起こしてくれるような便利機能はない。要は寝なくても疲れないだけなのだ。とは言っても、眠らなくても疲れないという作用の付属的効果からか、眠っても数時間程度で目が覚めてしまっていた。ここまで起きなかったのは、種族進化のときくらいだ。何か理由があるのかもしれん。

まあ、おいおい調べていけばいい。今は獄門会の処理だな。現在、午前10時。もうあと、二時間ほどで奴らの本拠地へ襲撃をかける。大井馬都を始めとする獄門会の奴らを俺は撃退した。今頃、血眼になって俺を捜しているはずだ。少々計画とは異なるが、あとは再起が図れぬほど物理的にも社会的にも粉々に破壊するだけ。

「奴らの犯罪の証拠は?」

「心配いらないよ。既に警察に渡してあるから」

警察に渡した? 当初の計画では俺が獄門会の本拠地を襲撃している間に、警察に奴らの犯罪資料を渡す手はずになっていたはず。

「一ノ瀬、お前――」

俺が口を開こうとしたそのとき、けたたましく呼び鈴が鳴る。重い腰を上げて玄関口へ行くと、痩せ細った、丸いサングラスをしたおっさんが、薄気味の悪い笑みを浮かべて一礼してきた。

「旦那、昨日はご苦労様でやんした」

「心にもねぇ気遣い痛み入るよ」

そもそも、全てお前が仕組んだことだろうが。

「では、少しお邪魔してよろしいですかな？」

「ああ、好きにしな」

ここまできて追い返しても俺には何のメリットもないしな。

鬼沼はリビングの俺たちが座っているテーブルの空いている席に腰を下ろすと、リズミカルにテーブルを指で叩く。このご機嫌な様子からも目下、鬼沼の思惑通りに事が動いているんだろう。ま、こいつは情より利益。それ以外のことに頓着はしていない。今この状況で奴が俺を裏切るメリットはない。今はまだ過度にこいつを警戒する必要はない。

では、そろそろ獄門会を潰しに出かける時間だ。お茶を飲んだらとっとと帰ってもらおう。

「それで旦那。もうテレビは見やしたか？」

「テレビ？」

咄嗟に俺から視線を逸らす一ノ瀬にふつふつと強烈な悪寒が鎌首をもたげ、リモコンでリビングのテレビの電源を入れる。

『獄門会の本部が燃えております!!』

心の高ぶりを抑えきれないアナウンサーの乱れた音声が居間に反響した。

そのテレビの中では、今も口から火を噴いている巨大蜥蜴の化物が映し出されていた。

おいおい、これって何かの怪獣映画かよ。特撮か。

『ただいま、堺蔵市上空からお伝えしております。今、警視庁からあの化物――失礼いたしました、今も獄門会本部を制圧中の人物は、警視庁から選抜された特殊部隊の隊員であるとの発表がありました』

アナウンサーが興奮するのも頷ける。あれは制圧というより、もはやただの破壊活動だ。現に建物など原型すらもとどめちゃいないし、特撮映画で怪獣が暴れ回っているようにしか見えん。そして俺にも色々不自然に思えたことの顚末がおぼろげながらに見えてきた。

「あのタイミングでの獄門会の襲撃に、まるで待機していたかのごとき警察の迅速な対応。そしてこの警察の獄門会本部への急襲。お前、全部仕組みやがったな？」

「いえいえ、それは買いかぶりというものでやんす」

満足そうに鬼沼は、俺の予想通りの返答をする。やっぱ、お前が素直に話すわけないよな。俺が釈放されたときも警察に裏から手を回したようだったし、警察にこいつなりのコネでもあるんだろう。ま、俺には関係ないか。

それにしても行動が早い。いくら一ノ瀬が警察に資料を渡したとしても裏付け調査にもっと時間がかかってもいいはずだ。おそらく、一ノ瀬が警察に提出した資料と俺が捕縛した奴らからの供述が一致したこともあるのだろう。和葉の拉致事件で決定的ともいえる確証を得たってわけだ。奴らにとってはまさに身から出た錆だろうさ。もっとも、それを鑑みても今回の警察の行動はいささか慎重さを欠く。警察からすれば焦って行動に移す理由がない。ゆっくり時間をかけて獄門会の連中を追い詰めていけばいいのだ。なのに、一部から批難を浴びそうな強引な取り締まり劇。

他に理由があるんだろうが、事情を知ってそうな鬼沼がこの状況で正直に話すとも思えない。まあ、結果的に獄門会という害虫が俺の周りから消滅したんだし、喜ぶべきなんだろう。

「ともかく、これで事件は解決した。一ノ瀬、お前も今日からマンションに戻れ」

獄門会の残党からの逆恨みの危険はそれなりにあるが、そもそも一ノ瀬は表立って動いておらず奴らに認識されていない。それに、既に一ノ瀬の強さは、大井馬都を超えている。獄門会最強が大井馬都ならば、一ノ瀬を傷つけることは絶対にできないことになる。

「うん。そうするよ」

一ノ瀬はダンジョンの攻略に凝りに凝っている様子だった。だから、てっきり、「えー、まだ獄門会の残党がいるかもしれないよ？」とぶー垂れるかと身構えていたが、あっさりと了承してくれた――でも、何だろう。この強烈な悪寒は？

「お前ら、何か企んでないか？」

「ううん。別にぃ」

いたずらっ子のような笑みを浮かべる一ノ瀬に、

「まさかまさか」

大袈裟に首を左右に振る鬼沼。絶対にこれ、何かあるな。

とはいえ、尋ねても二人とも答えそうもないし、また我が家が静けさを取り戻すんだ。ここは素直に喜ぶべきところなんだろうさ。

「ならいい」

俺は不吉な予感を無理矢理、心の隅に追いやると、お茶を喉に流し込む。


一ノ瀬と鬼沼が帰ったので、すぐに自室に戻る。馬鹿猫は既に己の自室へ戻っている。たぶん先日覚えたネットサーフィンでもしているんだろう。あいつ、最近冗談じゃなく引き籠もりっぽくなってきたよな。

それより、今回の戦勝確認だ。微塵も記憶にないが、あの大井馬都との戦闘は俺の勝利で終わったようだ。そしてこの想定していなかった新規の複数のテロップ。これをどう理解すべきかだが――。

『【ダーウィン】がレベル20となり称号――【系統進化の導き手】を獲得いたしました』

今回、スキルは獲得できないのか、とか色々ツッコミどころは満載だが、一番の疑問はなぜ、レベル20で称号を獲得できるんだってことだ。おまけに、こっちのテロップはランクアップ特典について。確か俺の次のランクアップに要するレベルは30だったはず。

　改めて自身のステータスを精査すると『ランクアップまでのレベル20／20』と表記されていた。どういうことだ？　ランクアップに要するレベルが20になっている。心当たりはいくつかある。まずは、新たに獲得したこの【系統進化の導き手】とかいう称号だが。

　一つは、パーティーメンバーと眷属を俺の成長率と同期させる能力。また、パーティーと眷属は一つに限り、俺の称号を使用できるが、この称号使用者が選択していない種の称号は使用できないという制限がある。要するに、俺が人間種以外の種族を選択して獲得した称号は、一ノ瀬たちパーティーメンバーが人間種である限り、使用できないという縛りがあるという意味だ。加えて、この称号保持者の進化経路が超レアに限定されるという効果もあるようだ。さらに、パーティーの定員数が10人と大幅に拡充している。

　相当強力な恩恵だが、Lvランクアップを早める効果まではない。これじゃないな。

　とすると、【ヒーロー】の称号だろうか。【新米ヒーロー】が消えてこれに変わっているし、クエストクリアで進化でもしたんだろう。

　称号【ヒーロー】――成長率を僅かに上昇させる。

　成長率の僅かの上昇か。HPとMPの上昇よりは有用性が高いが、やはり種族を極めた時の恩恵と比較し、大したことはないな。

　さて困ったぞ。結局、どれもランクアップを早める効果などない。あと考えられるのは、新アイテムなどを得たことだが……。アイテムボックス内を確認すると、目新しいものは二つ。

一つは、【荒魂（狂）】とかいう中二病全開の名前の、神話（6／7）ランクのアイテム。

【荒魂（狂）】――『王の魂の欠片。――――テム。――――の用途に――れる』

プロテクトでもかかっているのか、所々、文字化けしており、ほとんど理解不能だ。とりあえず、これの調査はあとでじっくりすればいい。もう一つは――。

「これが原因か……」

アイテムボックス内にあるはずの【黄泉の狐面】は【成長の狐面】へと置き換わっていた。取り出して精査するが、外見上は全く変わらぬホッピーの仮面。だが、その機能は全く別次元だった。

【成長の狐面】――『所持者の成長率、ランクアップ速度を著しく向上させる。ただし、所持者は初めて触れたものに固定化される』

これも神話ランクのアイテムか。【黄泉の狐面】も相当アレだったが、これは輪をかけてチートだ。バランスブレイク的な匂いがプンプンする。まあ、役に立つに越したことはないか。

さーて、理由が判明したことだし、恒例のランクアップ特典だ。

ランクアップして選択し得る種族は次の三つ。

一つ目、ハーレム王（ランクE――人間種）。

二つ目、ラッキースケベキング（ランクE――人間種）。

三つ目、ヒヨッコバンパイア（ランクE――不死種）。

マジでろくなのねぇよな、おい！　一ノ瀬の種族は怪盗に下忍。メッチャ格好いい主人公っぽい種族なのに、俺のはまさにギャグ。しかも相当お下劣な部類のもの。

予想ではこの【ハーレム王】が【ダーウィン】の上位種族の位置づけなんだと思うが、選択する気にはどうしてもなれない。よりひどいのはやっぱ【ラッキースケベキング】だ。つーか役に立ちそうにはどうしても思えない。

最もましそうなのは、【ヒヨッコバンパイア】だ。だが、ヒヨッコだし、バンパイアのデメリットはしっかり受け継いでそうだ。人間の血液をごはんにするなんてことになるのかもな。ともかく、今俺は力を欲している。戦闘種族と思しき【ヒヨッコバンパイア】を選択すべきだ。それにバンパイアは最低の『ヒヨッコ』でランクがEなのだ。上位になれば相当強力になるのは確実。力を得られるならば今はそれでいい。あとはなるようになるだ。

鬼沼に電話し、新鮮な輸血パックを購入できるかを尋ね、OKの返答を得た。これで当面の食料は手に入れた。あとは日の光をどうするかだが、まあ何とかなるだろう。最悪、病気を理由に死ぬほどためた有休を消費しつつ、ダンジョンに籠もってレベルを上げながら種族を変えていけばいい。

ベッドに横になり【ヒヨッコバンパイア】を選択すると俺の意識はストンと落ちていく。

日差しが暖かい。いや熱いな。まるで熱い温泉に浸かっているかのようだ。今って夏終わってたよな？　いや、日差しにしては熱くね？　熱したヤカンを押しつけられている気が……。

「あちちちっ!!」

朦朧とする意識の中、ベッドから飛び起きて床に転がり、日陰へ逃げ込む。本能でわかる。あの光はマズい。というか怖い。ずっと浴び続ければ火傷する、いや燃えるな、きっと……。

身体を精査してみるが、外見は大して変わっちゃいない。唯一、上顎の犬歯がやたらと長くなっていることくらいだ。色々実験は必要だ。でなければ怖くて外に出られない。

実証実験をしてみた結果、いくつかの事実が判明する。一つは、日光は直接浴びなければ火傷はしないこと。つまり、フード付きのジャケットを深く被っていれば問題はない。

此度の事件で獄門会が一ノ瀬家から奪った金銭は全額戻されるらしい。俺が一ノ瀬家に預けた金も返却されるだろうし、それで遮光仕様の中古車を購入してみるのもいいかもしれない。早速今晩、鬼沼にでも相談してみるとするか。

二つ目は食事。案の定、飯が糞マズくなっていた。まるで味のしない粘土を食っているかのような独特な不快感。とてもじゃないが食えたもんじゃない。血液を飲むしかないんだろうな。

スーツの上からフード付きのジャケットを着込むという違和感ありまくりの様相で会社のオフィスに到着する。

『アキト、そなたから悪臭がする！』

クロノが器用にも左手で鼻をつまみ、右手をパタパタさせる。

「それはそうだろうな。おっさんだからな」

もう、俺も32歳。加齢臭（かれいしゅう）の一つもするだろうぜ。まあ、だからどうしたって話なわけだが。

『むう、そういう意味ではないのだが。まあいいのじゃ。そのうち慣れるじゃろ』

そう言うとクロノは俺の肩で蹲る（うずくま）。意外だな。そんなに臭いなら、一ノ瀬か雨宮（あまみや）のところに退避すればいいのに。まあ、クロノがどこにいようと別にどうでもいいか。


それから数日が過ぎた。相変わらず一ノ瀬の俺への距離感は近すぎて営業部でも当初、噂（うわさ）になっていたが、すぐに誰も口にしなくなる。その理由は、一ノ瀬と俺がただのゲーム系のオタ友だとわかったから。一ノ瀬はある程度仲が良くなるとだいたいいつもこんな感じだ。ただ、異性の友人が会社内にはいなかったからちょっと奇異（きい）に映ったに過ぎない。根掘り葉掘り尋ねられるのにうんざりしていた俺は、共に大好きな【フォーゼ】の話で意気投合したと伝えたが、その途端（とたん）、誰もがこの説明に納得し、俺たちを異性の仲だと考えるものはいなくなった。まあ、営業部に限っての話だが。

男と見られていないのは多少複雑な心持ちではあるが、実際その通りだろうし別にいい。それに、一ノ瀬の同性の同僚からの遠慮もなくなり、俺は普段の職場生活を取り戻した。

それよりも今は――。

「本日はハンバーグさ。さあ、食べてくれたまえ」

今、最近日課となった雨宮の手作り弁当の方がよほど悩みの種になっている。

「サンキュ」

礼を言って口に含む。やはり粘土を齧っているような苦くパサパサした何とも形容しがたい食感。

「美味しいかい？」

不安そうに見上げてくる雨宮に頬を緩めて、

「ああ、美味い」

ただそれだけ答えると、勢いよく料理を掻き込んだ。流石の俺もわざわざ他人の親切を踏みにじるような態度はとれない。この種族特性、日の光はもちろん厄介だが、食事がまともに取れなくなるのが一番つらい。第一、食事が血液ってどうよ？　食費もかさみまくるし何より日常的に飲んでいると、精神的に病んでいきそうだ。さっさとレベルを上げてこの難儀な種族とはおさらばするのが吉だろうよ。

「よかった。先輩はいつも勢いよく食べてくれるから作り甲斐があるよ」

雨宮の嬉しそうな顔を見ると僅かに心が痛んだが、それでも俺には嘘をつきとおすしか方法はない。雨宮は俺の数少ない友。彼女を傷つけるなどもってのほかだから。

「それはそうと、お前どんな種族にしたんだ？」

俺の素朴な疑問に雨宮は少しの間、両手の指を絡ませていたが、

「け、研究系の種族だよ」

だとすると、雨宮の容姿の成長は、その研究職にあるわけか。多少違和感はあるが、彼女が偽りを述べる意義を見出せん。そうなのだろう。

「そうか、ならこの石について少し調べちゃくれねぇか？」

予めポケットに忍ばせていた【荒魂】を取り出し、雨宮に渡す。

【荒魂】を一目見た途端、雨宮から笑みが消え、厳粛な顔つきになる。

「先輩、この石をどこで？」

「それは企業秘密だ」

まさか、クエストで獲得したアイテムだとも言えんしな。

「先輩、また危険なことしているのかい？」

今までのご機嫌な様子から一転、顔を顰めて尋ねてくる雨宮の頭に手を置き、

「心配すんな。そんなんじゃねぇよ。知り合いから鑑定を頼まれただけだ」

適当な言い訳をする。雨宮は俺の顔をまじまじと眺めていたが、安堵の表情を浮かべ、

「わかった。承ったよ。今の研究の合間で構わないかい？」

大きく頷いて了承してくれた。

「もちろんだ。仕事優先で頼む」

雨宮にひたすら感謝しながら、俺は残った弁当を喉に押し込んだのだった。


既に午後11時を過ぎている。この異常事態に慣れてきたせいか会社も次第に以前のように無茶な仕事を押しつけてくるようになった。遠からず普段のブラック企業へと逆戻りすることだろうさ。当然のごとく正面玄関は閉まっている。裏口から退出するしかない。

「おやっさん、お疲れ様っす！」

中肉中背の警備員の制服を着たオッサンに社員証を示して、快活に挨拶する。

この人は勘助さん。俺が入社してからずっとこの会社で警備員をしている人だ。

若い頃、ひどい失敗をしたり、上司や同僚の嫌がらせに落ち込んでいたとき、何度も話を聞いてもらったことがある。俺にとっては恩人に等しいひと。

「遅くまでご苦労さん。寒くなってきたし、風邪ひかんようにな」

「おう、おやっさんも、もう歳なんだし無茶はするなよ」

右手を上げて返す。

「バーロー、歳は余計だぜ、と言いたいところだが、確かに最近持病の腰痛がなぁ。寄る年波には勝てねぇよ」

顔を顰めて腰をトントンと叩く勘助さん。そういや、ダンジョンの魔物のドロップアイテムに、【ポーション】があったな。

ポケットに手を入れて、アイテムボックスから【ポーション】を取り出し、

「これ、腰の痛みに効くぜ。よかったら使ってくれ」

テーブルに置く。おやっさんは微笑むと、

「ありがたく使わせてもらうぜ。ありがとうよ」

【ポーション】の瓶を手に取ると快活に笑ったのだった。

2020年10月26日（月曜日）。

帰宅する途中、我が家と目と鼻の先の敷地にあった古屋が取り壊されているのが目に留まる。それは大分前から空き家として放置されていた。大方、更地にして売りにでも出されるのだろう。まあ、こんな不便極まりない土地を買うようなもの好きがいるかはわからんがね。

家に着き次第、【無限廻廊】に直行する。さて、本日からは本格的な【第二層】の攻略となる。何せ先週は一ノ瀬のパワーレベリングに集中していたこともあり、お次の下層を確認すら

していなかったのだ。

【無限廻廊】βテスト、第１階の地上前広場の床には、紅の二つの魔方陣が絶えず回転していた。一つがβテスト第10階の広間、もう一つが【第一層――草原エリア】の各セーフティーポイントに繋がっており、二つ目の魔方陣に足を踏み入れると、今まで訪れたセーフティーポイントのテロップが出て、それに触れると特定場所に転移される仕様になっている。

【第一層――草原エリア】の最終試練の間へと転移する。あの階段を下ると【第二層――ガラパゴス】となる。名前から言って嫌な予感しかしない。加えてこのダンジョン作成者の異常性を鑑みれば、大方、中は馬鹿馬鹿しい非常識のオンパレードだろうさ。

むしろ、第一層がただの草原エリアだったこと自体が驚きだ。多分、第一層はダンジョン作成者にとってのチュートリアルモード。第一層でしっかり学んで頑張ってね。そんな不愉快な意味合いが強いんだと思う。

第二層へ向かう前に、まず俺の種族について改めて確認しておくことにする。

【ヒヨッコバンパイア】――『不死種の中でも伝説の種族、吸血鬼の末席。心臓、脳を完全破壊されるか、首を切断されない限り死ぬことはない。ただし、食料は人間種の血液のみしか受けつけず、日光に長時間当たると大火傷してしまう』

要するに、不死特性を得たってわけだ。このイカレきった世界ではまさに最上位の種族特性。太陽が弱点となるのと、食料が人間の血液になるデメリットはあるが、これは種族を極めれば克服できる可能性がある。次のランクアップまでのレベルは30。今は一刻も早くレベルを上げて次の種族へランクアップするべきだろうな。

そこで実際のステータスだが、各ステータスは、平均７００。一気に１００も上昇している。

おそらくだが、人と人外とではそれだけ成長スピードが違う。そういうことなのかもしれない。

「じゃあ、そろそろ行くぞ」

『妾、急に腹が！　少しここで休んで――』

この期に及んで逃げようとするクロノの首根っこを掴むと俺は、下層への階段を下って行く。


第二層――ガラパゴス。

俺がたどり着いたのは透き通るような青い海に囲まれた真っ白な砂浜だった。背後には生い茂る密林が広がっている。流石に、筏を作って海を渡れとか無茶なことを言うわけではないだろう。とはいえ、あの密林の中を進軍しろということなんだろうし、どっちもどっちかもしれんわけだが、あの天敵が防げるだけジャングル内の方が幾分ましかもな。

「クロノ、銃化しておけ。ジャングルに踏み込めばすぐに戦闘になる」

これは俺の勘だが、外れていないと思う。

『うへー、アキト、少しここで休んでから――いっ――!!?』

馬鹿猫のヘタレ根性丸出し発言は最後まで続かない。無理もない。俺たちの背後に広がる沖の海面から冗談みたいに巨大なナマハゲがぽっかりと顔を出していたのだから。

『ぐひひっ——ふひひひひひひっ——————!!』

下品な笑い声を高らかに上げながら、こちらに身体をくねらせて高速で泳いでくる巨大ナマハゲ。

『キモッ！　なんでこのダンジョンは、この手のキショイイベントが山盛りなんじゃ!!』

「ほんと、それなッ！」

悲鳴のような声を上げて銃化するクロノを右手に握りしめて、俺は密林に向かって全力疾走を開始した。

命からがら密林へ転がり込み、起き上がろうとしたとき目に飛び込む無骨な立て札。そこには、『オネエ蜘蛛の園』という不吉極まりない文字が達筆で書かれていた。

「これ、どうにも嫌な予感しかせんぞ」

案の定、周囲から聞こえてくる耳障りな音。そして俺の数メートル前にボトリと落ちる奇天烈な物体。それは俺たちに、ニターとその顔を愉悦に歪める。

『またぁっ!!?』

そんなクロノのある意味、切実な絶叫を契機に再び俺たちの逃亡劇が始まる。

俺は思うわけよ。このダンジョン作成者、マジでどういうテンションでこれをつくってんだろうなって。いやね、今更だっていうことは嫌というくらいわかってるんですわ。でもさぁ、こうも毎度毎度、けったいなものに追い回されれば、愚痴の一つくらい言いたくなるってもんだろ？

『キモッ！　キモッ！　キモイのじゃ！　キモすぎるのじゃ!!』

泣きべそをかくクロノの銃口を今も俺たちの後を追ってくる無数の蜘蛛に向ける。銃弾は、その蜘蛛の青髭を生やしたおっさん顔にぶち当たり、真っ赤なトマトのように弾け飛ぶ。

『ひぃ!!』

数回、ビクンビクンと痙攣した後、粉々の粒子になる蜘蛛モドキを目にし、クロノは小さな悲鳴を上げる。

解析の結果、あの気色悪い蜘蛛の名前は、オネエ蜘蛛。女郎蜘蛛科の亜種であり、男の血肉を好み、集団で襲ってくるらしい。平均ステータスも６５０近くある。決して倒せない敵ではないが、何せ数が多すぎる。筋力と俊敏性が７３０前後もあるし、疲労が蓄積すれば敗北もあり得る。

まったく、女郎蜘蛛を騙るなら、せめて顔くらい美人の姉ちゃんにしてくれよ。捕まって齧られるにしても、おっさんよりは若い美女の方がなんぼかましというものだ。

「キリがないな」

というか馬鹿馬鹿しくなってきたぞ。

『アキト、なぜ止まる!?　早く逃げねば!!』

立ち止まる俺に焦燥に満ちた声を上げるクロノを無視し、大きく息を吸い込むと【千里眼】を発動する。忽ち俺たちをグルリと包囲する馬鹿馬鹿しい数の【オネエ蜘蛛】ども。

肩の力を抜き、精神を鋭く、糸のように細く絞っていく。

「ブチ殺す」

俺はクロノのグリップを握り直し、左手にナイフを持つとそう宣言する。

次の瞬間、周囲から殺到する蜘蛛モドキども。俺は己の荒れ狂う獰猛な敵意にその身を任せた。


現在、地面に両膝をついて、肩で大きく息をしている。

周囲に散在する多量の【オネエ蜘蛛】の魔石とドロップアイテムの【身代わり簪】。格好つけてみたはいいが、流石にこの数はないな。いつ死んでもおかしくなかった。

いや、というより、両腕、両足は何度も千切れそうになったし、腹部には数回大穴が開いているんだ。不死属性がなければとうの昔に死んでいたぞ。

【社畜の鑑】の称号は、眠くならないだけで精神はしっかり摩耗する。今は猛烈に休みたい。たとえ眠れなくても今晩はベッドの上で横になっていたい気分だ。立ち上がるとふらつく足取りで地面に転がる魔石やらドロップアイテムの簪やらをアイテムボックスに収納しながら歩き出す。

少し進むと密林地帯を抜けて、開けた場所に出る。

そこは半径１００ｍほどのサークル状の更地。その中心には、古ぼけた一軒のログハウスがドンッと鎮座していた。都合よく天敵である頭上の太陽は雨雲に遮られ、忽ち土砂降りとなった雨が肌を打ちつける。それがこの上なく気持ちよくて暫し顔を天に向けて雨に打たれていたが、

『早くあれに入るのじゃ。妾、もう疲れた』

クロノの意気消沈した切実な懇願の言葉に、俺も無言で同意すると気怠い身体を鞭打ってログハウスへと足を動かす。

ログハウス内は予想していた広さの数倍はあった。どう考えてもあの小さなログハウスにこの広さはあり得ない。これだけでも最上級の怪奇現象だが――。

「またかよ……」

俺の口から洩れる諦めの言葉。

部屋の中心には上半身が胸毛の生えたマッチョな女装男、下半身が蜘蛛の化物が王冠と真っ赤なマントを被って佇んでいた。

突如、《セーフティーポイント解放のため、小エリアボス――【オネエ女王蜘蛛】との戦闘が開始されます》とのテロップが脳裏に浮かび上がる。

『あらん!?　あらぁーん!?　あらぁ————ん!!?』

【オネエ女王蜘蛛】が身体をくねらせながら、突進してくる。

『もう、もう、もう、いやじゃぁ————!』

クロノの泣き叫ぶ声がログハウスにむなしく反響したのだった。

何度も死にかけるも逃亡、再挑戦を繰り返し、ようやく奴の脳天に弾丸をぶち込んで俺たちは勝利をもぎ取った。というか、このダンジョン、不死属性って必須だよな。もし今の種族選んでいなかったらと思うと心底ゾッとするわ。そんなわけで無事、自宅に戻ってきたわけだが、

『うふっ!　いひひひひっ!　クズ蜘蛛は死ね!　死ね!　死ねぇ!!』

頭の配線がぷっつり切れてしまった馬鹿猫が一匹、虚空を眺めつつ、幻相手に軽快なフットワークを披露していた。

「おい、クロノ、妄想に浸るなら自分の部屋でやれよ」

『死ね、死ね、死ね、死ね、死ね……』

ダメだ。俺の声が微塵も届いちゃいない。そのうち帰還するだろうし、ことさら害はない。放っておこう。

たった一晩の戦闘でレベル8までモリモリ上昇し、各ステータスは、HP4000、MP3000、筋力1061、耐久力1000、俊敏性1065、魔力1130、耐魔力1100、

運７００、成長率ΛΠΨとなっている。とうとう、ステータス平均１０００を超えちまったよ。低かった魔力と耐魔力が著しく上昇しているのはバンパイアという種族特性故だろう。日光で火傷する、食事が血液に限定されるというデメリットはあるが、それを十分補うほどのメリットがこの種族にはある。

ともあれ、この成長スピードは【成長の狐面】のせいか、それとも敵が異様に強いからか。まあ、あれだけ死にかけたわけだし、このくらいブーストをかけてもらわねばやっていられんわけだが。もっとも、このチート極まりないメリットでさえも、このダンジョンでは十分な命の保証をしてくれるわけではない。

俺が好きなのはゲームであって、実際に命懸けの冒険をしたいとは夢にも思わない。仮にそれを心から望むのならば、それは頭の天辺から足の指先までイカれた化物だ。

俺が今修行に明け暮れる理由はただ一つ。この世界の狂った理のため。

こうも短期間に現実世界で複数のクエストに遭遇しているのだ。このゲームを仕組んだ【運営】とやらに、俺は格好の玩具認定されてしまっている。このまま、平穏な生活に戻れば十中八九俺は死ぬ。それだけは御免だ。というより許されない。俺のこのちっぽけな命を救うために、本来死ぬべきではなかった大切な命が失われたんだ。無様にみっともなく、老いて朽ち果てるまで俺は生き続けなければならない。それが俺の唯一の義務であり、果たすべき約束。つまりだ。実に不愉快で微塵も納得はいかないわけであるが、今は日々、自分を鍛えぬくしか俺には術がない。

　そうはいっても、今晩は十分鍛えぬいたし、休息もとらねばなるまい。睡眠は【社畜の鑑】の効果により、僅かの時間で足りる。ならば寝た後、浮いた時間で【フォーゼ――第八幕】でもプレイするとしよう。俺はベッドにダイブし瞼を閉じる。意識は深い闇の中に沈んでいった。

「我らと取引していた獄門会釜同間組組頭――大井馬都は落とし前をつけるべく烏丸邸を襲撃している際に、怪物化。どこからともなく出現した狐仮面ホッピーにより撃退される。その後、獄門会は警察の一斉摘発により、事実上解散。以上が、警察から得られた情報です」

　髪を七三分けにした目つきの悪い男の報告に、

「今やどこの局も謎のホッピーとあの警察の保有する生物兵器についての話題で持ちきりですよ。もちろん、全て彼らをヒーロー扱いするものばかりですがね」

　茶髪にちょび髭の、ダンディーな男性がソファーに踏ん反り返り、珈琲カップを口に運びながら肩を竦める。

「それで警察の動向は？」

　窓際の黒塗りのデスクで葉巻を吹かせている、丁度還暦を過ぎた大柄、スポーツ刈りの男が、髪を七三分けにした眼鏡の男に静かに尋ねる。

「警察庁の幹部には既に話を通してありますし、永田町からも圧力がいっているようですし、氏原先生の名前が上がることは絶対にありません」

「当たり前だ。獄門会と取引があるのは儂だけではない。警察に事実を公表するだけの根性などありはせんよ」

「ええ、警察も今回の件で異能犯罪に対する十分な見せしめの効果があったと見て深くは追及しないようです」

「人をやめた蜥蜴の化物と銃刀法違反の狐仮面の不審者が英雄扱いか。本当に世も末だな」

吐き捨てるように言うスポーツ刈りの大柄な男――氏原に、

「同感です。最近の世間のレア種族特性に対する熱の上げようは見るに堪えません。まるでお祭り騒ぎだ。お陰で私のタレントたちも相当無聊をかこってしまっている。信じられます？　私たち天下のタルトがですよ？」

ちょび髭ダンディーが自嘲気味に同意した。

「今朝のおたくの人気アイドルの恋人発覚が5分しか報道されていませんでしたねぇ？」

髪を七三分けにした男の小馬鹿にしたような指摘に、ちょび髭ダンディーは眉をピクッと僅かに動かすが、大きく息を吐き出し、

「ええ、そのあとのホッピーの特集は2時間です。しかも朝だというのに視聴率は20％超え。

まったく、やってられませんよ」

　首を大きく左右に振る。

「この流れは気に食わん。我が国の秩序を元に戻さねばな」

　氏原が不愉快そうに葉巻の煙を吐き出し、そう宣言すると、

「ええ、私もこんなところで落ちぶれるつもりはありませんのでね」

　ちょび髭ダンディーが大きく顎を引く。

「久我ぁ、ホッピーを調査し、排除しろ」

　氏原が七三分けに命じ、

「承知いたしました」

　七三分けの男――久我が姿勢を正し、一礼すると、

「私もイノセンスの解体に向けて動きます。氏原先生、確かあそこの代表の元女優に執着がありましたよね？」

　茶髪にちょび髭の男が、顔一面に嫌らしい笑みを浮かべながら氏原に尋ねる。

「まあな。あの女とは少々、因縁がある」

「ならばお役に立てるよう私も尽力いたします」

　茶髪にちょび髭の男は恭しく頭を下げた。

「うむ、頼む」

「ではホッピーの方は私の方で処理しておきます。それでは私はこれで」

髪を七三分けにした男、久我はもう一度お辞儀をすると部屋を退出する。

そして地下駐車場の自分の車に乗り込み、スマホを取り出して操作し、耳に当てる。

『やあ、久我、そっちの首尾はどうだい？』

スマホから聞こえてくる声変わりもしていない若い男の声。それは久我にとって神にも等しい人物。

「ええ、狸は上手く誘導しておきました。これで少し派手に動いても最悪彼らに全ての罪を押しつけられます」

『そうかい。上々のようでよかった。ではあとは、狐仮面の男の素性と特異点の調査だけだね』

「ええ、特異点はともかく、狐仮面の方は目途がついております」

『それは頼もしい。やっぱり、君に頼んで正解だった』

「あ、ありがたき……幸せ」

己の絶対崇拝の対象からの賞賛の言葉に、感極まって、どうにか喉からその言葉を絞り出す。

『もうじき――もうじきだ。この世界は変わり、僕ら共通の楽園が訪れる。これからも頼むよ』

「は、はい！　もちろんです！」

熱の籠もった声を上げて通話が切れたスマホを耳から離す。久我はその顔を恍惚に歪めて、

「ああ、我が至高の導き手よ。私を新たな高みへ！」

両手を広げ、空を仰ぎ、強い強い渇望の言葉を口にした。

2020年10月31日（土曜日）。

それからさらに数日が経過し、週末の土曜日となる。俺は、相変わらず昼間は社畜、夜は【無限廻廊】の探索に精を出していた。食料の血液は、鬼沼経由で輸血パック1リットルを10万円で購入しているが、元々小食だったせいもあり、1日50ml程度で栄養補給できている。しかし、同じ人間の血液を飲むのは理性が拒否反応を起こす。早くクラスチェンジをしたいもんだ。

さて、今、あの地獄から生還したところだ。まだ夕方の18時であり、通常なら地下での修行にいそしんでいる頃。本日早く帰還したのには理由がある。【ヒヨッコバンパイア】のレベルが15にまで上昇し【チキンショット】に次ぐ攻撃スキル――【ヒヨッコビーム】を得たようなのだ。なんとも不吉な響きだが解析は必須だろうと思い、一時自宅へと帰ってきたところなわけ。

この【ヒヨッコビーム（Lv1/7）】の効果は、どうやら前屈みになり両腕を十字にして、『ピヨピーヨ――ビーム』と詠唱すると、敵を眷属ヒヨコに変えるビームを放てることらしい。

このビームは己の魔力の10分の1の耐魔力の魔物に対してのみ効力を発揮し、眷属ヒヨコのステータスは元の魔物のステータスにスキル発動者のステータスの10分の1を加えた値となるようだ。

またこの手の冗談のような内容のスキルか。両手を十字にしてって、国民的人気を誇ったどこぞの特撮巨大ヒーローの必殺技のパクリかよ！　しかも、眷属ヒヨコに変えるときた。ヒヨコを眷属化して養鶏場でも営めと？　というより、ヒヨッコバンパイアの、『ヒヨッコ』ってそういう意味じゃねぇだろ！　ダメだ。おふざけ要素が多すぎて、頭がヘンになりそうだ。

真面目に検討するのがホント馬鹿馬鹿しくなってくるが、確かに伝説上、吸血種には他者を眷属化する力があったはずだ。多分、その手のスキルなんだろう。眷属化できるのがヒヨコなのは意味不明だが、ともあれ、あって悪いスキルではない。せいぜい、利用させてもらおう。

どおれ、試しに実践してみるとするか。【無限廻廊】の地下1階へと向かう。

【無限廻廊】チュートリアル第1階をしばらく彷徨うと、丁度、お手頃のゴブリンが俺の方へと棍棒を片手にやってくる。

確か前屈みになって両腕を十字にし『ピヨピーヨピーム』って叫ぶんだよな。マズい。これって想像以上に赤面もんだぞ。人前では極力避けたいところだ。とりあえずやってみよう。

前屈みになり、両腕を十字にし、

『ピヨピーヨピーム』

と叫ぶ。あれ？　発動しない？

『グギ？』

首を傾げるゴブリンに、

『ピヨピーヨビーム！　ピヨピーヨビーム！　ピヨピーヨビーム！』

何度試みても、何も起きないな。言葉の高さが足らないんだろうか。

肺に力を入れると――。

『ピヨピーヨビーム!!!』

あらん限りの声を上げる。

『ギギッ!!?』

目と鼻の先まで近づいてきたゴブリンは弾かれたように飛び退く。

『グガッ！』

そしてまるで奇天烈な生物でも見たかのように後退り、逃げて行ってしまった。

うーむ。さっきのゴブリン、間違いなく俺を変質者認定したよな。まさか、ゴブリンにイタイ子認定されるとはな。そんなの地球人で初じゃなかろうか。その事実に自分でも少なからずショックを受けていたのだろう、珍妙なポーズを決めたまま硬直化していると――。

「せ、先輩、何やってんの？」

背後から聞き覚えのある声が聞こえてくる。首だけ音源に向けると一ノ瀬が真顔で頬をヒクヒクさせていた。

「とうとう、おかしくなったか……無理もない。下地は十分あったしの」

一ノ瀬の隣で黒髪美少女姿のクロノが首を左右に振って大きく息を吐き出したのだった。

それから家に戻る途中、一応、新しいスキルの訓練だったと苦しい言い訳をしたものの、一ノ瀬から休んだ方がいいとしつこく説得を受ける。手応え的にごまかすことには見事に失敗したようだ。まあ、今更、誰にどう思われようと知ったこっちゃないがね。

「で？　今日は揃いも揃って何の用だ？」

理由を即答できそうな、俺の正面の席で緊張気味に畏まっている黒髪をサイドダウンスタイルにした美女に尋ねると、

「藤村秋人さん。先週は助けていただきどうもありがとうございました」

頭を下げてくる。同時に和葉を含めたイノセンスの連中もそれに倣う。

俺の隣で得意そうに頷いている雫とソファーに寝そべって漫画を読みながらポテチをポリポリと食べているクロノを横目で見ながら、

「やめな。今回の件は全て成り行きだ。感謝される筋合いはねぇよ」

有無を言わせぬ口調で言い放つ。別に柄にもなく格好つけているわけじゃない。ここで下手に奴らを助けたと認めれば奴らとの関係が今後も継続してしまう可能性が高い。先週の一件で

縁を完全に切りたい俺にとってそれは断じて避けなければならない事態なわけだ。

「でもそういうわけには――」

必死の表情で口を開こうとする烏丸忍に、

「くどいぞ。この話はこれで終わりだ」

俺は強引に言葉を遮った。

「わかりました。この件についてはもう話しません」

烏丸忍は、さも無念そうに大きく息を吐き出す。

「うむ、じゃあ、話は終わりだ。とっとと退散するように」

満足げに頷く俺に烏丸忍はその笑みを深くし、

「では藤村秋人さん、改めて私たちの会社――イノセンスの特別顧問になってください」

額がテーブルに着くほど頭を下げるとそんな阿呆なことを言い出しやがった。

「あ？　全力で断るぜ。俺はその手の話を聞く気はねぇと――」

「もし引き受けていただけるなら私たちから進呈できるものがあります」

ふん。金か？　それともブランドもの高級装飾品か？　はたまた超高級時計か。

ハッ、フハハハハ！　甘い！　甘すぎる！　そんな物欲にこの俺が屈服するはずがなかろうが!!

「ふん！　そんなものいら…………」

烏丸忍がテーブルに置いたものを視界に入れて二の句が継げなくなってしまう。そこには俺が過去に恋焦がれていたが結局、初体験を逃していた超絶レアゲーム【仮面英雄伝説――序章】が置いてあったのだから。

『フォーゼ』は一般に販売されるまでに既に一部から熱狂的ともいえるファンがついていた。それはコミケで同人ゲームとして一本２０００円で売られていたゲームソフトに起因する。

そのゲームソフト【仮面英雄伝説】のシリーズは序章、第一章、第二章、終章の四つのシナリオからなり、プレイ時間は各章50時間を優に超えるらしい。そして肝心のそのシナリオはまさに神ゲーの名にふさわしいもの！　そんな隠された名作としてマニアの間では語り継がれているが、市場にたった数十本しか出回っていないのだ。情弱者の俺なんぞが手に入れられるはずもなく、とっくの昔に諦めていたものだった。

「いやー、苦労しましたよ。知り合いのゲーム販売店のオーナーやネット通販業者の社長に手当たり次第、電話してどうにか確保できました」

忍は腕を組むと自慢げに何度も頷く。

「か、勘違いするな。まだ受けるとは――」

「そうですか。なら仕方ありませんね」

忍はさも残念そうに【仮面英雄伝説――序章】のソフトに手を伸ばそうとする。

「待ったぁ!!」

咄嗟に【仮面英雄伝説――序章】を握る忍の手を取って止める。

「でも、引き受けていただけないようですし、このソフト、すぐに元の持ち主に――」

「す、少し考えさせてくれ」

忍の細い右手を握りつつ懇願の言葉を吐く。

「はい。構いませんよ」

にっこりと烏丸忍は笑みを浮かべ、大きく頷く。

どうする？　どうする⁉　ここで引き受けねばこのソフトを一生プレイできる自信はない。しかし、こいつらは鬼沼の関係者。これは俺の勘が言っている。ここで引き受ければ非常に面倒なことに巻き込まれると。そうはいっても、ここで断ったらきっと二度とプレイできないぞ？　マズいな。打開策が見当たらない。だが、この藤村秋人、女狐の誘惑に勝てなかったと思われるのもしゃくだ！　ここは毅然とした態度を示すときだろうさ。

「えー、烏丸忍様、当方といたしましてはですね。可能な限りご希望に沿いたいとは思っております。しかし、流石に私は既に阿良々木電子という会社に所属してるわけでして――」

揉み手で笑顔を作りながらも断固とした意思を示すが、益々烏丸忍の笑みが深くなる。

「そうですか。残念です。もし引き受けていただけるのなら、近々、【仮面英雄伝説】の第一章、第二章、終章も差し上げることができますのに」

「一章、二章、終章ぉぉぉぉ⁉」

思わず立ち上がり、絶叫していた。これは流石に誘惑云々の話ではない。率直に言ってシリーズを通してプレイできるなら、俺は悪魔にすら魂を売ってやる。

「それでは皆さん、帰りましょう」

ぞろぞろと立ち上がろうとする彼女らに、俺は歯軋りをしながらも、

「待て」

呼び止める。

「しかし、交渉は決裂したわけですし……」

勝ち誇ったような笑みを浮かべている烏丸忍に大きく息を吐き出すと、

「あんた本当に性格最悪だな。とても優斗の母親だとは思えねぇよ」

負け惜しみの言葉を吐き出した。

「よく言われます」

「だろうな」

「それで引き受けていただけるんで？」

「ああ、わかったよ。顧問にでもなんでもなってやる。ただし、あくまで俺ができる範囲でだ？　それでいいな？」

「もちろんです」

一斉に歓声の声が上がる。さっきまでの死地に赴く軍人のような顔から一転、全員興奮気味

に頬を緩ませている。

「話がまとまったようですし、具体的な話に入らせていただきやす」

「そうだな。じっくり聞かせてもらうよ。黒幕さん」

ちょびちょびと一ノ瀬が淹れた茶を飲んでいた鬼沼に目一杯の皮肉をぶつけるが、

「さてさて、何のことやら」

鬼沼は、凶悪な笑みを顔一面に浮かべて話し始める。

「魔物や種族特性により生じた問題の解決を専門とする業種への変革ね」

正直言ってこいつらの出したプランは意外極まりない。だって、こいつらは此度、事実上、芸能プロダクションを自ら廃業すると、そう言っているのだから。

「へい。魔石がエネルギー源でもある以上、その需要はなくなることはありやせん。加えて現在の警備会社や魔物駆除組織の社会的欠乏からいって、この事業は大成功間違いありますまい」

得々と宣う鬼沼に、

「いや、穴があり過ぎだろう。第一、魔石の入手方法はどうするんだよ？　公園や山林に出没するゴブリンでも退治して魔石を手に入れるつもりか？　とてもじゃないが、安定的に収入を得られるとは思えないぞ？」

致命的な問題を指摘してやる。

「おとぼけなさいますな。旦那がこの世界各地に出現したダンジョンと同様の施設を所有していることは既に耳にしておりますぜ」

　このお喋り女め、あれだけ他言無用と厳命しておいたのに、こいつらにダンジョンについて話しやがったな。俺が半眼を向けると、一ノ瀬は慌てて顔を背けてクピクピとお茶を飲み始めた。だが、こいつらは鬼沼に唆されて最も致命的な問題に気づいちゃいない。

「魔物駆除の会社と簡単に言うがな、俺は何度もその魔物との戦闘で死にかけている。まさに命懸けなんだよ。そんな場所にお前は、大切な社員を送り出すつもりか？」

　社員想いに見える忍のことだ。大層、思い悩むかと予想していたが忍はさらに笑みを深くし、

「わかっています。ですから、言ったじゃないですか。あくまで、魔物や種族特性により生じた問題の解決だと」

　俺にとって予想外の返答をする。

「お前らは、荒事はしないと？」

「ええ、私たちは喧嘩すらしたことのないものばかりです。そんな強者との闘いなんてできるわけありませんし」

「悪いが、微塵も話が見えねぇな。さっき、鬼沼が警備会社や魔物駆除組織は儲かるって説いたばかりじゃねぇか？」

「魔物の駆除や警備については、将来、戦闘を専門とする職員のスカウトに成功したらの話で

す。私たちは今まで芸能界にいて多方面に人脈があり情報を得られやすいですし、当面は魔物や異能関連の情報提供を目的としたいと思っております」

「出版業を営もうってか？」

「概ねその通りです」

出版業か。確かに現在、魔物が跋扈し、種族という新たな概念が生まれている。その手の情報は世界中が欲している。特にそれが新鮮な情報ならば日本中、いや世界中が飛びつくことだろう。烏丸忍たちの選択は決して間違ったものではない。

「概ねっていうと他に何かあるのか？」

「魔石の採取とは関係なしに、私たちにもダンジョンの上層を使わせていただきたいのです」

「その情報収集をするために俺の敷地にあるダンジョンに潜って鍛えたいと？」

「これは私の勘ですが、この変革した世界についての情報は現在最も価値があります。それを仕入れようというんです。職員には相当な危険が待ち受けている可能性がある。これ以上触れるなと脅されたりするのは当たり前、もしかしたら襲われたりもするかもしれない」

「それには俺も同意するよ」

情報収集には危険がつきもの。それは間違いない。それに魔石の獲得ではなく、鍛えるということが目的ならこいつらも無茶はしないだろうし、どうせ鬼沼の案だから、既に一ノ瀬も説得済みだ。一ノ瀬がパワーレベリング役をするなら俺には大して負担はない。

一つ問題があるとすれば——。

「ならば——」

「その前に本当にお前ら、それでいいのか？　タレントを辞めることになっちまうんだぞ？」

イノセンスの面子をグルリと見渡し、そう尋ねる。こいつらの選択はある意味、時世には乗っている。しかし、それは今までの自分の生き方を捨てることと同義だ。そう簡単に納得できるとは思えない。夢を追えなどと綺麗ごとを言うつもりはない。だが、無理に生き方を変えられる辛さは俺にだって理解できる。そんなクズのような行為に加担する気はさらさらない。

「俺たちがタレントとして名を売りたかったのは、拾ってくれたおやっさんや忍さんに報いたいから。別にタレントが好きでやってたわけじゃない。忍さんや皆と一緒にやっていければ俺たちは満足なのさ。なあ、みんな！」

茶髪の青年の言葉に、

「そうね。というより最近仕事がなくて私、ファミレスのウェイトレスが本業みたいになってたしさ。今更っていうかぁ」

「僕も僕も」

イノセンスの面々が曇りなき笑みを浮かべつつ同意していく。

「それにタレント業は一時休業するだけです。もし、雑誌の人気が出ればそこで私たちが推すタレントを紹介できますし」

こいつら自身が望んでおり、将来のビジョンもある。なら、俺が出しゃばることではないな。

「わかった。これは取引だ。一度契約を結んだ以上、協力は惜しまないさ。だが、ダンジョンに潜るにしても、いくつかクリアしなければならない問題がある。お前たちにも可能な限り協力してもらうぞ」

「ええ、もちろんです」

　問題の一つは成長速度だ。俺の成長率が非常識に高いのはもはや疑いようのない事実。一ノ瀬のように俺の称号【系統進化の導き手】による成長率の補正を転用できれば一番手っ取り早いが、それにはパーティーを組む必要がある。しかし、そのパーティーには定員があり、到底こんな大人数に適用できるはずもない。こいつらの中に俺の【系統進化の導き手】の称号のような種族特性を持つものがいればいいんだがな。

　まあ、それはおいおい調査していけばいい。それよりも当面の問題は朱里だ。他人が俺たちの思い出の地に足を踏み入れていると知ればまず、強烈な拒絶反応を示す。さて、どうしたものかな。

「それはそうと、ダンジョンの修行について、あっしに妙案がありやす」

　鬼沼君。横から余計なことを口走らないでいいから！　君が話すと状況がひたすら悪化していくから！

「妙案って？」

　俺の気も知らずキョトンとした顔で和葉が鬼沼に尋ねる。

「イノセンスのオフィスを活動の拠点にすると、ここはいささか遠すぎて不便でやんす。それに、旦那の家に寝泊まりするわけにもいかんでやんしょう?」

「当たり前だ」

　もしそうなったら、きっと俺は朱里にお仕置きされる。あの妹殿、マジで容赦がねぇんだ。

「そこでです。私はここの隣の敷地を此度購入しやした。既に突貫工事が為されているので今月中にはイノセンスの支社が完成しやす」

　鬼沼はさも当然のことのようにスラスラと馬鹿みたいな事実を口にした。

「おいこら、小学生が駄菓子買うみたいにあっさり言うんじゃねぇよ！　というか、隣の古屋を取り壊して新築をおっ建てている物好きはお前か！」

　てっきり更地になると思っていた敷地には、巨大な建築物が目下建設中なのだ。おかしいとは思っていたが、そういうわけか。そういや、鬼沼って金にがめついが、基本大金持ちだよな。こいつならマジで可能だ。というか冗談を言っているようにも見えないし、真実なんだろう。

「旦那のご家族の方には、電気や水道の工事のため敷地を一時的に利用させてもらっていると説明すれば納得していただけるのではないかと」

　ダンジョンの入り口は敷地の比較的入り口付近にある。その理由付けなら朱里も納得すると思う。それに仮に断っても鬼沼のことだ。あの手この手で結局認めざるを得ない状況を作り出

すだろうし、何より拒絶する理由も大してない。俺は大きく息を吐き出すと、

「わかった。とりあえずはそれでいこう。ただし、あの場所は相当危険だ。仮に傷を負ったとしても、責任は持てん。全て自己責任で頼む」

「は、はい、もちろんですっ！」

烏丸忍が勢いよく立ち上がり、頭を下げると他のイノセンスの奴らも全員それに倣う。

まったく、益々、面倒なことになっちまったな。

あの後精査した結果、イノセンスのメンバーの成長率補正の件については烏丸忍の選択した種族【やり手社長】により、解決の見通しがついた。この種族の能力の特徴は社長と社員との間で成長率や功績を一定範囲で共有することにある。具体的には社長の成長率の５％を各社員は獲得し、それぞれの成長率に上乗せさせることができる。対して社員の獲得した経験値の５％を社長は獲得することができる。社長である忍を俺のパーティーに引き入れれば、この成長率の問題は一挙に解決する。何より、あくまで加算方式であり、社長にも社員にも授与したことでなんら損失は生じない。これにより十分な効果が見込めると思われる。

それよりも、さらなる面倒ごとが一つ。烏丸忍たちイノセンスの者たちが帰った後も、烏丸和葉は我が家に残った。そして――。

「お前もパーティーに入りたいと？」

「うん。ホッピーの件、藤村先輩には黙ってるから入れてよ」

にこやかな顔で暴言を吐く悪質女子高生——烏丸和葉。まったく、さらっと脅迫してきやがって。碌な大人にならねぇぞ。

「先輩、私からもお願い。私が責任をもって彼女の送り迎えはするからさ」

一ノ瀬が深く頭を下げてくる。どうやら一ノ瀬も隣の建物の一室に転居するらしく、以後もダンジョンで修行する気満々のようだ。この一週間、やけに大人しくしているなと思っていたが、そういうからくりだったわけか。それにしてもいつの間に二人は仲良くなったんだろうな。確かに、彼女がいれば、和葉も無茶はしないだろうし御守としては絶好の人材だが。

だが、それはそれ。その前に和葉には大人としてはっきりさせなければならんことがある。

「だったら頼み方があるはずだぞ?」

仮にも人の敷地を使わせるのだ。上から目線で、使わせろと脅迫するなどもっての他だろうし、安易に認めては教育上よろしくなかろう。うーむ、マズいな。朱里の後輩ということでお節介になりがちだ。ホント柄にもないよな。

「ご、ごめんなさい」

俺の表情から冗談ではない旨を読み取ったのか、先ほどの余裕の表情とは一転、緊張した顔で素直に謝ってくる。だが、悪いが彼女のためにも甘い顔はできない。

「で?」

「私もパーティーに入れてください」

厳粛な表情で深々と下げてくる和葉の頭を掌で軽くポンポンと叩くと、

「わかった。くれぐれも無理をしないことが条件だ。あと、絶対に朱里にはバレるなよ？」

そう言って俺は大きく頷く。

「う、うん。約束する！」

席から立ち上がり、和葉は歓喜の声を上げる。うむ。子供はやはり素直が一番だ。

さてダンジョンで無茶されても困る。細かなルールを作るとしようか。

俺は二人に帰るときはきちんと戸締まりをするようにと言い置き、二階へ向かったのだった。

そこは薄暗い地下室。一人の恰幅の良い中年男性が、椅子に括りつけられていた。

男の左手の爪は全て剝ぎ取られ、その顔は恐怖と痛みにより大きく歪んでいる。

彼の前には、目の部分だけ穴が開いた黄色の三角の頭巾を頭からすっぽり被った、細身のレースのブラウスを着た女。

「この男で間違いないかなぁ？」

恰幅の良い中年男性に写真を見せて尋ねると、

「この男だ！　この男がホッピーだ！」

　男は裏返った声で必死の叫び声を上げる。

「藤村秋人、香坂グループ傘下の阿良々木電子の平社員。まさか世間を賑わせているヒーロー狐仮面の正体がパッとしない一介のサラリーマンだったとはね。夢にも思いませんでしたよ」

　その様子を個室のマジックミラーの外から眺めていた久我は、手元の資料のファイルをパラパラと捲りながらそんな素朴な感想を口にする。警察から一定レベルの情報を得られるとしても、もっと苦労するかと思っていたのだ。予想以上に簡単に特定できた。その事実に久我は満足げに口角を上げる。

「彼をまだ特定すらできていないとは、日本の警察も落ちたものですね」

　ホッピーの候補は実のところさほど多くはない。

　最も大きな条件が、ホッピーは獄門会と一定の関わりがある者であるということ。偶然、獄門会が謎の男に襲撃を受け、その落とし前をつけるために烏丸家を訪れていた大井馬都がたまたま怪物化し、そこで偶然ホッピーにより討伐される。いくら何でもできすぎだ。ここで獄門会を襲ったのがホッピーならば、全ての辻褄が合う。

　そこまで気づけばあとは簡単だった。関係各所に圧力をかけて留置場に拘留中の獄門会の構成員の一人に接近し、獄門会の別荘の襲撃犯が債務者の一人藤村秋人であると特定。

　その上で、ファンタジアランド事件当時、白洲警察署内にいた被災者の一人を拉致し、拷問により藤村秋人がホッピーであると確認したというわけだ。

『ねえ、ねえ、久我さん。これ好きにしていいかしらぁ？』

頭巾の女が弾むような声で久我に了解を求めてくる。

「好きにしてかまいませんよ。ただし、処理はちゃんとしておいてくださいね。遊びが原因で足が付くのだけは困りますよ」

『うん。了解♪』

突如、部屋中に響き渡る男の絶叫。彼女の悪趣味な遊びを観察して悦に浸る趣味は久我にはない。もうここには用はないのだ。だから、久我は部屋を出る。

建物の裏から出ると止めてあった車に乗り込み、胸ポケットからスマホを取り出して部下の一人に連絡を入れる。

「阿良々木電子の全社員を徹底的に調べ上げて私に報告しなさい」

久我の導き手たる月夜教の教主、八神様は藤村秋人が所持するあるものの取得が、長年の悲願成就に繋がると仰っていた。八神様の意図は微塵も予測できないが、メシアが望まれるのだ。必ず叶えなければならぬ。

「我がメシアよ。もうしばらくのお待ちを。必ずやご期待に沿うてみせましょう」

ようやく主の役に立てる。胸の奥底から湧き出る熱い想いを無理矢理抑えつけ、久我はアクセルを踏む。

2020年11月26日（木曜日）。

さらに数週間が過ぎ、隣の敷地に7階建てのビルが建つ。半分が会社のオフィス、もう半分がマンションのような造りらしい。相当急ピッチで進めたらしく、1カ月とかからなかったんじゃなかろうか。新築した屋敷には烏丸親子、一ノ瀬、イノセンスの全社員十数名の全員が移り住んでおり、一ノ瀬の指導のもとダンジョンへと潜っている。そして毎晩8時に鬼沼が彼らの獲得した魔石を鑑定し買い取っているらしい。一番ぼろ儲けしているのってきっと鬼沼だよな。

もっとも、皆の鍛錬する場所は第一層【草原エリア】の始まりの場所付近。ゴブリンやスライム等、雑魚しかいない。この手の雑魚は今ではダンジョンでなくともそこらに溢れている。具体的には市外の森にはゴブリンやビッグウルフが徘徊しているし、公園の片隅でスライムが飛び跳ね、三角兎が走り回っていることなどざらだ。

政府が魔物の討伐を奨励し、その魔石を広く一般から集めているから、今や皆、遊び感覚で魔物を討伐している。さらにダンジョンがもうじき解放されるという噂まである。そう遠くない未来に魔石の売却価格はかなり下落するだろう。だからこそ、鬼沼は大急ぎで俺の家の隣にこんな建物を建てたんだろうしな。ともかく、このたった一週間で、しかも修練中心のダンジョン探索でイノセンスは５００万円という多額の利益を得ている。この調子なら隣のビルの代金もすぐに返済し終えるだろうさ。

もっとも俺は当初の約束で鬼沼に魔石を売却してはいるが、必要最小限しか魔石を売っていない。理由は色々があるが、最も大きな理由は二つ。

一つは、俺の所持する魔石があまりに強力であり、もし売却すれば確実に悪目立ちするから。魔物の強さに比例し魔石の貴重さも上昇していく。今、俺が第二層【ガラパゴス】で戦っている魔物は既にオークロードなど比ではないくらい強力であり、その魔石も既に値段が付けられないくらいのものとなっている。つまり、そんなものが流通すれば俺たちは悪目立ちし、獄門会のような欲の皮が突っ張った輩が必ず行動を起こしてくる。そんな面倒に巻き込まれるのは御免なのだ。

二つ目は、今俺は金に困っていないから。一番は一ノ瀬家から７０００万円が返済されたこと。さらに、僅かながら阿良々木電子からの給与も入るし、今まで貯めに貯め込んだスライムやゴブリンの魔石を約束通り定期的に鬼沼に売れば結構な金額が手に入る。危険を冒す必要はないわけだ。

イノセンスの本来の業務である出版業についても、社長の忍が雑誌の編集業務に必要な最低限のノウハウを学ぶため、知人の出版会社の社長に頼み込み、見習いとして通い詰めている。

こんなふうにプライベートは恐ろしいほど順調なわけだが、逆に会社での俺の評判は地に落ちていた。
曰く——反社会的勢力が藤村秋人を訪ね、会社まで押しかけてきた。
曰く——親会社の会長の息子香坂秀樹のフィアンセ——雨宮梓にストーキングをしている。
曰く——営業部の一ノ瀬雫を騙して弄んでいる。
曰く——血のように赤い液体を飲んでいるのを見た。
曰く——会社の金を横領している。
所々、真実も混じっているのが、余計に事をややこしくしていた。
基本、直情型の一ノ瀬は社内での噂を耳にしてから会社では終始機嫌が悪くピリピリしている。まあ、俺のような一回り上のオッサンと関係を疑われているのだ。彼女の怒りも十分推し量れるというものだ。それにしても、いつも思うが、俺のようなオッサンと若い一ノ瀬がそんな関係になるわけがねぇのにな。考えてもみろよ。俺が二十歳の頃、あいつ十代前半だぞ。つり合い取れるわけねぇだろうが。会社の奴らってマジで馬鹿じゃなかろうか。
対して雨宮は——。
「先輩、斎藤さん！　お昼だ。食べよう！」
毎日昼になると俺を誘いにくる。最近、悪質な噂を流されるようになってから斎藤さんが一緒に昼飯を食べてくれるようになった。もし、それがなければ今頃より最悪の立場になっていたかもしれない。

「だそうだよ。行こうか、藤村君」

「ええ」

斎藤さんに頷くとクロノが俺の右肩に乗ってきて、

『アキトよ。妾は雫とともに行く。マイエンジェルに不埒なことをするでないぞ！』

そう念を押してくる。

（おう。頼む）

一ノ瀬は会社内で同性の友人が多い。故に大抵、昼になると彼女たちに引っ張られて行ってしまう。一ノ瀬もそんな友人関係を大切にしているようであり、昼は基本、女性社員同士で食べることがほとんどだった。だが、最近、男性社員とも昼食を食べているのが目にされるようになり、大分社交的になったと噂になっていたんだ。しかし、俺との虚偽の噂が流布したせいで、一ノ瀬は頑なに仲のいい友達同士でしか食べなくなってしまった。現在クロノはイライラしている一ノ瀬の緩衝材的役割になっているようだ。意外に仲間想いの奴である。

「先輩、行くよ！」

雨宮に再度促され、俺たちは他愛もない話をしながら、屋上にある日陰のベンチに向かう。

屋上に着いたはいいが、珍しく雨宮が家に弁当を忘れてきたらしい。俺は血液が食料だが、雨宮たちとの昼食のためカムフラージュ的に途中のコンビニでパンを買ってきている。もちろん、斎藤さんは奥さんの愛妻弁当だ。

というわけで、食べるものがない雨宮が、社員食堂でパンを買ってくるといって飛び出して行ってしまう。

「彼女、可愛(かわい)くなったね」

斎藤さんがしみじみと、そんな俺も当然感じていたことを口にした。

「そうみたいですね」

雨宮は阿良々木電子の三大美女に数えられるほど顔の造(つく)りは整っていたが、あの幼い容姿だ。どちらかというと異性として可愛いというよりは、会社のマスコットに近かった。

だが、あの種族の決定から雨宮の容姿は会うたびに洗練され可愛くなっている。しかも尋常(じんじょう)ではないレベルで。この著しい変化は、多分、雨宮の選択した種族の決定が要因であるのは間違いない。あいつの種族って本当に研究職なんだろうか？　もちろん、千里眼なら一発で調べられるが、プライバシーにあたるため友人の種族やステータスは可能な限り、俺は鑑定しないようにしている。まあ、あくまで俺の基本方針に過ぎないから必要性があれば見るが、雨宮に関してはその必要性を感じない。

「現在、雨宮さんが、女性社員から色々言われているの、知ってるかい？」

「男遊びをしているとか、ビッチだとかという噂でしょ？」

まあ、あのアイドルも真っ青の可愛さだ。嫉妬(しっと)するなという方が無理な話なのかもしれない。

その手の噂が流れるのはこの会社では別にさほど珍しいことではない。

「うん、考えてみてほしい。彼女のような頭がすこぶるいい几帳面な人が弁当を鞄に入れ忘れるなどあると思う？」

「それはどういう――」

まさかな。だが、それなら全て辻褄が合う。

悪い、雨宮、すこし見せてもらうぞ。脇に置いてある雨宮の鞄を開けて、
思わず目を見張って叫んでしまう。鞄の中には弁当箱の中身がばら撒かれていた。いつも雨宮が入れていた巾着から弁当箱が飛び出ている。落としたくらいでこうはなるまい。つまり、故意になされたのは疑いない。

「なんだ、こりゃ⁉」

「ざけんな！　ここは中学や高校じゃねぇんだぞっ！」

まさかいい歳した社会人が、たかが嫉妬でこんな犯罪まがいなことをするとは夢にも思わなかった。

「組織である以上、この手の嫌がらせは日常茶飯事。君もそれはわかっているはずだよ？」

「……」

ああ、そうだ。そうだったな。営業部でも少なくない新入社員がこの手の嫌がらせにより、辞めていくのを見てきた。

「斎藤さんは、これをやった奴らに心当たりがあるんですね？」

「うん、あるよ」

「誰です？」

「聞いてどうするつもりだい？　彼女たちにとって君は部外者。そんな君が嫌がらせを止めるように言っても逆効果だと思うよ」

「なぜです？」

「むしろ、淫乱だの男をすぐにたぶらかすなど、言いたい放題吹聴されるだけさ。だって、彼女たちの嫉妬の原因は彼女の許嫁である香坂秀樹なんだから」

「わかりませんね。あのボンボンと雨宮が許嫁なのは周知の事実でしょう。今になってなぜこんなことするんです？」

「少し前までの雨宮君は異性を夢中にさせるというよりは男女ともに好かれるマスコット的存在だった。何より雨宮君自身が、淑女として振る舞ってはいなかった」

　斎藤さんの言いたいことが多少わかった気がするぞ。雨宮は妙に形式ばった言葉遣いをするし、服装もどこに行くにもいつも白衣だ。俺はそんな雨宮だったから、今まで異性として意識せずに気軽に話せたのだ。なのに最近の雨宮は白衣を必ず脱いでくるし、言葉遣いはもちろん、仕草や表情一つとっても以前とはまったく別人のようになっている。

「雨宮が女性として認識されて改めて香坂秀樹をめぐるライバルになったと？」

「うん。そうだ」

「なら簡単だ。あのボンボンに事情を話して雨宮とのフィアンセ宣言をさせればいい。そうすれば、一発でこんなバカな行為はなくなる」

「それができるなら話は早いんだけどね。誓ってもいいけど、彼はしないよ」

　斎藤さんは大きく息を吐き出すと、

「はぁ？　なぜです？」

　雨宮から以前、あのボンボンとは幼馴染みであると聞いたことがあった。なら、たとえ惚れてなくても雨宮のためにひと肌脱ぐくらいしてくれるはずだ。

「彼が一年生社員のとき、僕は彼の教育係だったからね。彼は自分を慕う女性を傷つけられない。それがどんなに許せなくても、自分のためにその女性がやったと聞けば、何も言えなくなる」

「斎藤さん、それ冗談言ってるんですか？」

　意味不明だ。幼馴染みならばまず優先的に助けるものだろう。たとえ俺を好きだという物好きな奴がこの世にいるとしても、俺の大切なものを侮辱し傷つけるなら俺は一切容赦しない。徹底的に排除する。だから、まったくその考えが理解できない。

「いんや、大真面目だよ。彼は多分、よくラノベ小説や漫画に出てくるハーレム体質の主人公なんだろう」

「ハーレム体質の主人公？」

「そう。多くの女性を魅了してやまない。そして女性には常に平等に優しく紳士的だ。だが、これは小説や漫画の世界ではなく現実なんだ。嫉妬もあれば、醜悪でドロドロとしたいがみ合いも存在する。そんな主人公に都合の良い状況に納得してくれる女性ばかりじゃないんだよ」

ようやく斎藤さんの言いたいことが朧気ながらにわかってきた。だとすると、これは相当根が深いぞ。特に俺たちは完全に部外者だ。口を出す権利そのものがない。

それに斎藤さんの言う通りだ。今回やった奴を凝らしめても、あのボンボンはダース単位で女性社員を口説いており、根本的な解決にはなりやしない。

「で？　斎藤さんはどうすれば最良だと考えているんです？」

「雨宮君が香坂君以外の相手を見つけることかな。このタイミングでの彼女の変わりよう。雨宮君に好きな人ができたと私は個人的に見ているんだけどね」

あの雨宮に好きなお子様か。そういえば、外見はともかく中身は年頃の女だったな。しかも今のあの容姿なら言い寄ってくる奴も一人や二人じゃないだろうし。

ん？　なんだ？　何か胸の奥がもやもやするぞ。俺は友の幸せに一抹の寂しさを感じるほどセンチメンタルではない。もしかして、嫁に出す父親の心境ってやつ？　ま、この際、俺の感情などどうでもいいか。許嫁のあのボンボンに解決する気がないのなら、雨宮に他に恋人がいると表明することも確かに一つの解決法かもしれん。

「わかりましたよ。俺もそれに協力します。ただし、これはこれ。これをやった阿呆は捜し出して注意はします」

「ああ、そうするといいよ」

なくならないとしても多少のストッパーにはなるだろうしな。

「待たせたね」

小走りで駆けてくると雨宮は俺の隣に座る。

「雨宮」

「うん？」

笑顔を浮かべ俺を見上げてくる雨宮の頭に手を置くと、そっと撫でる。

「あまり無理はするなよ」

「う、うん」

雨宮は俯きながらも小さく頷いたのだった。

次の日、クロノに事情を説明すると、『クソ虫がぁ！　よくもマイエンジェルをッ！』と勇ましく吠えて、快く協力を得ることができた。クロノによる数日間の調査で、犯人である香坂秀樹取り巻きの三人組を特定する。クロノが撮った犯行の証拠写真を突きつけ、二度と雨宮に手を出さないことを誓わせてこの件はひとまず決着をみた。もっとも、噂自体がなくなったわけじゃないから、根本的な解決にはなってはいないかもしれないが。

硝子(ガラス)もない廃ビルの窓の外では、今も淡い夕闇(ゆうやみ)の中に細い針のような雨が降り続いている。

パーカーを着た白髪少年は、大きく息を吐くと耳にはめた紅(くれない)の宝石に触れる。突如——。

「荒魂の所持者がわかりました。あとは特異点の特定だけです」

『いいゼェ！　いい感じに始まるゼェ！　怒り、苦痛、憎悪(ぞうお)、快楽のパーティーガァァァッ!!

互いに好きなだけ、殺しぃ愛ぃ、好きなだけ奪い合ぅ！　そんなオイラたちのパラダイスッ!!』

通信の呪具(じゅぐ)から聞こえてくるたっぷりと喜色(きしょく)に溢れた声。こいつは羅刹(らせつ)、鬼界(きかい)でも五指に入る鬼神(きじん)の一柱(ひとり)であり、夜叉童子(やしゃどうじ)直属の長(おさ)。己の命さえも戦(いくさ)という快楽の供物(くもつ)にする頭のネジが飛んでいる戦闘狂だ。

「それでは、引き続き、特異点の調査をいたします」

『夜叉ァ、特異点の見当はついてんのカァ？』

「いえ、まだです。ですが時間の問題かと」

過去の絶望王による人界(じんかい)襲撃から特異点の正体についておおよその予想はつく。そして、この憑依(ひょうい)した肉体は特異点の発見に最適なのだ。既にこの堺蔵市付近に特異点が存在することまでは摑んでいる。

『にしても、その人間の身体への憑依ってやつ、便利なもんダナァ。オイラのような生粋の鬼には不可能な能力ダァ。人界の人間、食いたい放題だしヨォ。マジで羨ましいもんだゼェ』

（一緒にするな、ゲスがッ！）

本心からの言葉なのだろう、しみじみと感想を述べる羅刹に内心で反吐を吐きながら、

「いえ、御存じの通り、私の半分は人間種の血が流れておりますれば、人を喰らっても力など一切得られやしません」

嚙み締めるように返答する。これは嘘だ。通常、鬼種は喰らった他種の力を得られるという体質を持っている。半分は鬼種の血である以上、夜叉童子にもきっとこの能力があるだろう。

「きっと」というのは、夜叉童子はまだ他種を喰らったことがないから。むろん、これは他種を慮ってというより、単なる夜叉童子の信念のようなもの。だからこそ、これは何よりも重たいのだ。

『力が得られなくてもあんな美味い御馳走、普通喰うだろゥ？　お前、とことん変わってんのナ。そういや、お前みたいな変な奴、昔、鬼界にもいたナァ……まあ、いい、くれぐれもしくじるなヨォ』

饒舌な羅刹らしからぬ僅かな沈黙の後、そんな捨て台詞を残して一方的に念話は切られる。

羅刹は鬼界でも気まぐれで有名な鬼神だ。こんな態度も別にそれほど珍しいわけじゃない。

では、そろそろ、行くとするか。廃ビルを出て薄暗い路地裏から駅前通りに出る。最近ずっ

と特異点探索のために駅前周辺を歩き続けている。特異点とは、すなわち、ゲート出現の核となる人間のことだ。絶望王によると思われる膨大な数の人間の聖職者の拉致の件からもそれはまず間違いない。そして、多分、それはおそらく人であって天種でもある人物。つまり、夜叉童子同様、天種と人とのハーフと見られる。もっとも、今のこの世界は種族がぐっちゃぐちゃに入り乱れている。人から天種へと進化することもあり得るはず。だとすると——。

「は？」

夜叉童子の思考は人混みの向こうからやってくる人物により瞬時に遮断される。当然だ。それは鬼界にいるはずの、叉童子がこの世で最も大切に思っている妹だったのだから。

「……」

立ち止まり、しばらく無言で凝視してようやく別人であると気づく。そもそも、髪の色も違うし、佇まいも全くの別人。ただ、その容姿だけが妹の紗夜に瓜二つだったのだ。

気を取り直して、通りすぎようとする。そのまさにすれ違いざま、右の眼球に鈍い痛みが走る。これは術式が起動した？　咄嗟にその女を振り返ると、視界の右半分に浮かび上がる魔方陣。当たりのようだ。あの女が特異点。だが、嬉しさなど微塵も感じない。ただ、強烈な虚無感に襲われていた。なぜなら、それは近い将来、あの妹そっくりの女を犠牲にすることと同義であるのだから。むろん、あれは妹ではなく赤の他人だ。そのくらい頭ではわかっている。だが、その紗夜そっくりの容姿は、今まで必死に氷漬けにさせてきたはずの夜叉童子の心に痛みを走らせていた。そして、その痛みは次第に大きく耐え難いものへと変わっていく。

（僕は誓ったはずだ！　何を犠牲にしても絶対に救ってみせると！）

胸を押さえつつ、己に必死に言い聞かせる。ここで夜叉童子が失敗すれば、紗夜は十中八九殺される。それはダメだ！　それだけは絶対に許容できない！

そう。これはきっと定められた運命。既に夜叉童子はもはや誰にも救えないほどその手を汚してしまっている。今更後悔などできないし、してはならない。もはや後戻りの道は残されていない以上、進むしかないのだから。

「やってやるさ」

下唇を噛み締めながら、そう決意の言葉を吐き出すと、夜叉童子は再び歩き出した。

香坂秀樹は、乗りつけたベンツから降りてパーティー会場へと足を踏み入れる。日本でも有数の名家の子息子女や経済界の重鎮（じゅうちん）たちが集（つど）い合う。まさに選ばれし者のためのセレブパーティー。

「秀樹、皆さまに挨拶しなさい」

母親がよそ行きの笑みを浮かべて近づいてくると、秀樹を促す。

頷くといつもの爽やかな笑みを作り、社交界の輪の中に入って行く。

「秀樹、久しぶりじゃん？」

赤髪の美青年が、周囲の女性をかき分けながら秀樹のもとへ歩いてくる。

「やあ、ユージ、御無沙汰だね」

彼は四葉雄二、幼少期から東都大時代まで一緒だった幼馴染みだ。秀樹同様、財閥の御曹司でありながら現在、タルトという芸能プロダクションでユージという芸名でアイドルをしている変人である。ユージは秀樹の肩に右腕を置いて、周囲の女性たちをグルリと眺めると、

（変わらずモテモテで羨ましいぜぇ）

ニヤニヤしながら耳元で囁く。

（どっちがさ。現役アイドルのお前が、それを口にするとイヤミにしか聞こえないよ）

（いやいや、結構本気で俺は言ってるんだけどな）

呆れたような顔でそうユージが呟いたとき、ひと際大きな騒めきが起きる。まるで吸い寄せられるように、会場内の視線は今入ってきた純白のパーティードレスを着た人物へと固定された。ウェーブのかかったブロンドの髪に、美しい碧眼、そして整った目、口、鼻が絶妙のバランスで配置された女神のごとき美しい相貌、壊れそうなほど華奢な身体。それは、まさに誰もが息を呑む絶世の美少女だった。

「あれ、誰だ？」

微動だにせずに彼女を凝視しながらそんな疑問を口にするユージに、

「何言っているんだい。彼女は梓だよ」

「梓ぁ？　あの雨宮梓か？」

「そう」

「ちょ、ちょっと待てって、元々可愛かったけど、あれはいくらなんでも方向性が違いすぎんだろうがっ！」

秀樹の胸倉を摑み唾を飛ばすユージに、

「多分、選択した種族の効果なんだと思うよ」

そう答える。

「マジかよ……」

「あまり、ひとの許嫁を凝視するもんじゃないよ」

「あ、ああ、そうだったな。悪い」

余裕の一切を失った表情で、ユージは何度か頷くと顔を背ける。そのどこか悔しそうなユージの顔を視界に入れ、秀樹はどこか強烈な優越感を覚えていた。

風貌がいくら変わろうと相変わらず人見知りなのは変わらないらしく、梓は強張った作り笑いをしながらも群がる男性たちに愛嬌を振りまいていた。

「やあ、梓」

秀樹が近づき右手を上げると、梓もほっとしたように安堵の表情を浮かべ、右手を軽く振る。

「秀樹、この後少しいいかな。大事な話があるんだ」

梓は秀樹の傍まで来ると未だかつて見たことがない厳粛な顔でそう言ったのだった。

梓は秀樹にとって幼馴染みであり、許嫁。よく遊んだし、喧嘩もした。そして、ぼんやりとだが、大人になったら彼女と添い遂げる。そう信じて疑わなかった。

だからだろう。人気のないパーティー会場のテラスの隅に呼びだされ、彼女の口から発せられた言葉が暫く理解できず、

「は？　え？　それってどういうこと？」

聞き返したのだった。

「うん。突然でごめんよ。ボク、好きな人ができたんだ」

「好きなひと？　それって僕のことでしょ？」

梓が好きな人は秀樹のはず。ずっと秀樹。そのはずだ。いや、そうでなくてはならない。

「秀樹、君はボクにとって大切な人さ。それは間違いない」

「だったら――」

「でもそれは、兄妹のような関係での好意だよ。異性としての好意じゃない」

「何を言っているのさ！　君が好きなのは僕だ！」

彼女は何を言っているんだ？　今まで同学年で秀樹に好意を持たない女などいなかった。今

まで秀樹が優しく接するだけで容易く振り向いてくれた。たとえ他に好きな奴がいた女であってもその心は秀樹に移ったのだ。なのに、肝心の婚約者が秀樹を異性として見れない。そんなバカな話があってたまるか！

「違うよ、秀樹。ボクは君以外に大好きな人がいる。彼だけは絶対に誰にも譲りたくはないんだ。たとえ何を犠牲にしたとしても！」

その彼女の蒼色の双眼の中には、今まで見たこともない強烈な光があった。それはとても冗談を言っているようなものではなく――。

「う、嘘だ……嘘だ！　嘘だ！　嘘だぁっ!!」

必死で否定の言葉を捲し立てる。テラスに出てきたゲストたちから怪訝な視線を向けられる。

「ごめんよ。でも今はっきりさせるべきだと思ったのさ。ボクは時が来たら、お父様とお母様にこの件を正式に伝えるつもりだよ」

「君は嘘を言っている！」

そこからよく覚えていない。ただ必死に逃げるようにしてパーティー会場を飛び出していた。そして、街の雑踏をあてもなく彷徨っていたとき突然肩を摑まれる。

「香坂秀樹さんですね？」

振り返ると髪を七三分けにした男が、薄気味悪い笑みを顔に張り付かせて佇んでいた。

「お前は？」

「私は久我信勝。どうぞ、お見知りおきを」

「今僕は誰とも話す気分じゃない。放っておいてもらおう」

肩に乗せられた手を振り払い、歩き出すが、

「秀樹さん、貴方、婚約者の心を手に入れたくはないですか？」

その言葉に足は根が生えたように止まってしまう。

「心を手に入れる？」

「はーい。我らならばそれが可能です。もし、ご興味がありましたら、こちらへ」

路肩に止めてあった黒塗りの車に右手を向ける。通常ならこんな怪しいことこの上ない人物の言葉になど耳を貸さない。少なくとも逡巡してしかるべきだ。しかし、このとき秀樹には迷いはなかった。梓の心をもう一度この手に入れる。その甘言をなんの躊躇いもなく受け入れ、開かれた後部座席のドアから乗車していたのだ。

「では、ご案内いたします」

七三分けの男——久我が運転席に乗り込み、車は動き出す。

そこは山奥の広大な私有地であり、周りを森林に囲まれた巨大なサークル状の更地。その中心に鎮座する大きな木造の神社のような建物の祭壇の前の階段に白髪の少年が腰を下ろし、どこか寂しそうで、憐れむような瞳を秀樹に向けていた。

「我がメシアよ、よろしいでしょうか？」

久我が恭しく白髪の少年に一礼すると、少年は上を見上げて、

「じゃあ、八神、後は頼む」

そう虚空に語りかける。刹那、その雰囲気がガラリと変貌し、薄気味悪い笑みを浮かべつつ立ち上がると、

「了解だ。お優しい君の代わりに僕が受け持とう」

そう叫ぶと秀樹にゆっくりと近づいていく。

「では、改めて君の色濃くも純粋な欲望を伺おう？」

白髪の少年は一点の曇りもない完璧極まりない笑みを浮かべ、上から目線でそう宣ってくる。

「僕の幼馴染み、雨宮梓の心を取り戻したい」

「ざーんねーん！　それは不可能だよ」

「ふ、不可能!?」

「そう、まず前提として取り戻すには一度でも彼女の心が君になければならない。しかし、彼女の心は端から君にはない。だから、それは到底むーりぃ」

迷いもなく断定する白髪の少年に、秀樹はふつふつと抑えがたい反発の気持ちが湧き上がり、

「ふざけるなっ！　梓は僕をずっと好きだったんだ！　それをどこの馬の骨ともわからないクズムシに唆され惑わされただけだっ!!　そうでなければ、彼女が――」

声を荒らげて叫ぶ。

「だからそれは君の勘違いさ。彼女も言っていなかったかい？　自分の気持ちはあくまで兄妹としての感情だと？」

全て見透かされている。その事実に堪えようのない獰猛な憤りが湧き上がる。しかし、それと相反するように、口は堅く閉ざされ視線は次第に俯き気味となり、両手を固く握りしめていた。

「君は負け犬ではないよ。だって勝負の舞台にすら乗れていなかったんだから」

白髪の男は透き通った抑揚のない声を上げて秀樹に近づくと耳元でそう呟く。

「黙れ……」

「どうだい？　大層、悔しいよねぇ？　うん、わかるよぉ。今まで全てを手に入れてきた君が結局、一番手に入れたいものだけには届かない。それは多分世界一、滑稽で、惨めだもの」

秀樹を覗き込む白髪の少年の顔は、悪戯を目論む幼児のように無邪気に微笑んでいた。

「黙れよぉ」

失望と絶望、そして思い通りにならぬこの世界に対する激しい憤りに、必死に拒絶の言葉を吐き出すが、青年はさらに笑みを深くする。

「これは君にとって最後のチャンス」

「最後の……チャンス？」

オウム返しに繰り返す秀樹を白髪の少年はその紅に染まった瞳で射抜きながら、口の端を耳元まで不自然に吊り上げる。まるで蛇に睨まれた蛙。ただ指先一つ動かせず、横目で白髪の少年の異様な風貌を眺めるのみ。

「うん。今の君には二つの選択肢がある。このまま黙ってどこの馬の骨かもわからない駄馬に彼女を取られるか。もしくは、人をやめて彼女を我が物にするか」

「人をやめるとは？」

少し前ならば、たとえこの青年がどれほど異様で不可思議であってもこんな与太話に耳を貸さなかったことだろう。だが、既に秀樹を取り巻く世界は種族の選定などというオカルトチックなものに変貌してしまっており、嘘、偽りと断言することなどできはしなかった。

「神水をここに」

白髪の少年の言葉に、背後に控えていた真っ白な民族衣装を着た美しい女性が、ゆっくりと秀樹の前まで来ると、血のように真っ赤な液体の入ったグラスを渡してくる。

「それを飲めば、君は真の意味で人という種をやめられる」

「人をやめれば梓を取り戻せるのかっ!?」

大切な幼馴染みの心は他の男のもとへ移ってしまっている。梓を他の男に取られてしまう。ダメだ！　それはダメだ！　それだけは許容できない！　そうなるくらいなら——たとえ人をやめることになろうとも。

「それは君次第さぁ！　さあ、選び給え。この安楽な日常にとどまるか、人をやめて最も愛しい人を手に入れるかを！」

　両腕を広げ、建物を震わせんばかりに大声を上げる白髪の少年に導かれるように、秀樹の震える手はグラスを掴む。そして、口にグラスを近づけていく。

「ぐがっ!!?」

　身体の芯が燃えるように熱くなり、胸を押さえようとするが——。

「ひっ!?」

　その右腕の皮膚がポロポロと崩れていく。そして始まる言い表しようのない大激痛。

「……っ!!」

　叫ぼうとするが喉から出たのは、ヒューヒューという空気の摩擦音のみ。

「うひぃっ!!?」

　己の身体を確認すべく顎を引いて、小さな悲鳴を上げる。さもありなん。秀樹の全身は真っ赤に発色し、いくつもの太い血管がドクンドクンと大きく脈動していたのだから。

「おめでとう！　ようこそ！　新たな僕らの同胞よっ！」

　薄れゆく意識の中で白髪の少年のやけに熱の籠もった声が鼓膜を震わせていた。

２０２０年12月６日（日曜日）。

現在、12月に入り、肌寒さからビリビリとした寒さへと変わっている。

俺はというと、昼間は社畜、夜は無限廻廊の探索に明け暮れていた。

無限廻廊については、第二層【ガラパゴス】を攻略し、第三層の【おもちゃの国】へと至っている。【ヒヨッコバンパイア】のレベルは30となり、各ステータスは、ＨＰ９０００、ＭＰ８６００、筋力２３５１、耐久力２４００、俊敏性２４１１、魔力２７０１、耐魔力２６９１、運１５００まで上昇している。同時にランクアップ特典により、俺は【グルメバンパイア】という種族を選択した。もちろん、この種族を選んだ理由は、ひとえに血液のみという食糧事情の解決を狙ってのことだ。その狙いは功を奏し、この【グルメバンパイア】は、あらゆる食材に対して味覚を獲得し、食することができるという、およそ吸血鬼とは思えぬ効果があると判明する。もっとも、他者の血液を食することにより、大幅な経験値の獲得やそのものの特殊な異能をも獲得することができるようなので、血液摂食の重要性がなくなったわけじゃない。とはいえ、アニメや漫画の吸血鬼じゃあるまいし、戦闘中に敵にかぶりついて血を吸うなどできるはずもない。それは、【ヒヨッコバンパイア】がレベル30になって獲得した【チュウチュウドレイン】のスキルによって解決した。このスキルには、『触れたものの成分を収奪する。それが血液だった場合、己の養分とすることができる』という効果がある。これで戦闘相手などに触れることにより、他者から血液を奪取することができるようになった。まだスキルレベル1でこの反則的な効果だ。レベルがＭａｘになったときが楽しみである。さらに、【ヒヨッコバンパイア】を極めたことにより、称号【吸血男爵】を得た。これの主な効果は、『心臓を完全破壊されるか、首を切断されない限り死ぬことはない』であり、いわば、不死性の獲得を示す称号だ。まあ、選択したのが不死種なのだから当然の特性であり、日光という弱点はしっかり受け継いでいるから、あまり意味がないかもしれないわけだが。

本日は休日。雨宮と以前から約束していた冬コミへと繰り出し、粗方のブースを見て回った後、帰路についた。

「ボクは掘り出し物を手に入れたよ。ボク、このイラストレーターの絵、大好きだったんだ」

「そうか。俺もいくつかゲームをゲットしたぜ」

もっとも、現在、生活の半分近くをあのイカれたダンジョン内で過ごしているから、いつプレイできるかは甚だ疑問だが。まあ、相当強くなったし、もうそこまで焦る必要もないんだが、いかんせん、この数週間の生活がすっかり身についちまって、気がつくとダンジョンで鍛えてしまっている自分がいる。俺は、死地に進んで足を踏み入れたがるバトルジャンキーではないし、既に幾度もあのダンジョンで死にかけているんだ。誓ってもいい。ゲーム感覚で探索しているわけではない。多分、過去に修行という名の拷問を受けた名残だと思う。要はこの手の反復練習が長年生活の一部であったことから、一度再開すると容易に止まれない。そういう不憫な体質なんだと思う。

「また来年の夏も来よう！」

「あ、ああ、そうだな」

どうにも居心地の悪い視線だ。鈍い俺にだって周囲から強烈な関心を向けられているのがわかる。今までは共に歩いていても仲の良い親子か歳の離れた兄妹にしか見られなかったが、俺たちへの奇異の視線から察するに、今は援助交際している男女程度には見られているのかもしれない。その理由は、きっとこの右手だ。

「雨宮、もうそろそろ……」

「うん？　何だい？」

「い、いや、なんでもない」

天真爛漫な笑みで見上げてくる雨宮に、口から出かかっていた言葉を呑み込む。

背丈の低い雨宮を見失わないように人混みでは、ずっと雨宮の左手を握って先導してきたんだが、電車に乗っても雨宮は俺の右手を放さなかった。しかもその握り方は、気がつくといわゆる恋人繋ぎになっていた。これでは、どう頑張っても親類には見てもらえない。

実際に俺がこの場面を目にしても、この糞バカップルが、と内心で吐き捨てていたことだろうし。現に、さっきから馬鹿猫は、『ぐぬぬ、このクソ虫がぁっ!!』と器用にも猫顔を憤怒の表情で歪めつつ俺の頭をよじ登り、盛んに齧っている。

針の筵のような時間がようやく過ぎて、俺たちは堺蔵駅前に到着する。改札を抜け、駅から外に出て顔を振り仰ぐと、雲がバラ色のぼかし模様になって空を染めていた。

「今は物騒だし、近くまで送るぞ」

「うん！」

会心の笑顔で頷く雨宮に、俺も口の端を上げて雨宮の自宅へと向かう。

すっかり辺りは薄暗くなっていた。この公園の通りを進んだ先が雨宮の実家だ。

噂では相当な名家出身と聞いていたが、実際は少し大きい普通の一軒家だ。この辺でいいだろう。家の前まで行って雨宮の家族と鉢合わせになったら面倒だ。雨宮の親御さんも娘がこんなおっさんと一日一緒にいたと知れば、きっと相当心配するだろうし。結局、雨宮の好きな奴については聞けなかったな。強く言ったのが功を奏し、以前のような雨宮に対するあからさまな嫌がらせは鳴りを潜め、陰口を叩かれる程度となる。もっとも、その陰口は雨宮にとって相当傷つくような内容ばかりだったが、当の本人は大して堪えてはいないようだ。外見はともかく、雨宮もいい大人。俺ごときが口を出すのは、大きなお世話ってやつなのかもしれない。

「じゃあ、俺はこの辺でお暇するぜ」

俺の別れの言葉にも、まだ握る右手を放さぬ雨宮に、

「雨宮？」

躊躇いがちに尋ねるとようやく俺の右手を放して一歩離れると、まるで運命にでも取り組むような真剣な顔で俺を見上げてきた。

『おお、マイエンジェル、早まるな。早まるでないぞ！』

馬鹿猫の焦燥に満ちた泣きそうな声を尻目に、

「ボク、先輩が大好きです。付き合ってください」

雨宮は俺にそう静かに告げた。

『ノオオォォォォッ!!』

馬鹿猫の絶叫とは対照的に真っ白になってフリーズする俺の思考。

「いや、その……」

しどろもどろになって戸惑う俺に雨宮は顔を真っ赤に紅潮させながら、若干ぎこちない笑みを浮かべて、

「答えは後でいいから」

俺に背を向けると、逃げるように実家の方へ駆けていってしまった。

呆然として微動だにできない俺に、

『やい、アキト、マイエンジェルの気持ち、軽んじるなよ！』

「わかってる」

頭の中は混乱の極致でぐしゃぐしゃだったが、そう念を押すクロノに頷いて俺も家に帰るのだった。

伝えた。伝えてしまった。これでもう後戻りはできない。結果がどう転ぼうと、今までのような心地よい関係ではいられない。なのにどうしてだろう。梓は後悔だけはしていなかった。

最近、会社内でビッチだとか、淫乱だとか、以前の梓なら赤面して動けなくなってしまうような噂を流されてしまっていたが、それでも子供として見られるよりかはよほどいい。

むしろ、少しは先輩の理想に近づけた。その事実を実感し、僅かながら手ごたえのようなものを感じていたのだ。

（断られても構わない！）

どうせ諦められそうもないし、何度断られても食らいついていくつもりだ。先輩は梓と同じく、他人の好意に慣れていない。だから、気持ち悪がられたり、強い拒絶まではされない。遠ざけられない。そんな打算もあった。

（ふふ、少し変な感じ）

これではある意味、悪女という評価は至極真っ当なんじゃないだろうか。少なくとも、以前の梓なら絶対にしない思考だ。それでも以前のネガティブ思考の自分よりはたとえ情けなくてもよほどいいように梓には思えていた。

丁度、実家の前まで到着したとき、表札の前に見知った顔がいつもの爽やかな笑顔を浮かべながら佇んでいる。

「やあ、梓」

「あ……秀樹……」

秀樹には先日、明確に拒絶の言葉を伝えている。秀樹は親同士が決めた許嫁。確かに幼い頃は大人になったら秀樹と結婚するんだと信じていた。だが、良くも悪くも梓は現代人。そんな親同士の決めた古めかしい約束ごとの優先順位などさして高くない。それに梓は自身の好きな研究さえできれば幸せな、人間失格な朴念仁(ぼくねんじん)。なぜ、好き好んでデートや結婚のようなくだらないことで自分の大切な時間を制限されなければならないのかと割と本気で考えていた。

だからこそ、梓にとって秀樹との婚約の事実など大した重要性もなく日常の繁忙(はんぼう)に完全に埋もれていたのだ。それが、今回先輩への恋心を明確に認識し、自分の今まで放置してきた許しがたい怠惰(たいだ)をはっきりと自覚していた。だからこそ、先輩に告白をした今晩、己(おの)が意思を家族にきちんと伝えようと思っていたのだ。

「君に話がある」

「ごめん、伝えた通り。ボクには好きな人がいるよ」

「知っている。藤村とかいう、あの五流大の平社員だろう?」

「うん」

「僕にはあんな冴(さ)えないおっさんのどこがいいのかまったく理解できないよ。人相も悪く、低学歴で、人付き合いも悪い。どうせ、そのうちリストラされて路頭に迷う。そんな社会でも最底辺なゴミだよ?」

　秀樹は肩を竦めると大きなため息を吐く。

「ボクにとっては世界で一番、大好きな人さ」

　その梓の断言に秀樹は奥歯をギリッと強く嚙みしめていたがすぐに、

「まさかと思ってたけど、梓、君はどうやら奴に洗脳されているようだね。君の変化は種族の決定とも合致するし——クソがっ！　何て卑劣な奴だ！」

　憎悪の表情でそんな頓珍漢なことを吐き捨てるように言う。

「洗脳?　違うよ。ボクは——」

「言わなくてもいい。君が僕以外の男を好きになるはずなどないんだ」

　秀樹は右の掌を向けて梓の言葉を遮り、そう言い切った。

「だから少しはボクの話を聞いてほしい。ボクが君に抱くのは恋愛感情ではなく兄妹愛。ボクが好きなのは——」

「ああ、可哀相に洗脳状態にあるんだね。今、元の状態に戻してあげるよ」

「秀樹?」

　先ほどとは一転、また爽やかな笑顔を浮かべて梓に近づいてくる秀樹に、梓はどこか普段の彼にはない異常な気配を感じ一歩後退っていた。

「大丈夫。すぐに僕のことしか考えられなくしてあげるぅ」

(何か、変！)

初めて目にする異様な秀樹の姿に警笛がうるさいくらい頭の中に反響し、秀樹に背中を向けて全力で我が家の玄関に逃げ込もうとするが、

「だーめ。逃がさないよ」

秀樹の左腕で首をロックされてしまう。

「ちょ、は、放してっ！　――っ!?」

その腕から逃れようともがきつつ、秀樹の顔を見上げた瞬間、口から小さな悲鳴が漏れる。

さもありなん。秀樹の両眼は紅に染まっており、その口の端はまるで蛇のように耳元まで裂けていたのだから。

「嫌だっ!!」

梓の額に秀樹の右の掌が伸びてくる。この右手に触れられたらマズい。

「アキト先輩ぃいっ！」

声を限りに梓のヒーローの名を叫ぶのと、秀樹の右手が梓の額に触れるのは同時だった。

そして、抵抗むなしく梓の意識はプツンとブラックアウトする。

濃密な黒色の霧の海の中を梓は漂っている。梓はすこぶる暗闇が苦手なはずなのに、ここは

恐怖を感じるどころかすごく温かく心が安らいでいた。

「やあ、こんにちは」

　気がつくと眼前に浮遊する、小袿を着ている黒髪の女性が微笑を浮かべて梓に右手を軽く振っていた。

「ボ、ボク？」

　思わず声を上げる。それもそうだろう。そのいわゆる平安コスの外見の少女は、今の梓そっくりの外見をしていたのだから。

「違う、違う、私は紗夜。君に憑依している鬼。ほら、角もあるだろ？」

　黒髪の少女が頭を下げるとその頭頂部には小さな角がちょこんと存在した。今や至る所に動物の姿をした人がいるくらいだ。角くらい大して奇異ではない。むしろ――。

「ボクをどうするつもりなんだい!?」

　この真っ暗な場所に捕らわれている理由の方が遥かに気になる問題だ。

「んー、そう、忘れてしまっているんだ。なるほどね。でも心配ないよ。私は君の敵じゃない」

　梓そっくりの黒髪の少女――紗夜は得心がいったように何度も小さく頷くと、そう断言する。

「ならここは――」

「ここは君の意識の深層。君はあの自己中心的な幼馴染み君によってここに捕らわれてしまったってわけ。まあ、だから力の弱い私とも話せるようになったわけだけど」

「ちっとも意味がわからないんだけど」

「だろうね。とりあえず、今の肉体の主導権は私にあると考えてくれればいいよ。心配しないで！　君をあの独り（ひと）よがりの幼馴染みから守るよ。全力でね」

容姿がそっくりなこともあるのだろうが、その梓を見る優しそうな姿から、どうしてもこの少女が梓に害意を及ぼそうとしているとは思えなかった。それに、梓はこの場に捕らわれているのだ。主導権は相手にある以上、わざわざ、守ると宣言する必要もない。

「なぜ、ボクを守ってくれるの？」

だから今一番気になることを尋ねていた。

「これ以上、私なんかのために、優しい兄様の手を汚してほしくはないから」

紗夜の顔に初めて浮かぶ様々な感情に、梓が息を呑んでいると黒髪の女性は梓に近づきそっと抱き締めてくる。

「大丈夫、あのナルシスト君も自分の変質を自覚していないみたいだし、バレない程度に上手（うま）くやる。だから――」

まるで子供をあやすように耳元で囁きながら、梓の後頭部をそっと撫でる。突如、視界がグニャリと歪み、瞼が重くなる。

「少しだけお休み」

とびっきりの安堵感の中、梓は暫しの眠りについた。

雨宮に告白されてから頭はずっと混乱中だった。とはいえ、結局のところ、雨宮から俺にボールが渡されている。あとは俺がどう雨宮に返すかの問題だ。即ち、俺が雨宮という女をどう思っているかということ。俺は昔から女を前にすると緊張する。和葉や雫には大分慣れたが、それでも一線は引いてしまう。真に本音を話せる異性は猫のクロノを除けば、雨宮くらい。そう思っていた。だが、最近俺は雨宮に言葉を選んで話してしまっている。以前のような合法ロリやロリっ子といったイジリは最近、めっきりしなくなった。確かに、雨宮は変わった。だが、今の外見でも雨宮は俺の好みとは程遠い。というか若すぎてアウトオブ眼中もいいところのはずだ。だから、きっと俺のこの変化は種族の確定が原因ではないんだと思う。

「俺が雨宮に惚れてる？」

口にしてみたが、あまりの馬鹿馬鹿しさに思わず笑いがこみ上げてきた。馬鹿馬鹿しい。俺は自分の身の程はしっかりと理解している。一回りも年下の女に熱を上げたりはしないし、それを誰も望んじゃいないことを知っている。きっと、気の迷いだ。特に雨宮は俺と二度も著しく危険な、死の臭いのする体験をしている。いわゆる吊り橋効果でドキドキ感を俺への好意と勘違いしたとしたら全て納得がいく。関係に変化が見られたのは、あのオークの襲撃直後からだしな。

ともかく、俺には婚約者のいる女を奪い取るような度胸はない。雨宮には友人として幸せになってほしいとは思うが、俺が幸せにしようなどと大それたことは考えちゃいない。実のところ、問題はあの頼りない婚約者の坊ちゃんなんだ。根が悪い奴には見えなかったし、たとえ幼馴染みでも、人見知りの雨宮が外道をあれほど信頼するはずもない。奴がもっとしっかりすれば全て万事解決する。

会社に到着する。玄関前ロビーで丁度通勤してきた雨宮と出くわした。

「よ！　おはよ」

「……」

普段の雨宮なら俺を見つけると笑顔でトテトテと歩いてくるのに、本日は俺からすぐに視線を外してエレベーターへ向かって歩を進める。うーむ。虫の居所でも悪いのだろうか。だが、こんなモンモンとした気持ちでは仕事にならない。無言で立ち去ろうとする雨宮の右手首を摑んで引き留めると、

「昨日のことだけど、会社終わってからでもいい。時間とれないか？」

一世一代の頼みをする。雨宮は近づくと俺のお腹に額を押しつけて抱きついてくる。

「お、おい、雨宮？」

「ふむ、やっぱりだ。君は兄様と同じ匂いがする。どうりで……が惚れるわけだ」

雨宮はそんな意味不明なことを口にすると、弾かれたように離れる。そして、ぷんと怒った迫力皆無な顔で俺を指さし、

「これ以上、ボクに関わらないでくれたまえ！」

そう早口で言い放つ。

「あ、ああ」

雨宮の行動の意味が微塵もわからず、暫し茫然としていると、今度こそスタスタと歩いていってしまった。機嫌が悪かったのか？　いや、じゃあ、こんな公衆の面前で抱きついてきた意味は？　あんな過激な行為、普段の雨宮なら会社では絶対にしないぞ。それに唐突過ぎて脈略がまるでない。疑問が疑問を呼び、暫し微動だにできずにいると、

『……』

神妙な顔で雨宮の後ろ姿を見ていたクロノが俺の肩から飛び降りる。そして雨宮の後を追い、その肩の上に乗る。てっきり意気揚々と『マイエンジェルに拒絶されたのじゃ。もう絶対に近づくでないぞ』とか言われると思っていたのだが、珍しいこともあるもんだ。

「見たぞぉ。聞いたぞぉ」

振り返るとドーベルマンのマッチョ獣人中村が、悪質な笑みを浮かべていた。

「これは中村先輩、おはようございます」

「香坂君の婚約者――雨宮梓さんにストーキングしているとの噂。真実のようだな」

最後の雨宮のあの台詞のことを言っているんだろう。まったく、面倒な奴に見られたもんだ。

「アホですか！　先輩が雨宮さんに、色目など使うわけないでしょ。先輩ってもっとずっとチキンですよ！」

ムッとしながら、雫が細い腰に両手を当てて仁王立ちしていた。

おい、一ノ瀬それって全然フォローになっとらんぞ。

そんな雫に中村は気持ち悪いくらい粘着質な笑みを浮かべ、自らの耳を指さし、

「さっきこの耳で聞いたんだ！　雨宮梓さんが、藤村に二度と近寄るなと言っているのをな！」

自信満々に主張する。

「先輩、それ本当？」

なぜ、一ノ瀬が雨宮の動向を気にするのかは不明だが、

「まあ、形式的には事実だが、内容的には事実じゃないな」

どうも、雨宮の意図が読めないし否定しておこう。あれが本心だとはどうしても思えんしな。

「なにそれ？　まあいいや。勘違いならそれでいいし」

俺の発言に呆れたような表情で一ノ瀬は肩を竦める。雫の登場により、俺なんぞ眼中ではなくなったのだろう。俺を押しのけるようにして、中村は雫に近づくと、

「雫、いい店知ってるんだ。24日のクリスマスのイブに一緒にフレンチでもどうだ？　街のイルミネーションを見ながらの食事は格別だぞ？」

口説き文句を口遊みながら雫の左肩に手を乗せようとするが、躱されて無様につんのめる。

そういや、中村って雫狙いだったよな。だったら、もっと普段から助けてやればよかろうに。

「謹んでお断りします」

ぴしゃりと言い放つ雫に、中村は頬をヒクつかせるが、

「じゃあ、お台場で夜景を――」

「残念ですが、クリスマスイブには先約がありますのであしからず。行きましょう、先輩！」

雫は俺の右手を掴むとグイグイと引っ張って行く。そして二階の階段の上り口まで来て、俺に向き直ると細い腰に両手を当てる。

「先輩って容姿で誤解されやすいんだから、人前ではもっと慎重に行動しないとだめだよ」

容姿が誤解されやすいって、お前、流石の俺でも少しだけ傷つくぞ。もっとも、本人は本気で俺を心配している。最近、雫がピリピリしているのは会社内での俺の悪い噂が原因のようだし。仲間を侮蔑する言葉に本気で怒ってくれる。こいつはそんな優しい奴なんだ。

「気を遣ってくれてありがと、雫。お前のそういうとこ、俺は好きだぜ」

俺は心からの感謝の言葉を述べた。

「す……べ、べ、別に私……」

なぜか壮絶に口ごもりながら、真っ赤になって俯いてしまう雫。そして、そんな俺たちを見た周囲の女性社員たちがヒソヒソと噂話に花を咲かせていた。

俺も気を取り直してオフィスに向かう。

「そ、それじゃ！」

カクカクした動きで右手を上げると雫はオフィスに走り去ってしまう。相変わらず、変な奴。


それから数日経過する。

雨宮の挙動不審は相変わらずだ。あれから何度か話しかけてみたが雨宮は無表情、無言で通り過ぎるだけ。ただ、嫌悪感のようなものは読み取れない。少なくとも今は俺と会いたくない。そう理解しておくのがいいのかもしれないな。

俺が社員食堂に入ると雨宮が一番奥のテーブルで、焼き魚納豆定食を食べていた。

あれ、雨宮って外国暮らしが長く、基本、納豆食べられなかったんじゃなかったっけ？

美味そうに食べてるし、味覚が変わったのかな。

(クロノもいるな)

雨宮の右肩にちょこんとお座りをしている子猫――クロノ。理由は不明だが馬鹿猫はあれから雨宮の傍を離れようとしない。第二層の【ガラパゴス】の攻略により、クロノの封呪（ふうじゅ）は第二段階突破目前だ。俺との繋がりはさらに強くなり、俺から離れて行動できるようになったのである。その結果、現在、メイン武器不在の状態でダンジョン探索をする羽目（はめ）になっている。

そこに茶髪のイケメン青年――香坂秀樹がトレイを片手に、複数の女性を引き連れて現れると雨宮の対面の席に座り、食べ始める。あんな感じで最近よく雨宮は香坂秀樹と一緒に昼食をとっている。

「彼女、どう思う？」

ぼんやりと雨宮たちを眺める俺の脇に立って斎藤主任が顎に手を当てて眉を顰めていた。

「営業部では二人の仲睦まじい様子が噂になってますね」

この数日、営業部内では雨宮と香坂秀樹のアツアツっぷりが盛んに囁かれている。

「藤村君にもそう見えるかい？」

やっぱり、俺でも気づくんだし、斎藤さんなら違和感を覚えて当然か。

雨宮と香坂秀樹は古風にも今どき珍しい許嫁らしいし、二人が仲睦まじく食事をしていたのなら、それはある意味元の鞘。俺への告白を後悔して俺と顔を合わせないということで、納得はいったんだがね。実際のところ、雨宮は、香坂秀樹と距離をとって接している。言葉で表すのは難しいが、キャバクラのお姉ちゃんが、酔っ払いのオッサンをあしらう態度と言えばよいか。秀樹が雨宮の肩に手をかけようとしたら、絶妙なタイミングで避けるとか、終始そんな感じだ。

「まあ、少なくともあのボンボンはあれで満足しているようですし、いいのでは？」

鈍感なのか、それとも雨宮に避けられているという発想がないのか、香坂秀樹自身は最近やけにテンションが高く非常にご機嫌だ。

「うーん、でも彼女のあの微妙な態度に気づいているのは、多分、ずっと彼女を見ている君くらいだと思うよ。現に営業部のほとんどは仲の良いカップルという評価だろう?」

クスクスとさも可笑しそうに笑う斎藤さんに、言い知れぬ羞恥の情に駆られて、

「んなこと言ったら、斎藤さんだって同じじゃないですか!」

声を荒らげて叫んでいた。何事かと俺たちに周囲の視線が集中するのを自覚し、

「す、すいません」

慌てて斎藤さんに頭を下げる。

「いやいや、でも、私が気づいたのは君が彼女を熱心に見ていたからだよ」

「揶揄わんでくださいっ! 雨宮は俺の友達だから——」

斎藤さんは右手で俺の言葉を制止し、

「わかってるよ。でも、彼女、本当にどうしたんだろうね?」

視線を再度雨宮に固定すると、素朴な疑問を口にする。

「さあ、今どきの若者の考えは俺にもよくわかりませんわ。それに理由があるなら、直に本人から話があるでしょう」

「それもそうか」

斎藤さんも大きく頷く。

「それより飯、食いましょう」

斎藤主任を誘って俺も昼食をとるべく席に着いた。

さらに数日が経過し、社内で一大プロジェクトの話が持ち上がる。どうやら、雨宮たち研究開発部がずっと続けてきていた魔石についての研究が最終段階を迎えたらしい。すなわち、魔石を動力源とした新たな家電の開発。ゴブリンの魔石一つで一般の家電数年間のエネルギーがあるのだ。このエネルギーを複数の魔石から取り出すことが可能なら、それこそ１００年単位で稼働させることができる。つまり、これは、他からエネルギーを補充する必要のない家電の開発。いわばこれは家電メーカーの永遠の夢といっても過言ではないもの。それをあの研究馬鹿のちびっ子は開発してしまった。

この魔石燃料の実用化の開発は元々研究開発部が行っていたが、それを基に第一営業部のエースである上野課長が主導で製品化を進めている。上野課長が関わっている以上、俺に出る幕などあるはずもなく、今もそのプロジェクトとは無関係のカドクシ電気への外回り営業の指示を坪井とともに出されたところだ。多分、最近開発したばかりの高性能ＰＣ冬モデルのプレゼンだろうさ。坪井は俺にとって天敵に等しい。可能な限り避けたい組み合わせだが、断る権利が下っ端平社員の俺にあるはずもなく坪井とともに日帰り出張の旅に出ることになる。

翌早朝、坪井とともにカドクシ電気の本社のある横浜市行きの列車に乗る。

特に俺は、手袋やフード付きでなければ太陽の下を歩けない。一応、選択した種族のせいで紫外線に肌が過敏反応を起こしてしまうと坪井には伝えている。そのせいか、隣でフードを被っていても咎められはしなかった。新商品のプレゼンの戦略について俺に意見を求めてきたり、この女、上野課長が絡まないと責任感はあるし、きっちり仕事ができる奴なんだよな。まあ過去に俺も相当いびられたから、個人的には吐き気を覚えるほど大っ嫌いなわけだが。

こうして、カドクシ電気の本社のある横浜駅へと無事到着したわけだ。

カドクシ電気は約50年前にこの横浜市で起業し全国展開している企業。家電販売店としては日本屈指といっても過言ではあるまい。本社ビルは阿良々木電子など足元にも及ばぬほど巨大であり、そして活気ある社員たちで溢れていた。

受付でカドクシ電気の飯豊課長とアポイントがあることを伝えると、4階にあるガラス張りの応接室に案内される。よかった。この部屋の奥の席なら太陽の光は差し込まない。流石にフードを被ったまま会うわけにもいかんかったし。

遅いな。既に約束の時間から一時間は経過している。俺も会社回りはよくするがアポイントを取ってこれほど待たされたのは初めてだ。坪井は相当イライラしているらしく、さっきから足裏で床をリズミカルに叩いている。あとで八つ当たりを受けるのは俺。勘弁願いたいものだ。

「お待たせしました」

40代後半の恰幅のいい眼鏡をかけた男が部屋に入ってくる。慌てて立ち上がる俺たち二人に品定めをするかのような視線を向けていたがすぐに坪井に固定し俺たちの前まで来ると、

「カドクシ電気営業部課長の飯豊です。よろしく」

遅れたことに悪びれた様子もなく挨拶をしてくる。

「阿良々木電子営業部の坪井です。よろしくお願いいたします」

「同じく営業部の藤村です。よろしくお願いします」

互いの名刺を交換すると俺たちの正面の席に座り、

「御用件を伺いましょう」

「今日は我が社が新たに開発した新製品を紹介させていただきたく参りました。これがその新商品のパンフレットです」

飯豊は無表情で、前に置かれたパンフレットの入った紙袋を開けようともしない。だが突然、

「君たち阿良々木電子との取引は金輪際中止させていただく！」

右拳で机を強く叩くと、そんな想定外なことを言い出しやがった。

「取引中止……ですか？」

「そうだ！　いくらあの天才技術者、雨宮梓がいる会社だといっても、ここまで無礼な相手とは取引はできないっ！」

その温和そうな顔は怒りに染まり、プルプルと全身を小刻みに震わせていた。どう控えめに見てもかなり怒っているぞ。

「も、申し訳ありません」

頭を深く下げる坪井。何せ事情がさっぱり不明なのだ。理由を尋ねてもさらに怒らせるだけだろう。誤解を解くにしても今はまず相手から情報を引き出すべきだ。

「天才雨宮梓の設計したシリーズには私たちも十分な利益を得させてもらっていた。だからこそ私たちも君たちのしでかした納期の遅延については納得できる理由があれば許そう。そう先ほど重役会議で決定したところだったのだ！　だが、まさか一言の謝罪もなく新商品の紹介をしてくるとはな！」

「の、納品の遅延……でございますか？」

「しらばっくれるつもりか！　君らの納期が遅れたお陰で、我が社がどれほどの損害が受けたかわかっているのか!?　３０００万だぞ！　３０００万！　何よりお客様の信頼を著しく損なった。なのに、新商品のプレゼンだと!?　ふざけるなっ!?」

歯を剥き出して叫ぶその様子からしても洒落や冗談の類ではあるまい。納期の遅延は完全に俺たちのミス。だが、そんなことになっているとは俺たちは一切聞かされていないぞ。

「も、申し訳ありません。持ち帰って事実を確認してから――」

「取引の継続は、君らに納期遅延の十分な理由があった場合のみ。それが取締役会での決定だ。

わかっただろ。契約は確定的に打ち切り。君らともう話すことはない。早く帰ってくれ!!」

追い立てられるようにカドクシ電気本社ビルを出る。

「藤村、お前、納期遅延について聞いてる？」

「下っ端の俺が、坪井さんの把握していないことを知っているとでも？」

「……」

坪井は小さな舌打ちをすると暫し、形の良い顎を摑んで考え込んでいたが、

「このまま契約を打ち切られた状態で帰るわけにはいかない。一度、ホテルにチェックインして、対策を練るわ」

顰めっ面でスタスタと歩き出す。ホテルってここに一泊するつもりかよ。相変わらず勝手な女だ。対策つっても納期遅延という重大案件、一社員にすぎん俺たち二人にはいささか荷が重い。というか、本来、阿良々木電子の取締役クラスが謝罪に来るべき話だ。俺たち下っ端二人しか来ていない時点で、既に非礼だ。上野課長の奴、一体どういう腹積もりなんだろうか？

ビジネスホテルにチェックインし自己の部屋に荷物を置き、予め待ち合わせしていた一階のレストランへと足を運ぶと、最奥のテーブル席で頭を抱えている坪井が視界に入る。どうやら、この上なく面倒な事態になっているようだ。

「納期遅延の話、真実だった。どうやら、今手がけているプロジェクトが原因で、予定に遅延が生じたらしい」

坪井はそう言葉を絞りだす。

「なぜ俺たちに伝わっていなかったんです？」

「既に社内でも問題になっている事案で、上野課長は我々も当然認識していると思い込んでしまっていたらしい」

そんなの初耳だ。そして坪井が認識していなかった以上、営業部では部長や課長以外誰も知るまい。つまりだ。俺たちは上野課長に嵌められたのだ。

「坪井さんは、課長のその言葉、信じるんですか？」

「……信じるしかない。私も碌に確かめもせずに新商品のプレゼンだと思い込んでいた」

雨宮梓の設計した高性能ＰＣ冬モデルは、阿良々木電子の今冬最大の目玉商品。その新商品の話題を話した直後に、お得意先のカドクシ電気に行けと言われれば当然、新商品のプレゼンだと思うだろう。確認しなかった俺たちが悪いとは、暴論もいいところだ。

「これからどうするつもりです？」

この件については本来、俺たち下っ端のやれることなどない。重役たちが直接カドクシ電気を訪問し謝罪した上で納期遅延の理由を説明すべきだ。

「先方を怒らせたのは私たちの責任だ。誠意を込めて謝罪し、今回の非礼を許してもらう」

やはりな。この責任感の塊のような女ならそう主張するとは思っていた。だが、この件にあの上野課長が絡んでいるなら、十中八九、俺たちはカドクシ電気との契約を破棄に追い込んだ原因を作った戦犯とされるはず。このまま大人しく戻っても俺たち二人のいる場所は会社にはない。ったく、ここで路頭に迷うのかよ。

　仮に阿良々木電子をクビになっても、当面は魔石の売却で金を稼げるからいい。もちろん、今の政府の方針が今後もずっと続くとは限らない。むしろ、もうじき魔物退治の特別の専門職ができ、それには面倒な資格要件が課せられるようになるのは目に見えている。その資格獲得のための国家試験が相当難関ならば俺など一生かかっても通るはずがない。自慢じゃないが、俺は五流大卒。筆記試験は大の苦手なのだ。売却できなければ、魔石などただの無用の長物だし、早急に次の就職先を見つけねばならないことに変わりはない。

　しかし、少なくとも幾分の時間的余裕があるのも確か。今なら次の会社に入るため就職活動しつつ、魔石の売却により生活費を稼ぐことも可能なのだ。一連の噂で阿良々木電子の営業部にも居づらくなっていた。そして、此度、上野課長に嵌められた。きっと俺は左遷かクビだな。仕事が増える斎藤さんたち古参の社員には悪いが、そろそろあの会社を辞める潮時なのかもしれねぇよ。だが、仮にそうだとしても、今回の件をこのまま放置して去るのは違うだろう。少なくとも阿良々木電子のお偉方にこの事態を収拾する気がない以上、その責任は誰かが負わねばならない。それが社会人ってもんだ。

「了解です。で？　具体的な謝罪の方法は？」

「……」

　これもある意味予想通りだが、妙案はなしか。相当怒ってたしな。あれを鎮めるのは相当骨が折れる。少なくとも俺には自信がない。何より最悪なのは、俺たちのミスは不可抗力ではなく、俺たちの上司が仕組んだものであること。だがあの上野課長の目的は何だ？　坪井は上野課長の使い勝手のよい駒だし、俺は嫌われ者の超下っ端社員だ。こんな方法では自分の責任問題にもなりかねないだろうし、ここまでして俺たちを排除する理由もないはずだ。

「とりあえず、改めてもう一度謝りに行こう」

　そうだな。上野課長の思惑など考えていても意味はない。俺たちが非礼を働いたのは事実。許されるかはさておき、真っ先に謝罪はすべきだろうさ。

「わかりました。俺、少し調べて先方が喜びそうな手ごろな菓子折りでも買ってきます」

「私も行こう。ここにいてもどうせやることがない」

　少し遅い昼食を食べた後、俺たちは町へ繰り出す。横浜で一番の和菓子屋で一番高価な菓子折りを買ったが当然、会ってさえもらえず門前払いとなる。坪井は相当意気消沈していたが、ここまではむしろ予想の範疇。先方のあの激怒っぷりからすれば、そう簡単に許されるはずもないのはわかり切っていた。むしろここからが頑張りどころだろう。

　横浜に滞在し、数日間、俺たちは毎日、カドクシ電気を訪問し謝罪を続けていた。

「申し訳ございませんでした。どうかお話しだけでも――」

「君らもしつこいな！　これ以上、本社に来るようなら警察を呼ぶよ！」

激高され肩を落として俯いてしまう坪井。感情を顔に出してどうするよ。落ち込んでいても誰もフォローなどしちゃくれないぜ。内心ため息を吐きつつ、

「今日は帰ります。申し訳ありませんでした」

頭を深く下げた。これ以上、長居をしても相手を意固地にさせるだけだ。また明日来るしかない。坪井ともども今まで使わなかった有休はたっぷりあるし、せいぜい利用させてもらうとする。

聞いてすらもらえぬ口惜しさからか、それとも公衆の面前で罵声を浴びせられた羞恥故か、目尻に涙をためて逃げるように坪井はビルの外に出ていく。そして、ビルの窓ガラスを清掃していた作業服を着た老人とぶつかるも謝罪すらせず雑踏に紛れてしまった。

「爺さん。怪我はないか？」

尻もちをついた老人の右手を摑み、立ち上がらせる。

「おお、すまないねぇ」

腰をポンポンと叩きながら俺に礼を言う。どうやら怪我はないようだな。坪井め、辛いのはお前だけじゃないぞ。謝罪に来て人様に迷惑をかけてどうするよ。

「いや、こちらこそ、連れがすまないことをした。今少し心がささくれちまって周りが見えちゃいないんだ。許してほしい」

姿勢を正し、頭を深く下げる。

「構わんよ。多かれ少なかれ人生には試練はつきものじゃし」

「それには同感だな」

今の俺の状況は試練というにはいささか、ハードモードすぎるけどよ。

「若いのに随分達観しとるの？」

目を細めて俺をジロジロと観察する白髪の老人に、

「最近、特に色々あったもんでね。悟りくらい開くさ」

肩を竦めて自嘲気味に返す。

「ふむ、儂もお前さんたちの噂は耳にしたが、相当なややこしい難題を押しつけられているようじゃな？」

清掃員の爺さんにまで知られるほど噂になっているのか。まあ、この数日間、ロビー内で大声を上げて謝罪しているしな。わからなくもないが。

「まあな、ストレスで五円禿できそうだぜ」

「言っちゃ悪いが、今回の問題、そもそもお前さんたちじゃ話にならんじゃろ？　何より、お前さんたち個人の責任ではあるまい。なぜ、そこまでする？」

「ただの保身だよ」

「問題を解決しないと処分を受けるということかの？」

「それも多少はある」

阿良々木電子は元々、この手の問題が起きたとき下っ端の平社員に責任を押しつけるような会社だ。上野課長にも嵌められたようだし、どの道碌なことにはならんだろうさ。

「それも多少というと、処分を受ける以外に理由があると？」

「まあな」

際どい問題に、やけに突っ込んでくる爺さんだな。

「それはなんじゃ？　見かけによらず、健気な忠誠心か？」

「そんな大層なもの持ち合わせちゃいねぇよ。会社内でもお世辞にも上手くいっていないしな」

白髪の老人はしばし眉を顰めていたが、

「益々わからんな。だったら、なぜ毎日こんな何の得にもならん行為をしている？」

俺にとって至極当然のことを聞いてくる。

「悪いことをしたら謝る。それは当然のことだ。違うか？」

　これは俺のビジネスマンとしての最後の意地だ。今回は俺たちにとっては理不尽だが、そんなこちら側の事情などカドクシ電気にとってはまったくもって関係ないこと。少なくともたとえ契約が切られても、こちらに落ち度がある以上、相手に一応の納得をしてもらえるまで謝罪は続けるべきなのだ。これも俺の自分勝手な自己満足。要は保身だ。

「……」

白髪の老人は、しばし目を見開き俺の顔を眺めていたが、

「そうじゃな。そうじゃったな」

そう寂しそうに呟いたのだった。


さらに次の日――。

「カドクシ電気の会長に直談判しに行く」

それは、一番相手が毛嫌いするタイプの選択だぞ。この問題はカドクシ会長の威光でどうこうする問題ではない。カドクシ電気の社員たちが自社の看板に泥を塗られたことを憤っているのだ。カドクシ電気の会長がよほどのド阿呆じゃなければ、自社の社員の矜持を破壊する選択などしやすまい。むしろ、益々怒らせるだけだ。

「それには俺は賛同できません。やるなら一人でやってください」

「お前、上司の私の指示に逆らうのっ！」

また、その理屈か。部下は上司に絶対服従。たとえ、いかに愚策で明らかに誤っていても突き進まねばならない。しかも、その際の失敗の責任を取らされるのは決まってその部下だ。だから阿良々木電子って会社は腐っていくんだ。

「はい。逆らいますね。話し合う気もないなら勝手にどうぞ。俺は俺で勝手にやりますので」

阿良々木電子で俺は既に詰んでいる。せいぜい好きにさせてもらうさ。さて今日はどんな菓子折りを持っていくかね。まあ、多分、受け取ってもらえず俺の腹の中だと思うが。やっぱ横浜名物の和菓子にするか。ビジネスホテルのロビーの椅子から腰を上げて、大きく背伸びしてホテルを出ようとする。

「ま、待て！」

「なんです？　うちの会社と違ってカドクシの重役は全員出社早いんで、手短にお願いできませんかね？」

正直、これ以上、煩わされたくはない。威張り散らしたいなら会社に戻ってから思う存分やってもらおう。もちろん、自分の席が残っていればの話だがな。

「お前に、勝算はあるのか？」

「いえ、特段ありませんね」

「お前は、私をおちょくっているのかっ⁉」

「いーえ、俺は大真面目ですよ」

「なら、なぜ会長への直談判がダメなんだ⁉」

そこから説明が必要なのか。まったく、もう少し相手の気持ちってのを理解しろよ。

「坪井さんはカドクシ電気が今回ここまで怒った理由をちゃんと理解しています？」

「それは……会社に３０００万円の損害を与えたから――」

「はい。50点。部長さんも言ってたでしょ？　今回ばかりは水に流そうと思っていたって」

「なら、面子を潰されたからかっ⁉」

「あのですね。それ、本気で言ってます？」

「だったら何だっ⁉」

　イラつきながらも答えを求めてくる坪井に俺は大きく息を吐き出す。

「信頼が毀損されたからですよ」

「だからその信頼を取り戻そうと我々は――」

　ダメだ、こいつ。微塵も理解していない。よくもそれでビジネスマンを名乗れるものだ。

「だから、なぜ自分たち中心で物事を考えるんです？　俺の言っている信頼とは、顧客のカドクシ電気に対する信頼ですよ。彼らは会社の信用の毀損と顧客に迷惑をかけたからあれだけ怒っているんです。その根本的ともいえる社員たちの怒りを会長一人に鎮められると思いますか？」

　カドクシ電気は、俺たちとは根本的に違う。己の会社に強烈な愛情を持っている。そして、それは顧客に対してもしかりだ。図らずも俺たちがやったことは、その二つに同時に唾を吐きかける行為だった。それは怒りもしよう。そして社員が激怒している以上、会長一人に許してもらっても意味はないのだ。

「仮にも会社のトップが命じれば今回の取引の中止くらい簡単に――」

「だからそういう問題じゃ――いや、もういいですよ。勝手にすればいい。俺も勝手にします」

　もう何を言っても無駄だ。坪井と俺とでは見ているものが違いすぎる。いくら議論しても平行線だ。振り返りもせず、ビジネスホテルを後にした。

てっきり、一人で会長宅へ直談判に行くのかと思ったが、どういうわけか坪井は大人しく俺についてきた。まあ、終始口をへの字に曲げているところからして納得はしていないだろうが。

横浜駅周辺にあるショッピングモールにある和菓子屋――『二階堂』で菓子折りを購入するべく長い列を並び、ようやく店に踏み込んだとき先日の清掃員の白髪の老人とばったり出くわした。

「奇遇じゃの」

「そうだな。あんたも家族サービスか？」

白髪の老人の背後に隠れるかのように７、８歳くらいの小さな赤髪の女の子が兎のぬいぐるみを抱えながら此方を窺っていた。

「そんなところじゃ。ここの和菓子は頬がとろけるほど美味いぞ。特に新発売の狐饅頭は孫も大のお気に入りで――」

ドオオオオォォオンッ!!

白髪の老人の言葉を遮るように爆発音が鼓膜を震わせ、地響きが大地を揺らす。

『はいはーい。連絡させてもらいまーす。僕は『異革党』のものでーす。たった今から、このショッピングモールを占拠させてもらいましたぁ。逃げようとしたら即ぶっ殺しちゃうから、皆大人しく建物から出てきてうつ伏せになっててね』

『異革党』ね。そういや、最近、そんな名前の過激派集団がいるとテレビで騒がれていたな。なんでも既存の秩序を壊し、能力絶対主義の社会へと変革させるのを目的としているようだが、結局のところ、強い力を得たんだから好き放題やりたいという幼稚な利己主義者どもの集団にすぎない。ま、早い話、テロリストってことだ。警察の活躍に期待だな。

「建物から出て中央に集まり、うつ伏せになれ！」

店の外に出ると、犬顔の大男が、巨大な鉈の先を吹き抜けとなっているモールの中心にある円状の広場へと向け、そう指示を出してくる。

「藤村……」

「従いましょう」

不安で張り裂けそうな顔で、坪井も大きく頷き歩き出す。

「心配するな。従っていれば、大丈夫だ」

泣きそうな顔で震えながら、白髪の老人にしがみつく少女の頭に手を乗せて笑顔を見せるが、さらに頬を引き攣らせて爺さんのお腹に顔を埋めてしまう。うーん。そうだよなぁ。俺ってほら、顔がアレだからさ。

「すまんな」

「いや、いいさ。行こう」

白髪の老人も頷き、俺たちは歩き出す。

広場に集められた客は軽く見積もって４００人くらいか。むしろ、予想していたより客は少ない。今日が休日でなくて助かったってところかもな。千里眼で探索したテロリストの数は十七。全員が完全に獣の外見、平均ステータス20以上で武装している。一般的には相当な戦力だ。警察も制圧には結構苦労するかもな。とはいえ、警察には最終兵器のような超生物がいる。奴クラスが出てくれれば一瞬で片が付くだろう。さて、警察諸君のお手並み拝見といこうか。

他の客たちと同じく俺も両手を首の後ろで組んでうつ伏せになる。もっとも、千里眼によりこの一帯の状況はかなり鮮明に把握できているわけだが。とその時、床に子供が突き飛ばされた。

「やめろ！　まだ子供だろうっ！」

高校生ほどの赤色の髪を坊主刈りにした少年が激高する。テロリストどものリーダーらしき爽やかな笑みを浮かべている僅かにパーマのかかっている金髪の青年が顎をしゃくると、億劫そうに犬面の男が近づき、赤髪坊主の少年の腹を右拳で無造作に殴りつけた。少年の身体はくの字に折れ曲がり、地面に両膝をつき、吐瀉物をまき散らす。響き渡る悲鳴のコーラスの中、

「お黙りぃ。声を発した奴は殺しちゃうよ」

歌うような声とともに銃声が響き渡り、周囲は静寂に包まれる。たった一発小突いただけでここに捕らわれている客たち全員の反抗心を根こそぎ奪いやがった。こいつら恐怖というものを上手く使いこなしてやがる。おそらく、荒事のプロだ。少々厄介なことになりそうだ。

金髪の青年は脇のベンチから立ち上がると周囲をグルリと見渡し、

「さーて、そろそろ揃ったねぇ」

突然、ポケットからスマホを取り出すとタップし何処かにかけ始める。

「もしもーし、僕は『異革党』のグリム・リーパー。どうぞよしなにぃ」

弾むような声色でスマホに話しかけ始める。グリム・リーパー、死神を自称するか。どうやら中二病が抜けきらぬ奴らしい。この手の夢の中で戯れている輩が、一番質が悪いんだ。何せ会話が通じない変態が多いからな。

「要求を言うよ。今から1時間以内に10億円を持ってきなさーい。30分遅れるごとに一人ずつ殺していくからさぁ」

一方的にそれだけ伝え、スマホの電源を切るとポケットにしまってしまう。

「はーい。わかったかなぁ？　日本政府が1時間以内に私たちにお金くれなきゃ、君らと一人ずつ遊んであげる。もし、騒いだり、立ち上がっても同じだよぉ」

どんなに日本政府が頑張っても、10億円という大金を1時間で都合するのは不可能だ。なぜそんな無茶な要求をしたかなど、金髪パーマ——グリムの今の恍惚とした表情を見れば容易に想像がつく。こいつは政府が金を用意するのに要する時間を見越して、殺しを楽しむつもりなんだろうさ。だから、楽しむ時間は一人当たり30分。マジでクソすぎるな。それにしても、変態性獣野郎の次は快楽殺人マニアのクソ野郎か。俺って何かに取りつかれているんだろうか？

さて、俺には残酷ショーを眺める趣味はない。始まる前にあのド阿呆は処理する。つまり、タイムリミットはあと一時間。日本の警察も間抜けじゃあるまい。既に特殊部隊辺りが動いているはず。

あとは特殊部隊の突入による混乱に乗じてこの場を去って千里眼で戦闘の様子を観察。もし特殊部隊が敗北しそうなら介入すればいいさ。仮に介入したとしても傍にさえいなければ坪井や清掃員の爺さんに俺だと特定されることはあるまい。問題なく処理できるはずだ。

さてあとは日本政府のお手並み拝見といったところか。

それから、30分が経過し、皆の緊張が最高潮に達しているとき、事態は動き出す。

5歳ほどの男の子が母の腕を振りほどき立ち上がってしまったのだ。

「ママ、おしっこ」

「カズ君、立っちゃダメ！」

必死に我が子を抱きしめる母親。

「はーい。君、ルールを破ったねぇ。じゃあ、君からいこう！」

グリムはベンチから立ち上がると、浮かれ切った声色で男児を指さし、そう宣言する。

「和彦はまだ何も知らないんです！　どうか私から――」

「だーめ、彼からだ。そういうルールだしねぇ」

恍惚の表情で少年の襟首を掴み、引きずっていくとベンチに座らせる。

「和彦!! やめてっ! 和彦にひどいことしないでっ!!」

血相を変えて和彦のもとへ駆け寄ろうとするが、犬面の男に押さえつけられる。

涙目でガタガタ震える和彦に、グリムは顔を近づけると、

「うんうん、いいっ! いいねぇっ!! その恐怖に満ちた顔。僕大好物なんだよぉ! それに加わる苦痛の表情と悲鳴が僕の琴線を著しく刺激するぅぅぅっ!!」

グリムは前かがみになってフロア全体に響き渡るような大声を上げて喜びに浸っていたが、すぐに腰のナイフを取り出す。

どうやらここまでだ。傍には俺を知る坪井や清掃員の爺さんがいる。こんな場所で俺がホッピーになって暴れれば、まずホッピーが俺だと特定される。俺がホッピーだと気づけば、きっとこの国の政府は俺の敷地にあるダンジョンにまで行き着く。そうなれば、まず爺ちゃんとの思い出の敷地ごと強制徴収されるのは間違いあるまい。それは俺には絶対に許せぬこと。だがそれ以上に許せぬことがあることに最近気がついた。あの恐怖に絶望し、震える無垢な子供の表情。俺は幼い子にあのような顔をさせる輩がただただ許せない。叩きのめしたくなる。多分、これは自分勝手な都合でしかないんだろう。だが、今の俺の唯一ともいえる願望にして不文律。

「まずはどこからいこうかなぁ。指、それとも耳、いや、その形の良い鼻から——」

奴のナイフが泣き叫ぶ和彦の鼻にゆっくりと近づいていく。アイテムボックスから狐の仮面を取り出して己に沸き上がる暴虐の衝動を満たそうとしたとき、

「やめろっ！」

少年の叫び声とともに、グリムに激突する赤色の光。声の方に視線を向けると、先ほどの赤髪坊主の少年が右の掌をグリムに向けていた。舞い上がる黒煙の中、グリムは顔を少年へと向ける。笑顔のままグリムの額に太い青筋がいくつも浮き出ると、床を蹴って赤髪坊主の少年のもとまで移動し、左手でその首を掴む。

「おまえ、今、何してくれちゃってんの？」

「へっ！　見てわからねぇのかよ！　お前の性格と同じくらい汚ぇその顔を綺麗にしてやったのさ！　良かったなぁ！　少しは男前になって！」

低い声を上げるグリムに、赤髪坊主の少年は脂汗を垂らしながら声を張り上げる。刹那、少年の左腕が捻じれ明後日の方へ向く。耳を劈くような悲鳴を上げるも、少年はグリムを睨みつけ、

「なんだ、自覚はあんのかよ！　自分よりも弱い奴としか戦えねぇ卑怯もんが！」

侮蔑の言葉を叩きつけて、その顔に唾を吐きつける。

「へー、死にたいわけねぇ。じゃあ、殺すよぉ」

右の手刀をその首に突き立てようとしたが、青色の髪をショートカットにした少女に右手首を掴まれる。あれって、どこかで見たことがあるな。たしか……。

「あーしの仲間に何してんのさっ！」

青髪の少女は怒声とともに、空手の右拳をグリムの顔面に叩きつける。グリムは高速で床を

バウンドしつつ、正面のブティックのショーウインドーの硝子を割って店の中へと消えていく。

そして、奥の通路から現れる赤で統一したカラジャンを着た少年少女たち。カラジャンの背中にはメルヘンチックな鬼のマークが刺繍されている。少年少女たちは俺たち客を守護するように前に出ると、各々の武器をテロリストどもに向けた。

「小町ちゃんの予言、また当たったみたいだねぇ」

黒色の髪をおかっぱにした少女がどこか間の抜けた声を上げつつ、床に突っ立ち苦悶の声を上げている赤髪坊主の少年に近づき、その折れた左腕に両手を添える。突如、まるでビデオの巻き戻しのように修復していく少年の左腕。あれは五右衛門同様の修復の能力か。この種族異能社会では珍しい能力ではないが、あれほど強力なのは相当希少だと思う。

ともかく、小町ね。やっと完璧に思い出した、聖華女子高旧校舎事件の女子高生たちだ。資料を見たから覚えている。あのおかっぱが、二階堂綾香、青髪ショートが、相楽恵子だったか。

「もう予言というより、予知に近い感じだぜ。銀二さんの能力向上ってマジで反則かもッ！」

青髪の少女は両拳を打ちつけると、ブティックの方を睨みつけて重心を低くする。ほう、まだ終わっていないことに気づいているか。案の定、ショーウインドーから姿を現すグリム。衣服は所々破けているが、ほぼ無傷のようだな。

「あーあ、なんてこった！　衣服がボロボロじゃないかぁ！」

グリムは自身の全身を眺めてみて肩を竦めると、青髪の少女、恵子に視線を移す。

「その膂力、君も僕同様、生きる価値のある者のようだ。どうだい？　僕らに加わらないかい？　もうじき、この世界は変貌する。強いものが富み、弱く無能な奴は排除され、僕らの管理のもとで生存が許される。そんなパラダイスに！　それこそが――」

「お断りだよ！」

　得々と戯言を喚くグリムの声は、恵子の叫び声により掻き消される。同時に床を高速で疾駆した恵子がグリムの懐に飛び込むと左掌底をブチかますが、右手で軽々と摑まれる。

「そうかい。残念だ。どうやら君は僕のいうことが理解できぬ無能な人間のようだ」

　恵子はグリムから逃れんと右拳をグリムの眉間に放つが、逆に無造作に蹴り上げられ、弾丸のような速度で柱まで一直線に吹き飛ぶ。

　柱にぶつかる直前、器用にも空中で回転し、柱に両足で着地して事なきを得る。相当な反射神経だ。何よりあの恵子という少女、かなり戦い慣れしている。妹殿と同様、武術の心得でもあるのかもな。

「新世界には無能はいらない。一匹残らず駆除しろ」

　グリムの指示に獣の外観のテロリストどもが動き出す。

「銀二さんとダンさんが到着するまで持たせるよ！　私がこの金髪野郎の足止めするから、他は任せるぜ！」

「わかってる！　新参者が仕切ってんじゃねぇよ！」

恵子の言葉に口を尖らせて回復した赤髪坊主の少年がそう叫ぶと、カラジャンを着た少年少女たちも各々、警棒や木刀を構える。二十代前半の無精髭の青年が両手をゴキリと鳴らし、

「いいか、俺たち、『らしょうもん』が負ければ、銀さんやダンさんの顔に泥を塗ることになる。負けは許されねえ。このクソどもに地獄を見せてやれ！」

そう声を張り上げる。赤のカラジャンの少年少女から咆哮が上がり、両者は激突。そして、その混乱の隙に俺もその場から姿を消した。

「おら、どうしたぁ？」

グリムの爆風を纏った右拳が恵子の鼻先をかすめる。その風圧で飛ばされそうになりながら、その首に右回し蹴りをお見舞いする。恵子の渾身の蹴りはまるでタイヤを蹴ったかのように弾かれるが、同時に左足を振り上げて、踵を奴の額へと振り下ろす。

「ちっ！」

舌打ちして初めて回避行動をとるグリム。恵子も空中で全身を捻って着地し、距離を取る。先ほどから同様の攻防を繰り返している。もっとも、完璧に恵子は遊ばれており、常にグリムが優勢だったが。

（こんな相手に戸惑っているようじゃ、お話にもならないぜっ！）

恵子たちの憧れのあのホッピーならきっとこんな相手、一撃で沈めている。

旧校舎の一件で絶望的な状況にあった恵子たちは、狐の仮面の英雄、ホッピーに助けられた。親友のあーやんが無理やり鬼化され、絶体絶命に陥るが、ホッピー一人により、全てが嘘のように元の鞘に収まってしまう。あのときから、ホッピーは恵子たちのヒーローとなった。元々、恵子たちオカルト研究部は今まで超常的なものを求めて全国を調査することに学生生活の青春を捧げてきたのだ。現在、世界中を席捲している魔物の跳梁や種族特性を利用した犯罪は、まさに超常研究の対象そのものであり、次第にホッピーへの漠然とした憧れは具体的なヒーロー活動に対する強烈な欲求に置き換わっていく。そして、恵子と同じ武術道場に通う栄吉から、ヒーロー活動を行っているチーム――『らしょうもん』の存在を聞く。

聞くところによると、『らしょうもん』は日本政府の一組織である警察庁超常事件対策室と取引し、魔物討伐や魔石の政府への低廉売却、異能犯罪の取り締まりの援助を行っているチームなんだそうだ。これはまさに恵子たちが目指したヒーロー活動そのもの。このことを知ってからの恵子たちの行動は素早かった。栄吉に半強制的に紹介してもらい、『らしょうもん』の実施する厳格な入団審査を経て晴れて入会したのだ。さらに、銀二さんの能力により『らしょうもん』所属メンバーの身体能力は著しく向上し、その種族特有の特殊な能力が発現した。小町の種族『予言の巫女』の特性『予言』もそれだ。そして、その小町から、この横浜駅周辺でテロがあるという予言を得てこの周辺を手分けして巡回していたら、このショッピングモールでテロ事件発生との情報を得て急行したのだ。今回、恵子たちはすんでのところで間に合った。だが、間に合っても敗北してしまえば意味はない。救えなければ恵子の理想のヒーローではない。少なくともあのホッピーがこの場にいれば全ての人間を救っているはずだから。

ダメだ！　ダメ！　冷静になれっ！　今は雑念の一切を捨てて目の前のこいつを倒すことだけに集中すべきだ。現在、『らしょうもん』とテロリストどもの実力は拮抗している。一番の手練れであるボスのグリムを倒せば、戦況は恵子たち有利に一気に傾く。

「ふ――――」

いつものように、大きく息を吸い込み吐き出す。それだけで、嘘のように今まであった余計な思考が排除され、目の前のグリム以外、視界から消失する。これは幼い頃からの恵子の行動様式であり、武器でもある。この状態ならごく一部の例外を除き、タイマンで負けたことはない。

（そういえば、さっきなぜ避けたんだぜ？）

今までグリムは恵子の攻撃を避けようとすらしなかった。それが、さっき額の角に向けて放った踵落としだけは、明らかに回避行動をとっていた。試してみる価値はあるか。

「あーやん、ハルさん、一瞬でいいからあいつの動きを止めてほしいんだぜっ！」

おかっぱの少女、あーやんと今回の遠征チームのリーダーである黒髪をツーブロックにした青年、ハルさんに指示を出す。

「はーい！」

「了解だ！」

二人の了承の言葉に呼応するかのように、グリムの両足に茨が巻きつき、紅の鎖がその全身を雁字搦めに拘束する。あの茨がハルさんの種族特性、『茨縛』であり、あの紅の鎖はあーやんの鬼術、『鬼鎖』だ。旧校舎の事件で鬼化した時の副作用だろう。あーやんの頭頂部には小さな角のみが残り、鬼術という特殊な能力を使えるようになっていたのだ。

「はっ！　こんなものでこの僕を止められるとでも――」

グリムは小馬鹿にしたように鼻で笑うと紅の鎖を摑み、引き千切ろうとする。

「うん、思っちゃいないぜ！」

満面の笑みでグリムに向けて疾駆しつつ、右拳をきつく握って恵子の種族特性である『竜人化』と『竜炎』を発動する。右腕が数倍に膨れ上がり、蒼炎を纏う。この二つとも銀二さんの力により発現した力であり、現時点での恵子の最大最強の攻撃。その右拳で奴の額の角目がけて放つ。

「んなっ⁉」

初めて見せるグリムの焦燥と驚愕の声。一呼吸遅れて、恵子の右拳がグリムの角にぶち当たり、根本から圧し折った。

「ぐがあああぁぁっ‼」

全身に幾何学模様が浮かび上がり、そこから真っ赤な血液を四方八方にまき散らす。

どうやら、当たりだ。あれが奴のウィークポイント。現に今までの焼けつくような圧迫感が消失している。

グリムは全身を鮮血に染めつつ、血走った眼で恵子を睨みつけてくると、

「よくも、よくも、よくも、よくもぉぉおっ!!　たかが、銀蠅の分際でこの僕を——この僕を傷つけやがったなぁッ!!」

天井に向けて咆哮を上げる。グリムの異様な様子に若干気圧されながらも、

「悪いこと言わないから警察が来るまで大人しくしてろ。これ以上やるなら、どうなっても知らないぜ？」

重心を低くし降伏勧告をする。

「今回は金の確保が最優先。そう思っていたが、もうやめだぁ！　皆殺しにしてやる！」

グリムは粋がった子供のような宣言をすると、突如、脱力して俯いてしまう。

「今のあんたからは大した力を感じないぜ！　無駄な抵抗は止めておいた方が身のためだぜ！」

そうは言ったものの、あのグリムの様子、ハッタリにしてはあまりに異様すぎる。警戒は継続するべきだろう。

「八神様、今こそ賜った御力、使わせていただきますッ！」

グリムはポケットから赤色の小さな玉を取り出すとそれを飲み込んだ。

「ぐげげげっ!!!」

　刹那、グリムの奇声とともに全身の皮膚がボコボコと泡立ち、紅に染まっていく。同時にあーやんの『鬼縛り』の紅の鎖が引き千切られ、足に絡む茨も霧散する。そして、部屋に反響するバキゴキと骨が砕け、肉が裂ける音。その音をバックミュージックにグリムの全身の筋肉が急速に盛り上がり、負った傷が超高速で修復されていく。忽ち、赤褐色の肌と剛毛を持つ全長3メートルもの巨人が出来上がっていた。

「お、鬼？」

　その外見はどう見ても御伽噺に出てくる鬼そのものだった。

「退避だ……」

　ハルさんは充血した目で、グリムを睨みつけながらそう声を絞りだす。

「え？」

　思わず聞き返すが、

「全員退避だっ！　ありゃあ、銀さんやダンさんと同じ、鬼種！　死にたくなけりゃあ、全力でここからぁ、離れろぉおっ!!」

　ハルさんはそう捲し立てると背後に跳躍する。しかし――。

『残念でしたぁ』

　グリムの丸太のような右拳がハルさんの腹部に深く食い込んでいた。くの字に身体を折り曲げるハルさんの頭部を鷲掴みにするとグリムは右足で蹴り飛ばす。ハルさんはボールのように高速で回転しつつ、壁に激突し大きな音を響かせる。壁にめり込み、白目を剝いてピクリとも動かないハルさんの姿を網膜が映し出す。事態を上手く認識できない。ハルさんは『らしょうもん』でも相当な実力者だ。元々、恵子と同じく武道を幼い頃からやっているし、おまけにハルさんは自身の種族、『植物操作師』を使いこなしている。こんなに簡単に敗北するなどおよそ考えられない。何より恵子の実力はハルさんと同等なのだ。そのハルさんを一撃で吹き飛ばすような奴にそもそも勝てるはずが――。

『あーれ、もう戦意喪失しちゃったりすーる？』

　突如グリムの姿が歪み、恵子の眼前で身をかがめて顔を覗き込んでいた。出かかった悲鳴を全力で呑み込んでバックステップで逃れようとするが、簡単に頸部を掴まれ持ち上げられる。

『だーめ、君は僕を傷つけた。その報いはきっちり受けてもらうよ。それと――芽吹け』

　グリムがパチンと右手の指を鳴らすと、『らしょうもん』の皆と相対していた獣人のテロリストどもが呻き声を上げる。それに呼応するかのように角、牙、爪が生えて、全身の筋肉が盛り上がり、鬼さながらの外観を形成していく。テロリストどもは一斉に獣のような咆哮を上げると、『らしょうもん』の皆に襲いかかる。今まで互角だった形勢はあっさり覆され、一人一人仲間たちが倒れていく中、

「ケーちゃんを放せっ！」

　あーやんが温和な彼女らしからぬ憎悪に満ちた表情で、術の詠唱をしようとするが、今や怪

物と化したカバ面のテロリストにより、後ろから羽交い締めにされる。グリムは恵子からカバ面に捕まっているあーやんに視線を移し、

『うーん、君ら仲良さそうだねぇ〜』

顔を醜悪に歪ませた。こいつの考えていることがわかってしまった。だって、今のこいつの顔はあの旧校舎のときの原玄緒靴の浮かべていたものとそっくりだったから。

「や、やめろ！」

頸部を摑まれた状態で恵子は渾身の蹴りを食らわせるが、グリムは鬱陶しそうに眉を顰めると、

『五月蠅いなぁ。少しゆっくりショーを見物しようよ』

恵子の後頭部を握り、固い床に叩きつける。凄まじい衝撃とともに視界が暗転し、次いで顔面を鈍い痛みと熱が襲う。

『さーて、そこの馬顔の君、そのおかっぱ頭の女の首をスパッと切っちゃいなさい！』

グリムは顔を恍惚に染めつつ、馬面のテロリストに指示を出す。

『おうっ！』

右手に日本刀を持った馬面のテロリストが、軽く頷くとあーやんのところまで歩いていく。

「や、やめろっ！」

懸命に逃れようともがくが、万力のような力で羽交い締めにされていて逃れることは叶わない。

『あーれ？　今の若者は頼み事の仕方もわからないのかーい？』

弾むような声色でグリムは恵子の耳元で囁く。あーやんが死ぬ？　それだけはダメだ！

「……許してください……」

だから、屈辱を堪え、言葉を絞りだす。

『えー、聞こえーなーい！　ごめんねぇ、僕ってほら、耳が遠いからぁ』

左手を耳に当てると小馬鹿にしたようにグリムは叫ぶ。

「あ、あーしが悪かったです！　だから、あーやんを殺さないでくださいっ！」

必死に謝罪の言葉を捲し立てた。

『やーだよ。君は僕を傷つけた。友人の最期、見物してあげなさいな』

歌うように叫ぶグリムに、憤怒を通り越した制御不能な殺気がこもる。

「ふざけるな！　あーやんを放せ！　気に入らないなら、あーしを殺せばいいだろ！」

『やっちゃってぇ』

遂にあーやんの傍まで到達した馬面のテロリストが、日本刀を振りかぶる。

同じだ。これはあの旧校舎のときの焼き直し。あのときも恵子は原玄の行為を止められず、あーやんは鬼化してしまった。それがどうしょうもなく悔しくて許せなくて、助かった後も、毎日眠れなかった。本当は受験が終わってからヒーロー活動をやるはずだったのに、その前に『らしょうもん』をナナミンたちに伝えたのも恵子。きっと、恵子はあの日をもう一度やり直したかったんだと思う。あーやんを助けられず、子供のように黙って泣きわめくしなかったあの日を。でも、結局、恵子はあの日と同じ、こうして泣き叫ぶしかない無力な子供のまま。

嫌だ！　嫌だ！　死んじゃ嫌だ！　あーやんが死ぬなんて絶対に許せない！

暴風雨のごとく吹き荒れる感情の中、恵子の口から出たのは、

「助けてよぉ――、ホッピ――――っ!!」

たった一人のヒーローへの他力本願な救いを求める言葉だった。

恵子の叫びを合図にあーやんの首目がけて振り下ろされる日本刀。

その日本刀の刃はまるでガラスのように、粉々に砕け散る。

『へ？』

素っ頓狂な声を上げる馬面の男の顔面がベコンッと陥没して仰向けに倒れ込む。次いであーやんを後ろから捕まえていたカバ面の男が高速で空中を回転して床に激突し、ピクピクと痙攣する。そして、あーやんの傍に佇む仮面の男。次の瞬間、凄まじい破裂音とともに恵子の頭上に吹き荒れる爆風。

ヨロメキながらどうにか起き上がると、数メートル向こうから片腕をグシャグシャに潰され焦燥に満ちた表情でこちらを睨んでいるグリムと、恵子の傍で悠然と佇んでいる狐面をした男が視界に入る。その狐面の男を目にし、最も早く反応したのは皮肉にも、

「ホッピー！」

母親に抱きしめられシクシクと泣いている和彦だった。

「ほんとだ！　ホッピーだ！」

「ホッピー！　ホッピー！」

ここは、鉄分のにおいが充満するかのような血なまぐさい現場。小さい子供なら怖いはずだ。泣きたいはずだ。なのに、子供たちは皆、目を輝かせて狐仮面の男を指さし、ぴょんぴょんと兎のように飛び跳ねている。彼らの瞳の中には狐仮面に対する強烈な信頼と期待があった。

「ホッピー……」

眩暈がするほどの安堵感の中、狐面の男は恵子を見下ろして、

「よく、頑張ったな。ここは俺が処理する。すぐに仲間と客を連れて避難しろ」

そう端的に指示を出してくる。

「う、うん」

ほっとして、あーやんの場所まで走り出そうとする恵子に、

『行かせるな！』

グリムの声が飛び、恵子の進行を塞ごうとする鬼化したテロリストども。だが、まさに瞬きする間に、そのテロリストどもは白目を剥いて悶絶してしまう。そして気絶したテロリストどもの傍に佇むホッピー。

（い、今の挙動すらも見えなかったぜ……）

つい先ほどまで恵子の傍にいたのだ。種族特性、スキルだろうか。いずれにせよ、挙動すら

も認識させず無力化する。これがどれほどとんでもないことなのかは子供でも理解できる。

「動いたそばから叩き潰す」

ホッピーは両手をゴキリと鳴らして、そう宣言する。たったそれだけで、地面に縫い付けられたように、ピクリとも動くことができなくなるテロリストども。

『らしょうもん』の皆も面食らったようにこの異様極まりない光景をぼんやりと眺めていた。

「あーやん、無事だぜ!?」

腰を抜かしたあーやんに駆け寄り、おぶって部屋の隅まで退避しつつ、安否の確認をする。

「うん、大丈夫！　それより、ケーちゃん、あれってあのときのホッピーだよねぇ!?」

「多分」

どこか興奮気味に尋ねてくるあーやんに躊躇いがちに頷く。とはいえ、実際に声も聴いたことがあるんだ。あれは間違いなく旧校舎の事件で恵子たちを助けてくれたホッピー。

「あれが巷で噂のホッピーか」

先ほど壁に叩きつけられたハルさんが恵子たちの傍まで来ると、胡坐をかきつつ独り言のように呟く。相変わらずタフな人だ。

『おい、客を人質にとれ！』

今までとは一転、潰れた右腕を不思議な力で修復させつつ、ホッピーから目を離さずグリムは指示を出す。鬼化したテロリストどもは恵子たちに向けて走り出すが、突如眼前に現れたホッピーが先頭を走る鶏顔の男の頭部を鷲摑みにすると、床に叩きつける。

『ひっ⁉』

泡を吹いて気絶した鶏顔の男を前に、悲鳴を上げながら慌てて急停止しようとする鼠顔のテロリストの足が払われて空中で数回転し床に顔から激突する。臀部を上げて、ピクピクと痙攣する鼠顔の男の姿を見て、次々に悲鳴を上げながら、鬼化したテロリストどもは自分勝手に行動し始めた。

果敢にも狐面の男に向かっていった男は、盛大に吹き飛ばされて柱や壁に激突し、逃げようとするテロリストどもは、顔を床や壁に叩きつけられてクレーターを作ったり、頭部を自販機にめり込ませる。あれほど傍若無人に振る舞っていた鬼人の暴徒どもはものの数秒で皆、夢の国へと旅に出て、グリム一人となっていた。

『お前、何者だ？』

グリムは今までとは一転、多量の汗を流しながら恵子たちにとって一目瞭然のことを尋ねる。

「ホッピーさ」

即答する狐仮面に、再度、ホッピー、ホッピーと沸き上がる子供たち。

『ほざけ！　どこの兵隊かと聞いているんだ。米軍か？　ＥＵ関連かっ⁉　それとも東側か？まさかこの国の兵隊というわけではないよな？』

狐仮面は肩を竦めると、

「俺の所属先など心底どうでもいい。だってお前はここで終わりだから」

破滅の宣言をする。

『ふ、ふざけるなっ⁉』

「ふざけちゃいないさ。お前はここで終わるんだ。じっくりたっぷり地獄を見てな」

ホッピーは両腕を広げ、陽気な声を上げつつ近づいていく。

『死ねぇ‼』

自身の恐怖を胡麻化すかのように、グリムは奇声を上げつつ左腕でホッピーに殴りかかる。

爆風を纏って迫るグリムの巨大な左拳をホッピーは易々と掴み取る。

『ば、馬鹿なっ⁉　この僕の渾身の一撃だぞ！』

「ああ、今のお前なんてその程度だ」

ホッピーは握ったグリムの右拳を引っ張ると無造作に蹴り上げる。くの字に曲がって上空へ浮かび上がるグリムの身体の上まで跳躍したホッピーの踵が打ち下ろされて、凄まじい速度で床に叩きつけられる。

『ぐげはっ！』

血反吐を吐くグリムにホッピーはゆっくり近づくと、その後頭部を右手で鷲掴みにし、

『ぐがっ！』

顔面から床に叩きつける。床に生じる巨大なクレーター。

「いいか、お前は色々世の中を舐めすぎだ。しっかり、己がしてきた行為の報いを受けろ」

『ぐひぃっ！』

必死に逃れようとするグリムにホッピーは、まったく容赦なくその顔を床に叩きつける。

「や、やべろッ!!」

「悪いが聞けねぇな」

　グリムの言葉など歯牙にもかけず、ホッピーは床にその顔を叩きつけ続けた。

　グリムが完全に気を失うと、ホッピーは立ち上がり、首をコキコキと鳴らす。

「容赦ねぇな。ありゃあ、銀さんと同じ世界の住人だ」

　真っ青な顔でハルさんが、額に浮かんだ汗を拭いながらボソリと口にする。

「銀二さんと同じ世界の住人？　どういうことです？」

「ここの螺子が完璧に外れてるってことさ」

　左手の人差し指で自身の蟀谷をトントンと叩きつつ、そう断言する。

「まあ、それは否定できないかな」

　確かに旧校舎の件でもホッピーは一切の躊躇いなく原玄を生贄にしてあーやんたちを助けてくれた。いくら悪人でも人一人犠牲にするのは普通、少しは躊躇する。それをしない時点であの人はきっとこの世界の常識からは外れているんだろう。それでも——。

「あの人は、あーしたちのヒーローですから！」

恵子は心の底からの言葉を口にした。

「ヒーローね。ま、俺がこのチームにいるのも銀さんの影響だし、似たようなものかもな」

ハルさんがそう呟いたとき、けたたましいサイレンが聞こえ始める。どうやら、警察が到着したようだ。近づいてくる慌ただしい気配。それにも拘わらず、ホッピーは微動だにせず、その気配のする廊下の奥を凝視するのみ。

「あれ？」

小町や弥生先生がホッピーについて一言も口にしないくらいだ。相当厳重に口留めでもされているのだろう。きっとホッピーには正体を知られるわけにはいかない理由がある。なのに、ホッピーは警察がこちらに向かってきているのに動こうとしない。しかも、ホッピーにはさっきまでの余裕の態度とは一転、ピリピリとした圧迫感があった。

「おい、早くここから離れろ！　始まるぞ！」

「始まる？　何が――」

聞き返そうとしたとき、ホッピーの視線の先の廊下の奥から、複数の足音が聞こえてくる。そして、姿を現した者たちを見て、客たちから一斉に悲鳴が上がる。当然だ。それは、警察の特殊部隊などではなく、青色のマントとピチピチのスーツを着用した、顔が蛇のムキムキのマッチョどもだったのだから。

《クエスト――悪組織、ブルースネイクの襲来が開始されます》

頭に響く無機質な女の声とともに、恵子たちの眼前に一つのテロップが出現する。

◆悪組織、ブルースネイクの襲来

・説明：丸一ショッピングモールが悪組織ブルースネイクにより襲撃を受けた。奴らのボス、青大将を倒し平和を取り戻せ！

・クリア条件：悪組織ブルースネイクの撃滅！

これってファンタジアランドのときの、噂の神のクエストだろうか。

ホッピーは舌打ちすると、

「少々面倒なことになった。俺の背後の隅に客たちを集めろ。大丈夫だ。すぐに終わらせる」

恵子たちにそう力強く宣言すると、ゆっくりと、頭部が蛇の怪物たちに近づいていく。

直後、両者は激突した。

背後から襲いかかってくる頭部が蛇の怪物の拳をホッピーは振り返らずに身を捻って躱し、その頭部に裏拳をブチかますとその首があらぬ方向へ折れ曲がり、黒色の魔石へと変わる。同時に正面から襲いかかってくる蛇頭の胴体に遠心力たっぷりの右回し蹴りをお見舞いした。蛇頭の怪物は柱まで吹き飛んで衝突し、グシャグシャに潰れて魔石へと変わる。

「すげぇ……」

子供や大人の客たちの割れんばかりの声援の中、栄吉がボソリとそんな誰もが覚える感想を述べる。まさに恵子たちとは別次元の領域でホッピーは蛇頭の怪物どもを圧倒していた。

「だが、多勢に無勢。どうも俺たちが枷になっているようだな」

ハルさんの言う通りだ。既に蛇頭の怪物どもを20匹以上は倒しているのに、まだまだ奴らは廊下側からうじゃうじゃ出てくる。もしかしたら、あの怪物どもを倒すにはあの廊下の奥へ行く必要があるのかもしれない。しかし、恵子たちにはあの蛇どもを止められない。なにせ、恵子たちは辛うじて奴らの挙動を認識できるに過ぎないのだから。

「やっぱり、あれしかねぇか……」

ホッピーはうんざりしたような声色で恵子たちの前まで跳躍すると、迫る数十匹もの蛇どもへ向けて両腕を十字にし、前屈みになる。それはまるで昔テレビで観た特撮ヒーローのよう。

「ピヨピーヨ――ビーム！」

ホッピーから飛び出した虹色の光が、蛇頭の怪物たちに照射される。

――ピヨピヨ、ピヨピヨ。

忽ち、蛇の怪物どもはヒヨコと化してしまった。老若男女、この場の誰もの目が点になる。

「お前らはこいつらを守れ！」

『ピヨ！』

ヒヨコたちは一斉に隊列を組むと、ホッピーに敬礼する。

「すごいよ！　ママ！　ホッピーがヘビのお化けをヒヨコに変えちゃった！」

和彦の興奮した声に、他の子供たちもはしゃぎまくる。

ホッピーは若干肩を落としながら、廊下の奥へと消えていってしまった。

そしてヒヨコに守られる中で、十数分後、クエストクリアのテロップが出現する。

「前言撤回だ。銀さんとも違う。あれは存在自体がイカレてやがる」

心の底からの言葉なのだろう。しみじみと噛みしめるようにハルさんはそう呟いた。

「ですね。あーしもあそこまで非常識とは夢にも思いませんでした」

「だろうな……」

首を左右に振って肩を竦めるハルさんに、

「そんなことより、このヒヨコたち、どうすんだよ？」

栄吉が今も子供たちに抱かれているヒヨコたちに視線を落としながら、尋ねてくる。

「さあ、ホッピーも戻ってくる気配はないし、警察に任せるしかないじゃん？」

「マジかよ……」

頬を引き攣らせる栄吉に苦笑しながら、

「私たちも客の避難誘導手伝おうぜ！」

恵子は当惑気味の『らしょうもん』の皆を促したのだった。

マジで酷い目に遭った。テロリストの次はあのクズクエストかよ。とりあえず、あの廊下の奥から湧き出てくる蛇頭どもを赤っ恥をかきつつも【ヒヨッコビーム】により、眷属ヒヨコにして守護させる。

廊下の奥へ進むと、その突き当たりのレストランの中央で頭に鉢巻きをしたピチピチの全身スーツを着た蛇頭の巨人がギターでブルースを弾いていた。その度に魔方陣から湧き出る蛇頭マッチョども。なるほど、あれで増やしていたわけね。

「もういい加減終わりにしようぜ。俺もお前らのこのくだらんお遊びにはうんざりなんだ」

俺の言葉に奴もギターを激しくかき鳴らして、顔を上げて咆哮する。そして俺たちは激突した。

辛うじて青大将とやらに勝利した。それにしても、【ヒヨッコビーム】がなかったらじり貧だった。このスキルの発動は、一定のリズムと音調で詠唱しなければならず、相当な訓練が必要だったりする。マジで使いこなすのにかなり苦労したのだ。ま、羞恥心は半端じゃないから、あまり手放しには喜べぬことではあるんだが。そんなこんなで、クエストクリアの褒美として、

【DEF・スタック】のカードを獲得した。なんでも、『ウォー・ゲーム』とやらで使うカードらしいが、そもそもウォー・ゲームが何なのかが不明だ。まあ、おいおい調べればいいさ。

　ともあれ、気絶したグリムには迷宮で出土した【隷属の釘】を使用している。これは、隷属者に一定の条件を課すアイテム。これにより【他者に害を加えようとしたら即座に三日三晩、虚脱した状態で七転八倒の痛みが続く】との条件を課す。この手のクズは十中八九、同じ過ちを犯す。下手をすれば俺に怨みを抱いて朱里を襲うくらいするだろう。そんな奴を社会に野放しにするほど今の俺は甘くはないのである。むろん、本人はこの件を知らぬから最低でも一度は地獄を見るだろうがね。今後、まっとうな人間として生きられるかは、奴次第だろうさ。


　千里眼で警察に気を配りながら二階まで跳躍して、裏口からショッピングモールを後にする。そして、近くのデパートで菓子折りを買い込みカドクシ電気へ訪問して謝罪する。担当者には相変わらず追い返されたが、最初のような激烈な拒絶感のようなものがなくなり、困惑が混じるようになってきている。俺の今回の目的は一応の許しを得ること。取引の継続が主眼ではない。大体、取引の継続自体、我らの上司殿は望んじゃいないわけだしな。

　ビジネスホテルに戻り、その割り当てられた部屋で坪井の到着を待つ。あのショッピングモールに囚われた客は数百人もいたのだ。今日一杯は警察の事情聴取にかかるんじゃないかと思われる。問題は俺がいなかったことをどうやって誤魔化すかだが、尋ねられたらあの混戦で偶然外に出られたとでも説明しておけばいい。実際は予定通り、混乱のどさくさに紛れて近くのアパレルショップに身を隠し、千里眼で確認していたので、俺がホッピーだとは気づかれてはいないと思われる。

午後の2時になり、坪井から電話が来て、指定の場所に来るようにと指示される。断る理由もないので、その場所に向かう。

タクシーで指定された郊外へと向かうと大きな塀に囲まれた聳え立つような大豪邸。坪井にこんな大豪邸を有する知り合いがこの地にいるとは思えない。カドクシ電気の会長宅だろう。どうやら坪井の奴め、カドクシ電気の会長宅へと乗り込んだようだ。カドクシ電気の外堀がようやく埋まってきた状況で、相手の不興を買えば今までの苦労が水の泡。これ以上足を引っ張るのは勘弁願いたいものだ。立派な門の隣にあるベルを鳴らし名前を伝えると、門が自動でスライドして開き、秘書と思しき背広姿の初老の男性が迎えに出てくれた。

その男性にひと際大きな扉の前まで案内してもらう。中に入り通された部屋には、真っ白ながクロスがかけられた、大きな長テーブル。その上には美味そうな料理が無数に置かれていた。

「あっ！　ホッピー！」

赤髪の女の子が、俺を視界に入れるとパッと顔を輝かせて椅子から勢いよく飛び降り、俺にダイブしてくる。

「いや、俺は違うぞ。うん、違う、違う！」

混乱気味に懸命に否定するが、女の子は『ホッピー』と連呼していた。

「藤村秋人、いや、ホッピー、よく来てくれた。さあ、席についてくれ！」

カドクシ電気の清掃員の白髪の爺さんがとびっきりの悪戯に成功した少年のような笑みを浮かべつつ席から立ち上がる。

「マジか……」

仮面を被ったときも一応千里眼で周囲に人がいないことを確かめたはずなんだが。

「座りなさい。料理が冷めてしまう」

坪井もちゃっかり招待されているようだし、断っても俺に得はない。むしろ、色々尋ねたいことが満載だ。ようやく離れてくれた女の子を爺さんの隣の席に座らせて、俺も指定された席に着く。ここからが正念場だ。俺がホッピーだと誰もが気づく状況にあるなら非常にまずい。最悪、この国の権力者どもにダンジョンのある俺の今住んでいる家が収奪されるかもしれん。何よりそれだけは避けねばならない。

「まず、礼を言わねばなるまいな。助けてくれて感謝する」

白髪の老人が頭を下げると、女の子も小さな頭を下げてきた。

「なぜ、俺がホッピーだと？」

「孫の能力じゃよ。詳細は企業秘密じゃ」

「おい！」

「儂らが知るお前さんの情報もまた限られている。お互い様じゃろ？」

確かに互いに一定以上踏み込まぬという態度には賛成だ。俺がホッピーだと判断されたことがその少女の能力なら、他の者にはまだバレていないということになるし。

「で？　あんたは？」

まあ予想くらいつくがな。

「儂は廉櫛二瓶。隣が孫の廉櫛真理じゃ。よろしくのぉ」

「よろしくお願いします」

白髪の老人に倣うように再度頭をちょこんと下げる赤髪の少女。

やはり、カドクシ電気の会長――廉櫛二瓶か。

「カドクシ電気のトップが清掃員の真似事か。随分と良い趣味をしていらっしゃる」

「いやいや、ゲームのキャラを模倣してヒーローの真似事をしているお主ほどではないぞ」

どこかの天下の副将軍のごとく勝ち誇ったように高笑いをする二瓶。

「で？　用件とは？」

ここに坪井も呼ばれていることから明らかだが、それは俺にとっては少々気に入らんこと。

「今回、カドクシ電気は阿良々木電子との取引を継続することが先ほど開かれた取締役会で決定した。その報告じゃ」

「それはあんたが圧力をかけたのか？」

口調に嫌悪が混じってしまう。それは俺が最も嫌いなビジネスマンのやり口だから。

「相変わらずおかしな奴じゃな。お主にとってもそれは願ってもないことだろうに？」

坪井に刺すような目で睨まれる。余計なことを言うな。そういうことだろう。

だが、俺のような社畜にだって信念くらいある。いや、俺のような社会の最底辺の社畜だからこそ、こんなふざけた力押しだけはどうしても納得がいかない。

「はっ！　ふざけろよ。俺たちのような底辺社員がお前らのような上の気まぐれでどれだけその意思や信念を捻じ曲げられてきたと思ってんだ？」

どうせ、俺はカドクシ電気を怒らせたことの責任を取らされる。俺は今の家を離れられぬ理由がある。近い将来確実に待つ左遷には絶対に応じられない。つまり、俺の退社は既に確定している。それが無理矢理か自主的かの違いにすぎん。だからこそ、今回の件だけはやり遂げたかったんだ。

「舐めるなよ。引退したとはいえ、儂にも第一線で戦ってきた自負がある。そんな儂にとって何の利益にもならん無茶はせんわ」

「あんたが動いたんじゃないのか？」

「逆にあ奴らに懇願されたんじゃ。阿良々木電子の二人があまりにしつこいんで気が散って仕事に集中できんから、取引中止は見合わせてほしいとな」

そういや、今日のあいつら、いつもの威勢がなかったな。考えてみれば、まだこの爺さんは警察の事情聴取を受けている最中だろうし、説得する暇などないか。たった一日で俺たちへの対応が変わり過ぎなのは不可解極まりないが、今は目的を無事達したことを喜ぶべきか。

「すまない。少し、早とちりした」

「いんや、昨日の儂とお前との会話をあ奴らに聞かせはしたからな。圧力ではないが、介入はしとる」

「そうかよ。上手くまとめてくれたことについては感謝する」

ともかくこれで阿良々木電子での俺の最後の仕事は終わった。とっとと帰路につこう。

席から立ち上がると、

「ホッピー、食べないの？」

トテトテと俺の傍に来ると俺の上着を握り、心配そうに眉間に皺を寄せて尋ねてくる赤髪の少女――真理。

「食べるさ」

俺はそう即答し、その小さな頭を撫でると腰を下ろす。

「やった！」

ぴょんぴょんと跳ね回る真理をしばし、二瓶は目を細めて眺めていたが、

「悪にはひたすら強く、女子供に滅法弱いか。お前さん、根っからのヒーローのようじゃの？」

そんな阿呆な感想を口にする。

「俺をそんな悍ましいカテゴリーに入れるな。マジで鳥肌が立つ」

洒落や冗談ではなく、俺はヒーローなどという如何わしい偽善者には吐き気がする。

見も知らぬ他人を助けるのに、己を犠牲にする？　弱者が見捨てられない？　悪いがそんな打算なしで他者を命懸けで助ける存在など、ある意味世界の奴隷だ。俺が最も嫌悪するのは自己犠牲の精神であり、最も尊ぶのは損得勘定。俺とは絶対に相容れない存在だろうさ。

「お前さん、本当に屈折しておるのぉ」

呆れたように呟く二瓶を尻目に俺は料理を口にしたのだった。

目的を達した俺たちは、帰路につき今は東京行きの列車の中だ。

「藤村、ご苦労様だ」

隣の席に座るお局様の気遣いのお言葉に、少しの間面食らっていたが、

「どういう風の吹き回しです？　そんなしおらしい坪井さん、滅茶苦茶気持ち悪いですよ」

うんざり気味に素朴な感想を述べる。

「藤村、貴様、それが女性の、しかも目上の者に言う言葉かっ!?」

「はいはい、いつもの坪井さんで安心しました」

腕を組んで瞼を閉じようとするが、神妙な顔で俺を見据えてくる。

「茶化さずに聞け。今回の件はおそらく、上野課長が関わっている」

「でしょうね」

何の事情も説明せずに俺たち二人を送り込んだのだ。奴が俺たち二人を嵌めようとしているのは明らか。あの根暗の王様みたいな奴なら、この度の件を収めた俺たち二人を絶対に放ってはおかない。特に俺と奴は犬猿の仲。理由をつけて奴は俺の排除に動くだろう。そして今回の件で俺は、会社に対し今まで持っていた堪忍袋の緒が切れてしまっている。どんなにムカつく最低な会社でも、十数年もいると僅かな愛着は湧くもんだ。だからこそ、毎晩毎朝絶対に辞めてやると誓っても、今の今までどうにかこうにか思いとどまっていたんだと思う。だが、今回の、私情で無関係な他社まで巻き込んだことは、俺に辞表を提出することを決意させていた。

「今晩、課長と話し合ってみる。だからまだ早まるな」

へー、この空気の読めない人が俺の決意を見抜くか。まあ、こんな目に遭わされれば、そうならない方がむしろ、難しいか。

「お気遣いなく、もう俺、決めましたから。むしろ全部俺のせいにしてもらって結構です」

「……どうしてもか？」

「ええ」

「そうか……」

それ以降、道中、坪井が口を開くことはなかった。

そして堺蔵駅前へ到着して改札で坪井と別れようとしたとき、奴は眉根を寄せて俺に頭を深く下げると、

「藤村、お前のお陰でやっと入社したばかりのころの気持ちを思い出したよ。ありがとう」

らしくもなく感謝の言葉を吐いてくる。

「やめてください。らしくないですよ」

「そうだな。らしくないよな」

顔を上げた坪井は、初めて見るような晴れやかな笑みを浮かべていた。

「坪井さん？」

目を細めて坪井にその意図を尋ねるが、彼女は笑みを消して、

「藤村、今回のカドクシ電気の件は全てお前の功績だ。たとえお前が会社を辞めるんだとしても、それだけは絶対に証明する」

ただ、そう宣言する。そして、著しく思いつめた表情でキーホルダーのついた鍵を俺に投げてよこした。

「これ、なんの鍵です？」

「さーて、なんのだろうな」

悪戯っぽく微笑むと坪井は、俺に背を向けて人混みに姿を溶け込ませたのだった。

第四章 Chapter 004 悪夢の起こり

帰宅したがとても迷宮探索をやる気にもなれず、久々にゲーム三昧の生活を送ることにした。

ゲーム中、俺のスマホが鳴ったのでコントローラーを右手で動かしながら、左手で確認する。会社の坪井のパソコンからで、『直ちに営業部のオフィスまで来るように』との不躾な内容だった。既に午後10時すぎ。こんな時間に呼び出すほど坪井も非常識ではなかったはずなんだがな。まあ、上野課長を説き伏せるとか言っていたし、その件で相談でもあるんだろう。上野の奴、どういう理由かはわからんが、カドクシ電気との取引の破棄を狙っていたようだし、そう簡単にいかぬのは自明の理だ。断りたいのは山々だが、そんな権利が認められないからこその社畜なんだ。大きなため息を吐き出し、俺はスーツに着替えると、愛車に乗り込み会社に向かう。

「ちわっす」

会社の裏口のドアから入り、受付で社員証を渡す。

「アキトか、またこんな時間に呼び出されたのか？」

「まあ、そんなところっす」

呆れたように尋ねてくる勘助さんに、軽く頷く。

「そうそう、あの水、すごく腰に効いたぞ！　というか、地味に腕の古傷も治っちまったんだが、あれってすごく高価なもんじゃねぇのかい？」

すまなそうに尋ねてくる勘助さんに、

「あれは友人の種族特性によって作った物をもらったものだから、たださ。心配いらねぇよ」

「アキト、本当にありがとうよ」

俺に頭を下げてくる勘助さん。

あんな【ポーション】なんぞよりも、俺の方がはるかに世話になりまくっているというのに、まったくこの人は……。

「じゃあ、俺はそろそろ行くよ」

「そうか、あんまり根を詰めるなよ。健康が資本だぞ！」

「おやっさんも働き過ぎて、かみさんや子供に愛想つかされんなよ」

「お前さんにだけは言われたくはねぇよ」

勘助さんが奥の扉を開け、俺も右手を上げて中へと入る。

指定された営業部のオフィスへ向かうと明かりがついていたが、誰もいないようだ。

上野課長とともに、夜食でも食いに行っているんだろう。辞表を提出するまで俺は、この会社の社員。待つこととしよう。

自分の席に座ってずっと待っていたが、人っ子一人来やしない。もうじき午前零時。まさかこのまま朝まで待つってことはねぇよな。メールを入れて、あと一時間したら、帰るとしよう。どうせもうすぐこの会社は辞めるし、そこまで義理立てする必要はあるまい。

少し小腹が減った。ロッカールームにカップメンがしこたま入れてある。お湯は給湯室だよな。電気ポットにお湯を入れてから、ゆっくり今晩の夜食を選ぶとしよう。

給湯室に入り、湯を沸かす。さーて、本日は焼きそばにしましょうかね。いや、味噌味のラーメンも捨てがたいな。

給湯室を出ようとしたとき——女の金切り声が鼓膜を震わせる。

この声ってまさか、雨宮か！

心を掻きむしられるような激しい焦燥に足は勝手に声の方へと動いていた。

音源の方へ向かうと、不自然に空いている第一営業部のロッカールーム。

悪寒がする。俺の人生観を根底から覆すほどの途轍もない嫌な予感が……。

営業部専用のロッカールームへ足を踏み入れると——。

「な、なんだ、このにおい!?」

思わず頓狂な声を上げる。だが、俺はその正体を嫌というほど知っている。今の俺の生活に否応もなく付き纏っているにおい。そしてその異臭の元の一番奥のロッカーの前には、一点を見つめてガタガタと震えている金髪の少女の姿。

「雨宮、お前一体どう――」

俺の言葉は最後まで続かない。それはそうだ。だって、雨宮の視線の先にあったのは――。

「坪井……さん」

掠れた声で言葉を絞りだす。最近、人の死に立ち会うことが多かったが、まだ知り合いの死はあの日以来、お目にかかっていなかったな。でも、これはあんまりだ。あんまりすぎる。

下着姿で坪井の首は切断されており、そしてまるで宝物か何かのように大事そうに、眼球をくりぬかれた頭部を抱きしめていた。

俺にとって坪井は決していい上司ではなかったし、好きか嫌いかと聞かれれば嫌いに属するだろう。それでも、最後はようやく少しだけわかり合えた。そう思えたんだ。

泥を噛むような形容しがたい感情の激流に顔を顰めていると、雨宮は両膝を床につき、血の気の引いた真っ青な顔で、頭を掻きむしる。

「ごめんなさい！　ごめんなさい！　ごめんなさい！　わたし……わたし、知らなかった！　知らなかったのっ！　あいつらがここまでするなんてっ！　知ってたら助けられたのに――」

大粒の涙を流しながら、よく梳かされた金色の髪をぐしゃぐしゃにして子供の癇癪のように叫ぶ雨宮を抱きよせて、その顔を胸に押しつける。

しばらくバタバタと暴れていたが、すぐに脱力してしまった。どうやら、気を失ったらしい。

まずは、雨宮をどこかに寝かさねばな。そのあと警察に通報だ。どういうわけだが、クロノもいない。あの馬鹿猫め。こんな時にいないでどうする。

雨宮を横抱きにしてロッカールームを出たとき――。

「梓？　貴様、梓を放せっ!!」

茶髪のイケメン青年、香坂秀樹が憎悪に満ちた顔で立ち塞がる。まったく、この緊急事態に面倒な奴に遭遇するものだ。

「秀樹君、どうしたんだい？」

香坂秀樹の隣にいた長い黒髪をポニーテールにした長身のスーツの女がこちらに向けて歩いてくる。この女、何度か会ったことがある。研究開発部の部長だったな。

この部長までいるってことは、大方、例の研究発表のプレゼンでも考えていたんだろう。

「こいつが梓に乱暴しようとしているんだっ！」

「梓君に？」

研究開発部の部長は目を細めてまるで品定めをするかのような視線を俺に向けると、

「ああ、君は梓君にストーキングしていると噂になっている人だね。彼の発言の真偽はともかく、彼女はレディーだ。私が責任をもって預かろう」

よく通る声でそう提案してくる。こいつは信用できそうだし、問題あるまい。

「わかった」

研究開発部の部長に雨宮を渡して110番をすべくスマホをポケットから取り出そうとしたとき、

「部長、秀樹さん、どうしたんです？」

やはり白衣を着た赤髪の真ん丸眼鏡（めがね）の女性がこちらに向けて駆けてくる。こいつは今年入社した新入社員だ。新入社員歓迎会やこの前の飲み会とかで何度か一緒に飲み食いしたことがある。

でもこんなに言動、軽かったか？　どちらかというと、俺と同様バリバリのオタク系って感じだったんだが……。

「なーに、このにおい」

右手で鼻を押さえると、ロッカールーム内を覗（のぞ）き込み、

「ひいやぁっ！」

怪鳥のような悲鳴を上げて、ペタンと腰を下ろす。

「そうだ。第一営業の坪井主任が――」

俺が事情を説明するべく口を開こうとするが、赤髪の研究開発部の女は這（は）いつくばったまま俺から必死に遠ざかると俺を指さして、

「ひ、ひ、人殺しぃ!!」

　絶叫する。

「人殺し？」

　香坂秀樹と研究開発部の部長もロッカールーム内を確認すると息を呑(の)み、すぐに後方へ退避する。

　そして香坂秀樹が俺から三人を庇(かば)うように両手を広げる。

「秀樹さん、そいつが人を殺して」

　秀樹の背中にしがみつき、赤髪眼鏡の研究員が叫ぶ。

「僕が囮(おとり)になるから逃げて！　部長、梓をお願いします」

「で、でも……」

　赤髪の研究員の泣きそうな声に香坂秀樹は彼女を振り返り、

「大丈夫、僕に任せて！」

　キラリと白い歯を見せて親指を立てる。

「わかった。無茶はするなよ！」

　雨宮を抱えて研究開発部の部長が立ち去り、赤髪眼鏡の研究員も走り去る。

「悪魔め！　貴様のような邪悪はこの僕が――」

「いいからさっさと行けよ」

このボンボンの御涙頂戴のヒーローごっこに付き合う余裕が俺にはない。

既にこのフロア内は千里眼でざっと確認している。賊はもうこのフロアにはいない。これをやった奴が間抜けじゃなければ、既にこの建物から脱出しているはず。どこに逃げようと雨宮たちに危険はないのだ。それに――。

「このままにしてはおけねぇよな」

俺は坪井の死体の前でゆっくり腰を下ろし、手を合わせる。

警察が来るまでここで時間を潰そう。どの道、こんな場所に坪井を一人にしておくのはあまりに可哀相だ。ほどなくして、数人の黒色のボディアーマーにヘルメットを着用した男たちがロッカールームに飛び込んでくると俺に銃口を向けてきた。

そして、その中から飛び出し俺の喉元に日本刀の剣先を向けてくる黒髪の女のような顔の青年。こいつだけは、黒色の上下の衣服に、首に黒色のバンドを巻いた動きやすそうなジャンクな格好をしている。黒髪の青年は、奥の坪井の死体に目を細めると、

「君がやったのかい？」

そう尋ねてくる。

「その外道が殺したんだっ！」

黒髪の青年が背後を振り返ると、先ほどの赤髪眼鏡の研究員が俺を指さして大声を張り上げる。騒ぎを聞きつけて戻ってきたんだろう。黒髪の青年は、俺を睨む秀樹、研究開発部の部長、

赤髪眼鏡の研究員を観察していたが、納得したかのように頷くと、

「一緒に来てもらおう」

強い口調で言い放つ。

「断れば？」

「殺す」

日本刀の柄を握る奴の右手に力が入る。見たところどうやら本気だな。ここで殺し合うのは俺も本意じゃない。逃げて俺を嵌めてくれたクズ野郎を独自に捜すという選択肢もあるが、逃げれば俺はあの家を出て行かねばならなくなる。それはダメだ。絶対に許容できん。

それに誰も俺が殺すところを見たわけではない。あくまでまだ状況証拠にすぎん。現場は可能な限り触れてはいない。現場から犯人の指紋等が出てくれば、俺の容疑も解けるかもだしな。

「好きにしろ」

俺が両手首を差し出すと、拘束具をつけられる。

特殊部隊員たちから憎悪の視線を向けられながら、俺は歩き出す。そして事態は最悪のさらにその一歩先に進んでいたことを俺はこのとき明確に理解することになる。

「おやっさん？」

全身から血を流して仰向けに倒れ伏す勘助のおやっさんに、鉄の棒で横っ面をひっぱたかれたかのような衝撃と絶望的な気分が胃の底から頭まで広がっていく。勘助のおっさんには散々

世話になったんだ。もう会社を辞めよう。そう思ったとき、決まっておっさんは警備員室へと招き、珈琲を淹れて話を黙って聞いてくれた。そのときの珈琲の味は、マジで人間の飲み物かと疑うくらい不味かったことは今でも覚えている。そして話し終わると、なんだかどうでもよくなって、もう少しだけ頑張ろう。そう思えることができたんだ。勘助のおっさんの存在は、俺にとってこの糞のような会社で数少ないよりどころだったんだよ。

「おい、勝手に動くなっ！」

特殊部隊の奴らに後頭部を銃で殴られるが、お構いなしに勘助のおっさんのもとへ近づくと解析をかける。

「畜生ぉ……」

HPは0。既にこと切れていた。当然だ。瞳孔は完全に開いてしまっている。

「畜生がぁっ!!」

俺は全てを滅茶苦茶にしたいほどの激情に任せて咆哮したのだった。

一ノ瀬雫は本日、実家に帰宅していた。両親との昔からの約束で結婚するまでは毎週、日曜日には帰ることになっていたのだ。二階の自室からリビングに降りていくと、父と母は難しい

表情でテレビの画面を凝視していた。

「おはよ」

「雫、大変よ！」

　母が画面に視線を固定しながらも、小さく叫ぶ。

「大変って何が？　また、魔物でも出た？」

　雫は自分の席につき、視線を両親が観ているテレビへと向ける。

「え？」

　素っ頓狂な声が口から漏れた。その画面に出ているテロップには、『阿良々木電子で二人死亡。猟奇目的の犯行か。容疑者は同会社の社員、藤村秋人（32歳）』と書かれていたのだ。

　坪井主任の死体はひどいもので、下着一枚で全身を傷だらけにされ、首を切断。両手両足の生爪は剝がされた上、眼球をくりぬかれた頭部を自ら抱きしめている格好で発見されたという。

　坪井涼香と明石勘助の二人を殺した罪で、秋人先輩は緊急逮捕されてしまっていた。しかも、まだ容疑など確定していないのにどのテレビ局のニュースも秋人先輩を犯人のように断定的に報道し、ワイドショーはひっきりなしに秋人先輩についてプライバシーもそっちのけで情報を垂れ流している。その原因は、おそらく今もテレビの前で得々と話すあいつらのせいだ。

　偶々、殺害現場に居合せた研究開発部の部長と女性研究員。そして、襲われそうになった恋人の雨宮梓を助けた香坂秀樹。こいつら三人は先輩を犯人と決めつける発言を終始続けていた。

全局が揃って凶悪犯、藤村秋人を不届きものと罵り、そんな猟奇殺人犯から女性たち三人を身を挺して守った香坂秀樹を英雄のごとく褒め称えている。

ざわつく気持ちを抑えて出勤すると、会社前では夥しい数の報道陣。そしてその中心には黒色の髪を短く切りそろえた中年の男性が、涙を流しながらカメラに向かって訴えかけていた。

「坪井君は営業部でも極めて優秀な社員でした。彼女を失ったのは会社にとって最大の損失であります。つい最近も犯罪者藤村秋人の失態を先方にかけ合って収めていただいた。まさかその恩を仇で返すとは、許し難し。藤村秋人！　極刑を望みます！」

（ホント、恥ずかしげもなくよく言うわ！）

秋人先輩の失態のはずがない。これは先輩を庇っているとかそういうことじゃない。阿良々木電子で先輩のような役職についていない者が重大なミスを犯したならば、直ちに左遷か、リストラ候補の窓際部署行きだろう。それがない以上、先輩のミスではない。大方課長や部長クラス以上のミス。秋人先輩と坪井主任は上司のミスのカバーを強いられたんだ。

群がるマスメディアをあしらって、会社のロビーに入ると丁度インタビューを終えた中村が喜びを顔にみなぎらせながらも雫に近づいてくる。

「あのクズがとうとう捕まったね？　いつかやると思っていたよ。ほら、あんな極悪顔だしさ」

雫の肩に手を回すと弾むような声色で同意を求めてくる。

「中村さん、随分嬉しそうですね？」

笑顔で肩の手を払いのけると、最大級の皮肉を口にする。

「いやいや、もちろん悲しいさ。坪井さんは本当残念だ。だけど、生きている俺たちは悲しみを乗り越えて前に進まなければいけない！」

「じゃあ、御一人でどうぞ」

そんな嬉しそうな顔で言っても説得力など皆無だ。こんな最低男とはもう二度と口もききたくない。だから、今も得意げに話す中村を無視して雫は歩き出す。

「おはよう」

背後から声をかけられる。振り返ると真っ青な顔をした斎藤さんが佇んでいた。

「斎藤さん、大丈夫ですか？　顔、真っ青ですよ」

「あ、ああ、ちょっとね。雫君、あとで少しいいかな」

斎藤さんの尋常ではない様子に雫は躊躇いがちに頷き、営業部のオフィスへ向かう。

普段あれだけ先輩の悪口を言っていたのだ。ワイドショーをネタにして興味本位に秋人先輩を口汚く罵るのかと思っていた。それをしていたのは中村と上野課長の取り巻きくらいで、普段噂好きの部長でさえも、坪井主任のことはもちろん、秋人先輩のことすら口にせずに黙々と業務に没頭していた。

昼になりいつものように斎藤さんと部屋を出た。今日はとてもじゃないが、会社内で食べる気がしなかったから頻繁に利用するうどん屋に行くことにしたのだ。

うどん屋で席に着いて注文しようとしたとき――

「あの……」

三人の女性に声をかけられる。二人は坪井主任の部下。もう一人は研究開発部員の服を着ていた。

（坪井主任の部下とあの研究開発部の部長の同僚か……）

特にこの三人には見覚えがある。香坂秀樹に熱を上げていた者たちだ。つまり、普段から先輩を好き勝手に中傷する奴らの仲間であり、雫にとって積極的に関わりたくはない者たち。

「何か用？」

だからどうしても、愛想よくできない。

「お願い、話を聞いて！」

三人は思いつめた顔で、一斉に雫たちに頭を下げてきた。

「聞こう。大丈夫、席も空いてるしさ」

斎藤さんが笑顔で片目をつぶってくる。任せろということだろう。雫の嫌悪感は、どちらかというと相手にしたくない、そんな部類のもの。だから、斎藤さんが話すなら雫にも異論はない。雫は斎藤さんの隣に座り直すと、三人は雫たちの正面の席に座る。そして、斎藤さんが、五人分のうどんを注文し、雫たちは彼女たちの話に耳を傾けた。

「坪井さんは昨日、そう言っていたんだね？」

「はい。今回は藤村に助けられた。私ももう一度一からやり直しだって、坪井主任嬉しそうに話していました。上野課長の証言のように二人が険悪な関係だったとはどうしても思えません」

「そうか……」

斎藤さんは腕を組んで考え込んでいたが、三人をグルリと一瞥する。

「最初にはっきりさせておこう。君らは藤村君が坪井さんを殺した。そう考えているのかい？」

「……」

三人とも無言で首を左右に振る。

「その理由を聞かせてくれるかな？」

「あいつは仕事のトラブルで人を殺したりはしないと思います。もし百歩譲って主任ともめていても、陰険でかつ根暗な方法で反撃しているでしょうし。なぜって言われると上手く答えられませんけど……」

坪井主任の部下の二人の女性社員が答える。

「でも、研究開発部の人たちの証言があるけど？」

今まで俯（うつむ）いていた研究員の女性社員が初めて顔を上げる。その顔は、化石のように青く強張（こわば）っていた。

「部長たちは嘘（うそ）をついてます」

「嘘とは？」

「夜に会社にいたのは今度の研究発表のプレゼンだとインタビューでは言っていましたが、それはあり得ません」

「どうして？」

「今度の魔石の研究発表の準備は既に完了しているんです。つい数日前、研究室でお疲れパーティーも開きました！」

「でも、新たに見直す点が出たのでは？」

「それなら、私たちにも報告があってしかるべきです。でも今も全く部長から連絡はない。部長は日頃からチーム力を重視し、独断専行を殊（こと）の外（ほか）嫌いました。それにまだ変なことはあります」

「変なこと？」

「はい。栗原（くりはら）さん――あー、あの眼鏡の子ですけど、あの子、今年入ったばかりの新人です。まだ研究発表の修正などという重要案件を任せられるようなスキルはありません。それに、あの子、数週間前まではもっと地味な子だったんです。それこそ誰とも口をきかないような……」

　今年の新入社員歓迎会は秋人先輩と一緒に出席した。そういえば、一人でションボリしている女性社員に秋人先輩がつきっきりで話しかけていたような……。

「それです！　それ、私も変だと思ったんです！」

　営業部の黒髪おかっぱの女性社員、須賀が身を乗り出して叫ぶ。

「落ち着いて」

「す、すいません。この前の飲み会のとき、私たち同じ席で飲んでたんです。途中から秀樹さんも私たちのテーブルに来たんですが……」

「そうか。彼女、香坂君が苦手のようだったんだね？」

「ええ、一言も話さないし。それに秀樹さんが隣に座ったとき本当に嫌そうだったから」

「照れてるだけだったんじゃないの？」

　あのいけしゃあしゃあとマスコミの前で先輩を罵倒するあの栗原という子を思い出し、吐き捨てるように尋ねると、

「違う！　私たちだって好きか嫌ってるかくらいの区別くらいつくわっ！」

　須賀はテーブルを叩いてそれを否定する。

「わかってる。落ち着いて、須賀さん。それで？」

穏やかに斎藤さんが須賀にさらなる説明を促す。

「結局、彼女すぐに藤村のいるテーブルへ逃げていきました。藤村と一緒にいるときのあの子、自然体で本当に居心地よさそうだった。多分、彼女、藤村を慕っていたんだと思います」

須賀はそう断定気味に言い切った。

「はあ？　あの子が先輩を慕ってたぁ？　だってテレビでは、前々から粗雑で乱暴だと思ってたとか、セクハラまがいのことをしてくるとか散々言ってたけど!?」

栗原という女性社員のテレビでの言葉には明確な憎しみが籠もっていた。そして、彼女と研究開発部の部長も香坂秀樹とは深い親交はなかった。ただ、その日、香坂秀樹が雨宮梓の護衛として同席していただけの関係。だからこそ、犯行当時同じ建物にいながら香坂秀樹たち三人は一切疑われていなかったのだから。

「うん、私たちも今朝、彼女のインタビュー見てとてもびっくりして……」

真っ青な顔でそう口にする須賀。

「もしかして、栗原君が変わったのって雨宮君が変わった以降じゃないかい？」

「はい、そうです」

研究部の女性部員が肯定する。

「ちょっと待ってよ。斎藤さん、それってまさか……」

「そのまさかさ。まず、研究開発部の部長と栗原君は香坂君に洗脳されている」

驚いているのは雫だけ。斎藤さんの言葉に女性社員たちは俯くだけで、その発言を受け入れている様子だった。

そうだ。ひと昔前なら取るに足らない妄想として考慮などしなかった。だが、今は種族やスキルという新たな概念がある。あり得ないと一笑に付すなどできないんだ。

「じゃあ、坪井主任を殺したのは香坂秀樹？」

ビクッと身体を痙攣させる三人の顔は幽鬼のように血の気が消失していた。

「そこまでは言ってはいない。彼は真の悪党にはなれない。せいぜい、小悪党が関の山だろう。第一、坪井君を殺すメリットに欠けるしさ」

「斎藤さんは香坂秀樹が今回の事件を仕組んだ黒幕に利用されていると？」

「そちらの方の可能性が幾分高いと思ってる」

あまりに物騒な話に、顔面蒼白になって震え出す三人。それはそうだ。自分が好きだった相手が実は猟奇殺人事件に深く関わっているかもしれないのだから。

「じゃあ、もしかしたら私たちの会社に真犯人が？」

「うん、まだ可能性の域を出ないけど、阿良々木電子にイカれた殺人鬼がいる可能性がある。いいかい？　今ここで話したことは私たちだけの秘密。絶対に他言しちゃダメだよ。原則は誰も信じないように」

生気を消失させた顔で何度も頷く三人に斎藤さんは小さく口の端を上げると、割り箸を摑み、

「さあ、食べよう」

丁度運ばれてきたうどんを口にし始めた。


三人が一足先に会社へ戻り、斎藤さんはお茶を飲みつつ、

「じゃあ、今度は私が君に伝える番だ。藤村君が犯人じゃないと信じる理由はもう一つある」

斎藤さんはスマホを取り出し、雫に示してきた。そこには坪井主任から斎藤さんに送信されたメッセージが記録されていた。

『拝啓。斎藤殿。突然のメールで驚かれたと思う。君とはお世辞にも良好な人間関係を築いてきたとはいえないが、どうか最後までこのメールを読んでほしい。

私は今まで会社で最も重要なのは組織秩序であり、上司の意思に従うことこそが円滑で機能的な活動を生み、その利益を最大値にする。そう信じて働いてきたし、この思想は今でも変わっちゃいない。

だが、今回の藤村との出張で必ずしもそうではないということを知った。いや、ビジネスマンとして守らねばならない矜持があることを思い出したんだ。

単刀直入に言おう。我が社はある不正な取引で莫大な利益を得ている。それは現在利益を生む玉手箱だが、将来的には我らの血と汗で守ってきた阿良々木電子の価値を粉々に毀損させる行為だ。だから、今からその担当上司にこれ以上は止めるよう直談判しに行くつもりだ。

そこで君に頼みたい。もし私に万が一のことがあったら、早急に藤村に接触してほしい。藤村に渡したものは、その証拠となる資料への道だ。廃棄（はいき）しろと命じられて結局、できなかったものだ。それがあれば全てを白日の下に晒（さら）すことができる。

最後に、無事にこの事件が解決したら部下たちを誘って飲みに行こう。藤村は嫌がるかもしれないが、皆でだ。今度こそ何の裏も、思惑（おもわく）もなく皆で会社の未来について話し合おう。そして許されるなら、今度こそ、あの子たちと共に同じ道を歩きたいと思っている。

では、斎藤さん、我らの会社と部下たちを頼むぞ！』

坪井主任は雫にとって最低女――上野課長の腰巾着（こしぎんちゃく）であり、最も苦手な人物だった。だからこそ、この文章は雫に正体不明の憤（いきどお）りを生じさせていたのだ。

「なんでよ……」

「一ノ瀬君？」

「なんでそんなこと、死んじゃってから言うのよ!?　直接今まですまなかったって言ってくれれば、きっと素直に笑って許せたのにっ！　死んじゃったら許そうにも許せないじゃない！」

感情の制御（せいぎょ）が利（き）かず、人目を憚（はばか）らず大声を上げてしまっていた。そして頰（ほお）に生じた熱い液体の感触。

「あれ？」

瞼（まぶた）を拭（ふ）くがとめどなく流れる涙。同時に胸の奥から熱いものがこみ上げてくる。

　坪井主任は雫にとってどうしようもなく冷たくて嫌な人だった。でも優しくしてもらったこともも確かにあったのだ。あの人が仕事のミスを庇ってくれたことや、懇切丁寧に仕事を教えてもらったこと、さらに新入社員歓迎会で不安なときに声をかけてもらったこと。

　様々な想い出が脳裏を掠めていく。その度に、口から漏れる嗚咽。止めようとするがそれは益々制御が困難となっていく。涙ぐむ雫を周囲の客たちは何事かと眺めてくる。

「ご、ごめん……なさい」

　ボロボロ流れる涙を必死で拭うが、止めることは不可能で……。

「いや、いいんだよ。彼女も君に涙してもらえて本望だろうさ」

　斎藤さんのこの言葉にやっとのことで堪えていた堰が完全に決壊し、雫は声を上げて泣いたのだった。

　会社の業務が終了し、斎藤さんを連れて仲間たちのいる旧烏丸邸に行く。

　現在は先輩の家が家宅捜索中であり、マスコミが多数張り付いている。そんなとき、隣のあのビルに集まればマスコミどもの格好の的。故に旧烏丸邸が適切と判断したからだ。

「随分、後手後手に回ってしまっていやすねぇ」

　鬼沼さんが、いつもの陽気な口調で素朴な感想を述べる。

「急な話ですし、それは致し方ないでしょう。では、今後の行動指針です。まず我々が為すべきことを優先順位の高い順から決めていきましょう」

「一つはアキトさんの無実の証明じゃん？」

和葉の言葉に、皆も大きく頷くが、

「でもそれが最も困難なことです。やってないことを証明することは極めて難しい。おまけに、目撃証言がありますから」

斎藤さんがそれに釘をさす。

「あーあ、あの目立ちたがり屋の法螺吹き女二人と英雄様ね。アキトさんのホッピーに比べてスッカスカな似非ヒーローだけど」

よほど腹に据えかねているのか、和葉が口汚く罵り、皆も一応形だけの笑みを浮かべていたが、全員の目の奥には強い憤りがありありと張り付いていた。

「目撃証言は覆せそうなので？」

「それについてはお話があります」

斎藤さんが先ほど雫たちに話した内容を口にする。

「洗脳か……それは最悪だな」

イノセンスのメンバーの一人がボソリと今全員の共通認識を口にする。

ある意味、恋愛感情等で二人があの発言をしているのなら覆す余地があった。だが、彼女たちが洗脳されている以上、二人にとって香坂秀樹の語る事実こそが真実となっているはず。もはや、先輩の犯罪を否定するには洗脳された事実を証明するしかないが、それは非常に難題と言わざるを得ない。というか不可能だろう。

鬼沼さんは腕を組んで考え込んでいたが、

「旦那の無実を証明することについて、私に一人だけ心当たりがありやす」

願ってもないことを口にする。

「そ、それは誰なの⁉」

皆が身を乗り出し鬼沼の言葉を待つと、

「さあ」

両方の掌を上にして肩を竦める。

「鬼沼さん、この火事場のような状況で、私たちをおちょくってるんですか？」

和葉が不機嫌そうに口を尖らせながら鬼沼さんに尋ねた。

「そんなつもりはありやせん。心当たりがあるのは事実ですし、その人物を知らないのも事実」

「つまり、その会ったこともない人物を捜し出す必要があると？」

忍さんの問いかけに口角をニィーと吊り上げると、

「ええ、よーく思い出してください。最初のホッピーの映像、一体どうなりましたかね？」

鬼沼さんは皆をグルリと見渡すと尋ねてくる。

「全て消去されてしまっていた」

イノセンスのメンバーの答えに斎藤さんが大きく頷き、

「全テレビ局のデータを一度に消去するなんて芸当は現在の技術では不可能。おそらくデジタルデータの操作がその人物の種族特性なんでしょう。確かに、そんな人物なら坪井さん殺害の真犯人を記録した映像データを手に入れることができるかもしれない」

嚙み締めるように雫たちにとっての希望を呟く。

「でも、どこの誰だかもわからないんでしょ？　どうやって接触するの？」

和葉の至極もっともな指摘に鬼沼さんは、その笑みをさらに深くする。

「メディアでやんす。別に地上波でなくても大人数が見れるところがあればよい。そこに我らのメッセージを送るんです。もちろん、我らとその人物Xのみがわかる事項をね」

「大人数が見るっていうと、ユースカイとかニッコリ動画での投稿とか？」

「ええ、ユースカイやニッコリ動画なら数日間でそれなりのアクセス数を期待できやす」

「でも、アクセス数をとるのって結構シビアみたいだよ？　学校の友達がユースカイパーだけど一カ月で十数回しかアクセス数稼げなかったみたいだしさ」

「何を他人事のように言ってるんです？　動画をアップするのは貴方でやんす。貴方が歌で視聴者を魅了するんでやんす」

「わ、私ぃ!?」

頓狂な声を上げる和葉に、鬼沼さんはヒヒっと悪質に笑いながらも、

「忍さん、貴方はすぐにでも作曲家を探してください。性格などは度外視していただいて結構。ただ最高の曲でありさえすればよい。長く芸能界にいた貴方ならそれも可能でしょう？」

忍さんに指示を出す。

「わ、わかりました」

両拳を強く握りしめて忍さんが大きく頷く。

「ではあとは今回の事件の敵の調査です。今のままでは何もわからない。概要を知らねば反撃しようもない」

「それには私も同意です。坪井さんから、藤村君がある証拠物を受け取っているはず。それを手に入れれば大まかな事情はわかると思うんですが」

「だったら私が先輩から受け取ってきます」

「……」

てっきりすぐに賛成されるかと思っていた。だが、鬼沼さんは雫の顔を凝視すると、

「不快で腹立たしいものを見るかもしれやせんよ？　それでも貴方は目的のために自分を殺せやすか？」

意味深な鬼沼さんの言葉に、首を傾げつつ、

「それで先輩が救えるなら！」

即答する。鬼沼さんは満足そうに頷くと、

「いいでしょう。では烏丸和葉ネットアイドル化計画と、阿良々木電子殺人事件の調査の二つのチームに分かれて行動してください。一ノ瀬雫、君は、旦那が持つ坪井涼香の資料を受け取ってきてください。

さあ皆さん、行動に移しやしょう」

鬼沼さんが両手を数回叩き、雫たちは椅子(いす)から腰を上げ、動き出す。

自分たちの屋台骨(やたいぼね)たるボス——藤村秋人を取り戻すための全員一丸となった決死の行動。それはのちの世界三大企業の一つ——イノセンス始動の瞬間だった。

あとがき

皆様、お久しぶりです！　力水でございます。

『社畜ですが、種族進化して最強へと至ります』2巻、おかげ様で発売することができました。

ご購入いただいた読者の皆様に心から感謝いたします。

3巻もこの調子で突っ走りますので、是非、応援くださいませ！

2巻はこれからというところで、「to be continued」となってしまいました。アキトの真の活躍と成長は3巻がメインとなります。

この物語は「小説家になろう」や、「カクヨム」にも完結まで掲載されていますが、2巻からは完全に独自路線を突っ走っています。特に3巻はその大部分が新シナリオとなる予定です。

新シナリオは描くのはシンドイ半面、個人的には結構楽しかったりします。まあ、私のなけなしのHPがゴリゴリ削られるわけですけど。

でも、困ったことに私にとって物語を書くことは日々の日常の一つとなっていて、新しいシナリオを描くことは妙にワクワクしてしまいます。

特に面白い小説や漫画を読んだときは、分不相応に自分も書きたくなっちゃうんですよね。

私の作品に現代ファンタジーが多いのは、少年漫画雑誌を読んでいるからかも（汗）。ほら、少年誌って現代ものが比較的多いから。

もちろん、異世界ファンタジーも好きですよ。あの空想の世界に張り込んだときの独自のワクワク感は半端じゃないですし。事実、異世界ファンタジーは、いつも一番鼻歌まじりで書いています。

ただ、最近、人気が出るかは度外視して少し毛色が違った物語も書いてみたいなぁと思っています。

例えばPS4のゲームの「レイジンググループ」のようなダークループ系ですかね。全般的に一切救いのない現実。そして何度もループしてもがくうちに、当初出会った登場人物の印象が180度変わる。最後には精神的にも成長した主人公が難題を次々に解決していく。あの感覚がまたたまらなく好きなんです。

他のジャンルはラブコメものかな。ま、私が書くのできっとハチャメチャになってしまうでしょうが。

このように私の書くことの原動力は、「いつの日か、この本（私が読んだ本）のように自分も皆を感動させる物語を書く」、それに尽きます。多分他の難しいことはあまり深く考えていないかも。

うーむ、また少し脱線してしまいましたね。ともかく、3巻はいわば解決編、タイトル通り、スカッとする内容になりますのでご期待いただければ嬉しいかなと。

それでは改めて謝辞を。

まずは、1巻に引き続きこの『社畜ですが』のイラストレーターを引き受けていただいた、かる様。挿絵はどれもイメージ通りでとても素晴らしかったです！　私の拙い文からあれほど素敵なキャラを生みだしていただいて感謝感激です。

次が担当編集者、H様。2巻以降から独自のストーリーにしたいという私の勝手なお願いを聞いていただいたり、1巻、2巻作成につき色々相談に乗っていただきました。ありがとうございます。

ダッシュエックス文庫の編集部様、2巻を刊行させていただきどうもありがとうございます！

そして、もちろん、この物語を手に取ってくださった読者の皆様。私がこうして2巻を出せるのも読者の皆様の応援のおかげです。心からの感謝の言葉を述べさせていただきます。

どうもありがとうございます！

それでは、現在、コロナ禍でもありますれば、体調を崩されませぬよう何卒ご自愛くださいませ。

願わくば、3巻でまたお会いしましょう。

力水

この作品の感想をお寄せください。

あて先　〒101-8050　東京都千代田区一ツ橋2-5-10
集英社　ダッシュエックス文庫編集部　気付
力水先生　かる先生

ダッシュエックス文庫

社畜ですが、種族進化して最強へと至ります2

力水

2021年 5 月30日　第1刷発行

★定価はカバーに表示してあります

発行者　北畠輝幸
発行所　株式会社　集英社
〒101−8050　東京都千代田区一ツ橋2−5−10
03(3230)6229(編集)
03(3230)6393(販売／書店専用)03(3230)6080(読者係)
印刷所　図書印刷株式会社
編集協力　法貴仁敬(RCE)

ISBN978-4-08-631422-0 C0193